Schuldig ist, wen der Richter für schuldig hält!
Aber ist das auch gerecht?

RENÉE WUM

Schuldig ist,
wen der Richter für schuldig hält!

Aber ist das auch gerecht?

Eine wahre Geschichte

Bibliografische Information der Deutschen Nationalbibliothek:
Die Deutsche Nationalbibliothek verzeichnet diese Publikation in der Deutschen
Nationalbibliografie; detaillierte bibliografische
Daten sind im Internet über http://dnb.dnb.de abrufbar.

© 2017 Renée Wum
Satz, Umschlaggestaltung, Herstellung und Verlag:
BoD – Books on Demand
ISBN: 978-3-7448-2796-6

Inhalt

*Hüte dich vor Menschen, die
ihre eigenen Lügen für die
absolute Wahrheit halten. Überführst du sie
der Lüge, drehen sie dir das Wort
noch im Mund um!*

*Die Wahrheit ist eine unzerstörbare Pflanze.
Man kann sie ruhig unter einem Felsen vergraben,
sie stößt trotzdem durch, wenn es an der Zeit ist.*

Vorwort

Die Menschen, die vor einen Richter oder Untersuchungsrichter treten, erwarten einen höflichen und respektvollen Umgangston. Ein Gericht und seine Richter müssen unvoreingenommen sein, dabei objektiv und stets neutral. Aber sind sie das? Es ist wohl eher ein frommer Wunsch, denn vor dem Gesetz sind im Ländchen längst nicht alle gleich. Der Bericht eines ehemaligen Generalstaatsanwalts sowie der eines Staatsrates bescheinigen Luxemburgs Justiz ein hohes Versagen. Da offensichtlich auch jegliche Kontrollinstanzen versagen, macht Luxemburgs Justiz einfach, was sie will. Dabei verletzt sie nicht nur Menschenrechte, europäische und nationale Gesetze, sondern auch das Gebot der Neutralität. Eine renommierte deutsche Zeitung wirft Luxemburg einen gravierenden Verstoß gegen die Europäische Menschenrechtskonvention vor, weil Luxemburgs Richter und Staatsanwälte gegen das Prinzip der Öffentlichkeit in Gerichtsverfahren verstoßen. Für den Normalbürger ist es sehr bedenklich, dass er in Begleitung eines Rechtsanwalts zur Polizei gehen muss, um überhaupt in einem freundlichen Umgangston behandelt und nicht unter Druck gesetzt zu werden.

Ich schätze mich glücklich, nicht in diese Organisation gepasst zu haben, von der ich heute weiß, dass sie von Verbrechern geführt wird. Und die Außenwelt weiß nichts davon, schon gar nicht ihre Opfer. Ich würde mich nie mehr in meinem Leben an einen Tisch setzen mit einem mutmaßlichen Pädophilen und schon gar nicht mit einer Führungskraft, die diesen Mann deckt und viele Frauen zu Sex genötigt hat. Als ich noch nichts von den Machenschaften dieser beiden Männer wusste, tranken wir regelmäßig zusammen Kaffee im Sitz der Organisation. Ich wage zu behaupten, dass es ein Skandal ist, dass es zwei Verbrecher an der Spitze dieser Organisation gibt. Von der legalen Gerichtsbarkeit werden sie als gesund angesehen, in meinen

Augen sind sie Soziopathen. Und auch die großen Menschenmassen fallen leichter einer großen Lüge zum Opfer als einer kleinen. Doch ich habe einen Soziopathen kennengelernt und ich habe ihn entlarvt. Respekt und Anerkennung wäre das Mindeste gewesen, das ich als Ehrenamtliche verdient hätte. Ich nenne den hier dargestellten Fall eine gemeine Intrige. Viele Menschen, die ich kenne, sagen, dass er aufrüttelnd und erschütternd ist. Ein Vergeltungsakt und eine infame Abrechnung mit mir für meine drei Jahre unentgeltliche Arbeit in dieser Organisation. Die Kämpfe des Lebens werden nicht von den Stärkeren gewonnen, auch nicht von den schnelleren, sondern nur von denen, die nicht aufgeben.

War es Schlamperei oder Absicht, dass damals nie nach Opfern gesucht wurde, weder im Holzchalet noch im Wald, im Schlachthof und an vielen anderen Plätzen, von denen die Kripo in Deutschland und Luxemburg wusste? Hatte die Justiz Angst, Vermisste zu finden, nach denen niemand gesucht hatte? Wer weiß, auf jeden Fall hat man mit dem Finger auf mich gezeigt. War es Schlamperei oder Absicht, dass damals keiner der Sexualverbrecher nicht einmal den Weg zu einem Untersuchungsrichter antreten musste? War es Schlamperei oder Absicht, dass es einen Gerichtsprozess für mich gab? War es Schlamperei oder Absicht, dass mein Gerichtsprozess so endete? War es Schlamperei oder Absicht, dass ich sieben Vorladungen von Polizei und Kripo bekam?

Alles begann mit meinem Sohn Koby, der als Kind und Jugendlicher in Schule, Internat und Sportverein Gewalt und Missbrauch erlebte. Es ist ein roter Faden, der sich durch diesen sowie durch den Fall meines Sohnes Koby zieht. Zwei Methoden wurden angewandt: die Behauptung der Unglaubwürdigkeit und Druck.

Warum schützen die Gesetze Sexualverbrecher, insbesondere Pädophile, immer noch und immer wieder? Zahlen müssen auf den Tisch! Wie steht es um solche miesen Verbrechen in Luxemburg? Wie viele Kinderschänder sind verurteilt? Und wie viele Ermittlungsverfahren gab es bis jetzt? Das Problem bei Kindesmissbrauch besteht darin, dass es immer noch viel zu oft ein Tabu ist. Über Taten dieser Art wird gern geschwiegen. Warum müssen Opfer Beweise erbringen? Warum gibt es Verjährungsfristen bei Sexualdelikten? Bei Mord gibt es keine Verjährung, doch bei Seelenmord schon, dabei leiden die Opfer ein Leben lang.

Vor der Vorsitzenden Richterin durfte ich nicht einen einzigen Satz zu Ende sprechen. Da sie mich nicht zu Worte kommen ließ, schrieb ich dieses Buch. Mein Urteil stand fest, ehe ich den Gerichtssaal betreten hatte.

Das Versagen der Behörden

Um dieses Buch zu schreiben, habe ich mich an viele Plätze begeben, dorthin, wo so vieles passiert ist, angefangen bei der Schule und dem Internat. Das Ferienhaus und ein Pfadfinderchalet bleiben geheimnisvoll. Keine Spuren sind mehr vorzufinden, alle sind sie weggefegt. Weggezaubert. Man hatte hier nicht nach Vermissten gesucht, es waren keine gemeldet. Die Staatsanwaltschaft hatte kein Interesse daran, zum richtigen Moment eine Hausdurchsuchung durchzuführen. Wäre dies gemacht worden, wäre aber so manches Opfer gefunden worden. Aber es waren junge Menschen mit psychischem Handicap, die alle störten. Niemand sollte sie jemals wieder vorfinden. Manche waren von ihren Familien alleingelassen und vollkommen vergessen worden, auch von ihrem weiteren Umfeld. Es waren perfekt inszenierte und organisierte Verbrechen.

Es gab Veränderungen an vielen Plätzen, vergitterte Tore wurden angebracht, das Schlachthaus mit den Kühlräumen, wo die jungen Menschen leiden mussten, ist nicht mehr in Betrieb. Über diesen unterirdischen Bau im Wald wurden so viele Steine gelegt, dass es unmöglich wurde, ohne Bagger alles wegzukriegen. Es bedürfte vieler Hände, um das ganze Gesteine beiseitezuschaffen. Und eine Armee wäre nötig gewesen, um in den Unterbau zu gelangen. In dem kleinen verlassenen Haus, unter dem ein großer stählerner Behälter liegt, wurde der Eingang nach unten zubetoniert. Doch vor diesem Eingang lag vor einer Woche noch eine schmutzige Puppe ohne Augen und mit einem abgerissenen Arm. Dass man diese vielen Stellen so veränderte, die wichtigsten Spuren vernichtete, muss doch einen Grund haben. Vielleicht haben die Kriminellen Angst bekommen und ihre Gefangenen anderswo untergebracht. Vielleicht halten sie dort die armen Seelen aber noch immer fest. Oder es gibt sie heute nicht mehr, diese jungen Menschen, nach denen damals schon niemand suchte.

Obschon die Polizei mehrmals hierüber informiert wurde, wurde nichts unternommen. Die vielen Hinweise wurden einfach nicht ernst genommen und nicht genutzt. Das Konzept der Befragungen war beunruhigend, eine Zusammenarbeit zwischen den verschiedenen Polizeidienststellen und der Staatsanwaltschaft gab es nicht. Es gab auch keine gerichtlichen Nachspiele für die Täter aus Schule und Internat, auch nicht für diejenigen, die an dunklen Plätzen und in unterirdischen Verstecken die Menschen einsperrten. Auch nicht für die Täter, die meinen Sohn Koby an der Bushaltestelle zusammenschlugen. Trotzdem ein ärztliches Attest vorlag, wurde vonseiten der Polizei nichts unternommen. Die Täter in dem Sportclub, in dem Koby eine grauenhafte Zeit erfuhr, leben noch immer auf freiem Fuß. Die Täter, die meinen Sohn im Supermarkt überfielen, auch der Sportdirektor des international bekannten Sportclubs für Menschen mit Behinderungen, sind ebenfalls alle noch auf freiem Fuß. Koby wurde kläglich im Stich gelassen, alle, die sich hätten kümmern sollen, haben kläglich versagt. Es war das komplette Versagen einer Schule, eines Internats, der Behörden, der Allgemeinheit. Dabei gibt es Behörden, deren Beruf es ist, Menschen zu schützen, wie die Polizei. Und diese Organisation, die von sich sagt, Hilfe für Opfer von Verbrechen anzubieten. Doch auch dort hat Koby nicht hingepasst. Warum? Weil er störte? Und schlussendlich gibt es die Justizbehörden, aber auch sie haben versagt. Das trieb mich so zu diesem öffentlichen Aufschrei in Form eines Buches. Nichts war unternommen worden, Polizei und Justiz hatten sich nicht für Kobys Schicksal interessiert. Ebenso wenig, wie sie sich für das Schicksal junger Menschen mit physischem und psychischem Handicap interessieren, die in Arbeitsstätten arbeiten, wo niemand einen Einblick hat. Bedenklich bleibt auch, dass Menschen mit Handicap noch immer Sport treiben in diesen zwei Sportclubs, in denen Koby missbraucht wurde. Sie können nicht reden oder man lässt sie nicht reden, und vor Gericht dürfen sie nicht sprechen, denn sie stehen unter Vormundschaft. Doch Koby redete und hörte nicht mehr auf.

Es sind vielleicht andere Opfer heute, doch Menschen mit Handicap wachsen nach, die Täter bleiben dieselben, es kommen immer wieder welche dazu. Aber man zeigte mit dem Finger auf die Ankläger.

Als Koby endlich nach und nach über seine erlittenen Qualen berichtete, bekam ich in kurzem Abstand fünf Vorladungen bei der Polizei. Alle diese Inszenierungen waren organisiert vonseiten der Täter, bis schlussendlich eine Anzeige ein beschämendes Urteil erbrachte. Wie hätte ich ahnen können, dass sich die Organisation »Hilfe für Opfer von Verbrechen« mit dem vermeintlichen Sportclub zusammentat, um gegen mich anzutreten, und dass die Justiz nichts an diese Organisationen ranlässt? Mein Misstrauen gegenüber Heuchelei, bigotter Doppelmoral und übertriebener Loyalitäten begleitet mich seitdem täglich. Damit niemand mehr beschmutzt wird mit Anschuldigungen, sollten die Ankläger zum Schweigen gebracht werden. Wenn sich schon kein Opfer umbrachte und es auch zu keiner Unterbringung in der Psychiatrie kam, so sollten sie wenigstens Angst bekommen und nicht mehr reden. So die Hoffnung der Täter.

Die Namen der Betroffenen, die mir ihre Erfahrungen anvertrauten, die sie in dieser Organisation gemacht haben, die mir offen und ehrlich begegneten, habe ich verändert. Ich werde ihr Vertrauen nicht missbrauchen, indem ich ihre echten Namen verrate. In der Hoffnung, dass mein seit Jahren andauernder Albtraum endlich ein Ende findet und ich zur Ruhe komme, habe ich dieses Buch geschrieben – und beim Schreiben kann kein Richter mich unterbrechen. Niemand im Gerichtssaal wollte aus meinem Mund die unbequemen Wahrheiten über eine Vereinigung hören, die behauptete, da zu sein für »alle« Opfer von Kriminalität und Verbrechen. Bis heute empfinde ich starke Gefühle von Ohnmacht, Verzweiflung, Angst und Traurigkeit. Der Schock sitzt noch immer tief und wird wohl so bald nicht vergehen.

Hilfsorganisationen

In Luxemburg gibt es eine lange Liste von Beratungsstellen. Es gibt die offiziellen Behörden, die privaten und die individuellen Beratungsstellen für Kinder, für Erwachsene und für Senioren in allen Lebenssituationen, soziale Hilfseinrichtungen für Alkoholiker und Medikamenten- und Drogenabhängige, Menschen ohne Einkommen und ohne festen Wohnsitz, psychotherapeutische Dienste für Kinder und Jugendliche, für Frauen in Not, Informations- und Präventionsstellen für Selbstmordgefährdete, Erziehungs- und Familienberatungsstellen, Beratungsdienste für Schulfragen, Sexualität und häusliche Gewalt, soziale Assistenzdienste für alle und ausnahmslos jeden. Zusätzlich gibt es in allen Städten Luxemburgs die medizinischen psychosozialen Beratungsbüros, die jeder Bürger des Landes unentgeltlich in Anspruch nehmen kann. Es gibt kaum ein Land in Europa, das im Verhältnis zur Einwohnerzahl so viele Beratungsstellen und Hilfsinstitutionen wie Luxemburg aufweist. Und so gibt es auch eine Liste von Beratungs- und Hilfestellen für Menschen, die Opfer von Verbrechen und Gewalt wurden. An eine solche Hilfsvereinigung hatte sich mein Sohn Koby gewandt. Sie versprach Beistand und Hilfe für Opfer und Familienangehörige. Auf der offiziellen Seite der Luxemburger Polizei war sie als ganz oben auf einer langen Liste zu finden. Lange Jahre hatte er das erlittene Trauma unterdrückt, doch er brach eines Tages zusammen und beschloss, um Gerechtigkeit zu kämpfen. Nachdem er seine letzte Hoffnung in diese Vereinigung gesteckt hatte und dann später von ihren Vertretern und ihrem Präsidenten höchstpersönlich gesagt bekam, dass er nicht in diese Vereinigung passen würde, erlitt er ein zusätzliches Trauma. Auf halbem Wege wurde er im Stich gelassen von dieser Organisation, als unglaubwürdig hingestellt, verspottet und erniedrigt. Er wurde ein zweites Mal Opfer von Menschen, von denen er sich Hilfe versprochen hatte. Dieses weitere Drama, mit dem er nie gerechnet hatte, ließ sein ganzes Vertrauen wie ein Kartenhaus zusammenfallen. Als Opfer von Gewalt war er bei dieser Hilfsorganisation in Luxemburg vorstellig geworden. Kurze Zeit danach trat ich eine ehrenamtliche Tätigkeit als freiwillige Mitarbeiterin bei dieser Vereinigung an. Nur eine Handvoll Mitarbeiter waren dort tätig. Viele waren weggegangen, gerade waren zwei Personen zurückgekehrt, die schon einmal im Streit die Organisation verlassen hatten.

Dieses Buch enthält Einzelheiten von Kobys Leiden, von denen er sich bis heute nicht erholt hat. Die Frage, die Koby sich bis heute stellt, lautet: »Warum bin ich ausgerechnet zu dieser Vereinigung gegangen? Es gab doch eine Fülle anderer Hilfsorganisationen, das Resultat hätte niemals schlechter ausfallen können. Hat mein Schicksal es so schlecht mit mir gemeint?«

Die Vereinigung

Sie würden Menschen, die Opfer von Kriminalität und Gewalt geworden sind, helfen. Und auch deren Angehörige würden sie unterstützen mit ihrer gemeinnützigen Tätigkeit und ihren ehrenamtlichen Helfern. So stand und steht es noch in der Selbstbeschreibung der besagten Organisation.

Ich habe das geglaubt und wollte als Ehrenamtliche mitarbeiten. Ich wurde förmlich ins kalte Wasser geworfen, niemand stand mir zur Seite. Es galt, selbst herauszufinden, wie dies und jenes gemacht wird, wie etwas vor meiner Zeit gehandhabt wurde oder was am dringendsten war. Voller Tatendrang machte ich mich mit meiner neuen Aufgabe vertraut und gab mein Bestes, um allen Anforderungen gerecht zu werden. Ich konnte mir anhand der Ablagen ein vages Bild von manchen Arbeiten machen. So sah ich, wie sie in der Vergangenheit von anderen Freiwilligen erledigt worden waren. Es war eine Aufgabe, die ich im Dienste von hilfesuchenden Menschen mit größtem Verantwortungsbewusstsein und nach bestem Wissen und Gewissen ausführte. Einführungs- oder Ausbildungskurse wären sehr nützlich gewesen, wurden mir aber nicht angeboten. Früher hatte es wohl mal solche Kurse gegeben.

Wir waren nur eine Handvoll Ehrenamtlicher, Freiwillige standen hier nicht Schlange, um ihre Hilfe anzubieten. Es gab keine klare Aufteilung der Arbeiten und so wusste ich nicht, ob jeder von uns genaue Aufgaben hatte, die er erledigen musste, oder ob es jedem freigestellt war, daran zu arbeiten, was ihn gerade interessierte. Jede helfende Hand wurde gebraucht, so auch für kleine handwerkliche Tätigkeiten. Dazu kam, dass sich nicht alle Mitarbeiter freinehmen konnten für jeden Bereitschaftsdienst. Es gab auch manche, die noch berufstätig waren und nur einmal pro Woche kommen konnten und das jeweils erst am späten Nachmittag. Immer mal wieder kam ein Freiwilliger mit gutem Vorsatz vorbei und danach sahen wir ihn nicht wieder. So sah ich einige kommen und gehen und es waren wenige, die blieben.

Viele wertvolle, sensible und seelisch verwundete Menschen habe ich in dieser Zeit kennengelernt. Mit Einfühlungsvermögen bin ich auf diese Menschen, die Opfer von Kriminalität oder Gewalt geworden waren, eingegangen. Sie haben mir großes Vertrauen entgegengebracht. Ich war immer verschwiegen gegenüber meiner Umwelt, was die Namen der Betroffenen und alle Details ihrer Erlebnisse betraf. Und ich wurde dann schließlich zum Mitglied des Verwaltungsausschusses ernannt. Die Betreuung der Opfer lag mir sehr am Herzen. Eine weitere Aufgabe war die Begleitung zu Terminen bei Rechtsanwälten und Justizbehörde. Dreimal pro Woche war Bereitschaftsdienst im Sitz der Vereinigung, den ich oft alleine machte. Einmal kamen einige sehr junge Studentinnen einer Sekundarschule, die an einem Projekt teilnahmen, zur Vereinigung. Sie zeigten Interesse, indem sie sich nach dem Funktionieren der Organisation erkundigten. Zum Abschluss des Projekts sollten die Studentinnen eine Arbeit schreiben. Auch wollten diese fünf Studentinnen gern als Studentengruppe in der Vereinigung mitarbeiten. Das war eine Idee des Präsidenten gewesen, er wollte unbedingt junge Menschen für seine Organisation gewinnen. Ab und zu kam auch eine Studentin, die für ihr Studium im Ausland weilte, in die Vereinigung und half bei einigen Aufgaben. Doch das geschah sehr selten, denn sie war fast das ganze Jahr für ihr Studium im Ausland. Diese Studentin hatte sich dazu bereit erklärt, die neue Studentengruppe zu leiten. Doch die fünf sehr jungen Studentinnen tauchten nur zwei-, dreimal auf, dann erschienen sie gar nicht mehr – ohne Ankündigung und Begründung blieben sie einfach fort. So verlief diese neue Sache, wie viele anderen auch, im Sande.

Jenseits des Bereitschaftsdienstes – je drei Tage die Woche fünf Stunden lang im Büro der Organisation – wurde die Bereitschaft auf mein persönliches Telefon umgeleitet. So konnten Hilfesuchende rund um die Uhr und sieben Tage die Woche Kontakt aufnehmen. Manche

Menschen wollten Ratschläge und Beratung, auch zu später Stunde. Wenn es sich um einen konkreten Fall in Sachen Gewalt oder Kriminalität handelte, wurde mit den Betroffenen ein nächstmöglicher Termin im Büro der Organisation ausgemacht. Termine mit Betroffenen dauerten oft stundenlang und die Sekretariatsarbeiten blieben liegen. So kam es auch vor, dass ich zu Hause fertig schrieb, was ich im Büro angefangen hatte. Und die Einkäufe fürs Büro erledigte ich auch noch zwischendurch. Die Kosten für die Instandhaltung der elektronischen Geräte sowie alle Ausgaben, die nötig waren für das Funktionieren dieser Vereinigung, waren dem Präsidenten zu hoch. Alles, was eingekauft werden musste, war ihm einfach zu teuer. Doch umsonst gab es damals schon nichts, so wie es heute noch der Fall ist.

So wuchs ich in die Aufgaben der Vereinigung rein und die Tätigkeiten gefielen mir. Ich wollte in der Zeit, die ich zur Verfügung hatte, das Beste geben, mithelfen und mitarbeiten, wo es nötig war. So investierte ich mehr oder weniger 20 Stunden pro Woche. Früher wurde auch mal eine Nikolausfeier mit einer Bescherung für Kindergruppen organisiert, doch während meiner Zeit fand keine solche Feier statt. Jedoch eine Weihnachtsfeier für Opfer von Gewalt und ihre Familienangehörigen fand Anfang Dezember in einer noblen Hotelanlage statt. Ein Weihnachtsmenü wurde ausgewählt und die Vorbereitungen für die Feier bedeuteten ganz schön viel Arbeit, allerdings war sie auch eine angenehme Abwechslung zum üblichen Papierkram. Der Festsaal wurde schon Monate vorher reserviert, am Tag der Feier wurden die Tische mit Weihnachtsschmuck dekoriert. Geschenke wurden eingekauft und unter den Weihnachtsbaum gelegt. An diesem Weihnachtsfest konnte ich gute Gespräche führen mit Menschen, die Opfer geworden waren. Alle Gäste waren geladen worden, um an diesem Abend an einem Festessen teilzunehmen und für kurze Zeit ihre schrecklichen Erlebnisse zu vergessen. Ich machte dann nach Absprache und mit Genehmigung aller immer mal wieder ein paar Fotos von dem Ereignis.

Die jährliche Generalversammlung, die in derselben Hotelanlage statt-
fand wie die Weihnachtsfeier, wurde Anfang des Jahres vorbereitet. Alle
Mitglieder, die den jährlichen Beitrag leisteten, wurden schriftlich eingeladen, daran teilzunehmen. Das war ebenfalls eine Aufgabe, die viel
Zeit in Anspruch nahm, und mehr Freiwillige wären mir sehr nützlich
gewesen. Etwa zu diesem Zeitpunkt keimte in mir das Gefühl auf – und
meine Gefühle täuschen mich nie –, dass mein stetiger Einsatz in dieser
Vereinigung einigen Leuten nicht gefiel. Niemand sprach mich darauf
an, doch dieses Gefühl ließ mich nicht mehr los. In der Schule war es
auch schon immer so gewesen, wenn die Prüfungsaufgaben mit »sehr
gut« benotet wurden, hatte man Neider, war es einmal danebengegan-
gen, dann wurde man belächelt oder gar ausgelacht. Auf das Mobbing
angesprochen, dem ich mich plötzlich ausgesetzt fühlte, bagatellisierte
der Präsident mir gegenüber das Ganze und tat es als blödes Zeug ab.
Als er dann gewisse Aufgaben, die ich eigentlich immer erledigte, der
Studentin übertrug, die sich dreimal im Jahr sehen ließ, war ich darüber nicht erfreut. Doch man musste immer mit allem einverstanden
sein, was er entschied, übrigens in der Regel ohne Rücksprache mit
dem Team. Nachdem ich mir dann einmal erlaubt hatte, auf kleine
Missstände innerhalb der Vereinigung hinzuweisen, behauptete er, ich
sei gefährlich. Das habe ich damals nicht verstanden – wieso gefährlich?
Weil ich ihm ins Gesicht gesagt hatte, dass im Nebenraum, in der Küche
oder im Keller Entscheidungen über bevorstehende Aufgaben fielen und
ich nicht darüber informiert würde? Was hatte ich verkehrt gemacht?
Ich wollte, dass wir uns alle zusammensetzen und besprechen, wer was
macht und wie die zukünftige Aufgabenverteilung aussieht. Doch der
Präsident wollte keinen Dialog. Keine Familie, Gemeinschaft, Gesellschaft oder Freundschaft kann funktionieren, wenn es keinen Dialog
gibt. Die Entscheidungen traf er allein, ob nun jemand klar damit kam
oder nicht. In letzter Minute meldete er sich ab und erschien nicht wie
vorgesehen. Das durfte sich kein Freiwilliger erlauben, ohne dass er
dafür getadelt wurde.

Je unsichtbarer das Mobbing war, umso stärker war er präsent. Weil wir uns nicht zusammensetzten, wälzte ich viele Möglichkeiten in meinem Kopf. Vielleicht dachten oder fürchteten auch die wenigen Freiwilligen, die wir waren, ich würde ihnen einen Teil ihrer Arbeit wegnehmen. Ich bekam nicht so richtig mit, was ein jeder tat, und ich riss mich auch nicht um alle Aufgaben. In Wirklichkeit wäre ich erleichtert gewesen, wenn mir jemand etwas abgenommen hätte.

Uneinigkeit zwischen dem Präsidenten und der Vizepräsidentin

Zur Vizepräsidentin war eine Frau ernannt worden, nachdem der damalige amtierende Vizepräsident entlassen worden war. Der alternde Mann mit grauen, zotteligen Haaren, der annähernd zehn Jahre lang Vizepräsident der Vereinigung gewesen war, war eines Tages während eines Rundgespräches mit den Anwesenden vom Präsidenten aufgefordert worden, die Vereinigung zu verlassen. Der Grund: Es bestand der Verdacht der Pädophilie, er lag allerdings schon einige Zeit zurück. Ob dieser Verdacht begründet war, wusste damals niemand. Die Schlüssel von der Eingangstür zum Sitz der Vereinigung musste er dalassen. Das war für mich ein regelrechter Schock gewesen und ich fragte mich, wie es möglich sein konnte, dass ein vermeintlich Pädophiler, also ein Sexualverbrecher, in einer solchen Vereinigung eine führende Stelle innehatte und so Kontakt hatte mit Opfern und auch Einblick in ihre Akten. Die Aufnahme jedes ehrenamtlichen Mitarbeiters geschah nur, nachdem der Betreffende einen rezenten Auszug aus seinem Strafregister vorgelegt hatte. Das hieß, der Auszug durfte keine gerichtlichen Strafen enthalten. Heute liegt die Frage nahe, ob dieser Mann über ein leeres und reines Strafregister verfügt hatte oder ein solches nie erfragt worden war.

In dieser Vereinigung gab es keine Transparenz und niemand hatte den Durchblick, auch der Präsident nicht. So verwahrte er besagte Auszüge aus dem Strafregister sämtlicher Mitarbeiter von damals bis heute in einem stets abgeschlossenen Schrank, zu dem er allein einen Schlüssel hatte. Ob er selbst jemals einen Auszug aus seinem eigenen Strafregister beigebracht hatte und wie dieser aussah, das muss ich mich heute fragen. Als Präsident stellte er die Regeln auf für alle, nur er selbst hielt keine Regeln ein und keiner hatte ihm Vorschriften zu machen, er hatte das Sagen.

Als der entlassene Vizepräsident damals seiner Wege gehen musste, war es auch die alleinige Entscheidung des Präsidenten gewesen. Der Mann ließ sein Büro mit allen seinen Habseligkeiten zurück. Eine Woche lang waren die Ehrenamtlichen damit beschäftigt, es auszuräumen, zu säubern und den verbliebenen Müll zu entsorgen. Ich habe ihn noch heute als einen Stadtstreicher in Erinnerung, da er stets ungepflegt war und nicht gerade vor Sauberkeit strotzte. Obwohl der Bereitschaftsdienst um 14. 00 Uhr begann, kam er immer erst nach 16. 00 Uhr, gerade dann, wenn Kaffee und Tee bereitstanden. Dafür blieb er abends bis tief in die Nacht hinein. Was er zu so später Stunde machte, wusste niemand. Auch nicht, ob er über Nacht zum Schlafen in diesem warmen Büro blieb, denn zu Hause erwartete ihn niemand. Auf jeden Fall stellte ich einmal fest, dass auf seinem Computer irgendwelche Pornoseiten angeklickt worden waren. Er hatte einen Privatkurs im Computerwesen belegt und gemeint, er könnte mir in dieser Sache noch etwas beibringen. Ich jedoch schätzte mich glücklich, wenn er den Computer mal nicht selbst bediente, dann hatte ich nämlich kein Problem, meine schon geleistete Arbeit korrekt auf dem Bildschirm abzurufen. Ab einem gewissen Moment speicherte ich meine Arbeit auf einer externen Diskette, die ich immer bei mir behielt, und verlor keine Zeit mehr mit dem Wiederherstellen von gelöschten Dateien. So konnte ich jegliche Diskussionen über Computerarbeiten umgehen und brauchte mich nicht mehr zu ärgern. Jeder von uns wusste außerdem, dass er sich abends spät auch in den Bars am Bahnhof aufhielt.

Die Frau, die die Funktion der Schatzmeisterin innehatte, wurde nach der Entlassung des mutmaßlich pädophilen Mannes auch die Vizepräsidentin. Sie erinnerte mich an die Sängerin Castiafiore aus der Comicreihe Tim und Struppi – vor allem wegen ihres voluminösen Busens und den farbigen weiten Röcken und Kleidern, die eher aussahen wie Zeltplanen, wo sie alles reinpacken und verstecken konnte. Hosen trug sie nie. Dass ich die Ähnlichkeit ihres Aussehens und ihrer grellfarbigen Kleider mit dieser Sängerin festgestellt hatte, behielt ich für mich, weil ich der Meinung war, das würde von den anderen Mitgliedern negativ aufgenommen werden. Sie war nie Sängerin gewesen, doch ich dachte immer an diese Sängerin aus dem Comic, wenn es mal wieder uneinig hin und her ging. Das half mir, heimlich über sie zu lächeln, und so gelang es mir, über dem Ganzen zu stehen. In ihren jungen Jahren musste sie schlanker und attraktiver gewesen sein, als so viele Frauen, wenn sie jung sind. Das hatte ich auf alten Fotos sehen können, auf die ich rein zufällig gestoßen war, als ich in einer Schublade nach etwas suchen musste. Sie hatte schon einmal der Vereinigung den Rücken gekehrt und sich eine ganze Zeit nicht mehr blicken lassen. Das war geschehen wegen regelmäßiger Streitereien zwischen dem Präsidenten und einigen ehrenamtlichen Mitarbeitern. Es soll auch mal eine Mitarbeiterin gegeben haben, die sich nicht mehr blicken ließ, weil sie sich mit der Vizepräsidentin nicht vertragen hatte. Wie auch immer, damals kam es, wie es kommen musste. Nach einem heftigen Streit hatte ein Ehemaliger alles hingeschmissen, der Präsident sollte seinen Sch… alleine machen. Das hatte zur Folge, dass die drei übrigen Mitarbeiter, die noch verblieben waren, auch nicht mehr aktiv sein wollten und nicht mehr wiederkamen. Denn das Mindeste, was ein Ehrenamtlicher verdiente, waren Vertrauen und Respekt, wenn es in dieser Vereinigung schon keine Anerkennung in irgendeiner Weise gab. Die Vizepräsidentin wollte dann damals nicht mehr Zeugin sein bei den andauernden Zankereien und ging einfach weg.

Nach zwei Jahren Abwesenheit war sie nun also wieder aufgetaucht und man war wieder zur Tagesordnung übergegangen. Der Präsident soll ganz früher mal ihr Idol gewesen sein. Sie war aus freien Stücken gegangen und auch wiedergekommen. Nun hatte sie wieder eine Aufgabe in ihrem eintönigen Privatleben und gehörte bei ihrer Rückkehr auch gleich wieder zum Inventar. Diese Geschichte wurde mir mal nebenbei im Vertrauen von einer anderen Ehrenamtlichen erzählt, als diese die Schnauze vollhatte. Alle ehemaligen Freiwilligen aus früheren Zeiten hätte ich gerne mal kennengelernt und aus ihrem Munde gehört, was sie so zu berichten hatten. Ein Erfahrungsaustausch mit diesen Ehemaligen wäre für mich von Nutzen gewesen für die Tätigkeiten, die ich übernommen hatte. Es wunderte mich auch, dass nie auch nur ein Einziger dieser ehemaligen Ehrenamtlichen auf einen Schwatz vorbeikam, selbst per Telefon hatte sich keiner von ihnen je gemeldet. Der Präsident schwieg über die Vergangenheit. Und ich brachte nicht die Rede darauf, sondern bildete mir einfach allein meine eigene Meinung über die Zeit vor meiner Zeit.

Der Präsident hatte kein Interesse an Computern und Elektronik. Er erhoffte sich das Know-how im Umgang mit dieser Technik von seinen Mitarbeitern, doch Wunder konnten diese auch nicht vollbringen. Wer nichts macht, macht auch nichts verkehrt, so war es auch damals. Und Fehler durfte sich niemand erlauben, denn Fehler wurden hier nicht verziehen. Wenn denen, die sich des Computers bedienten, trotzdem mal ein Lapsus unterlief, war sofort jeder schuld, der am Computer gesessen hatte. Und da der Präsident nichts von Computern verstand, konnte er auch nicht feststellen, wem denn nun ein Fehler unterlaufen war. Hinzu kam, dass er all das, was auf Computern niedergeschrieben wurde, nicht kontrollieren konnte, weil er strikt einen Bogen um Computer machte. Doch es war definitiv eine andere Zeit angebrochen, Computer waren aus den Büros nicht mehr wegzudenken. Ich scheute keine Mühe, um ihn immer wieder mit Basisinformationen vertraut zu machen. Doch das alte arabische Sprichwort, dass man den Esel zum Wasser bringen kann, er aber selbst trinken muss, war hier sehr passend.

Der Präsident und die Vizepräsidentin waren sich eigentlich nie einig, schon gar nicht, wenn es um wichtige Entscheidungen ging. Selten war sie mit ihm einverstanden und zog dann so eine Fresse, das jeder gleich merkte, dass wieder etwas schiefgegangen war. Doch darüber sprachen die beiden nie, sie motzten sich nur gegenseitig an. Ich übersah einfach die beleidigten Gesichter und setzte meine Kraft und Energie in meine Tätigkeiten. Rechthaberisch trat sie schon immer auf, auch damals vor ihrem Weggang. Da war sie auch die Schatzmeisterin gewesen und wurde wieder die Schatzmeisterin, als sie dann zurückkam. Doch seit sie Vizepräsidentin geworden war, war es mit ihr nicht mehr auszuhalten. Sie war der Meinung, wenn man so lange schon aktiv war bei dieser Vereinigung wie sie, dann könnte ihr niemand das Wasser reichen. Eigentlich wollten alle beide immer recht haben, sie, Vizepräsidentin, und der Präsident.

Alles, was in irgendeiner Weise mit Elektronik zu tun hatte, hasste auch sie. Dies galt ganz besonders auch für Computer. Diese heimtückischen Geräte, die Seiten ausspuckten, mit denen sie nicht einverstanden war. Sie traute Computern nicht und war überzeugt davon, diese würden nicht schreiben, was sie wollte. Spuckte der Drucker dann die geschriebenen Seiten aus, war sie selten einverstanden mit dem, was sie sah. Sie schrieb weiter alles per Hand mit Kugelscheiber oder Bleistift auf, benutzte dafür weiße Blätter mit der üblichen Reiheneinteilung oder mit Karos, so wie sie es zu ihrer Zeit in der Schule gelernt hatte. Eigentlich traute sie nur ihren eigenen handgeschriebenen Seiten, bewahrte sie immer und ewig auf, hatte bei sich zu Hause eine Ablage über alles, was sie je geschrieben hatte. So konnte sie immer wieder etwas hervorholen und beweisen, dass sie keinen Fehler begangen hatte, es waren immer die anderen. Präsident und Vizepräsidentin glaubten sich beide fehlerfrei und hatten einen Hass auf die gesamte Elektronik. Zumindest in diesem Punkt passten sie gut zusammen.

Doch die Disharmonie zwischen Präsident und Vizepräsidentin hatte für mich zur Folge, dass ich es den beiden nie recht machen konnte. Entweder war der Präsident nicht einverstanden damit, dass ich Sekretariatsarbeiten jetzt gerade für sie machte, oder es war umgekehrt. Und beide wollten das letzte Wörtchen haben und ich saß oft zwischen den Stühlen. Wenn der Präsident mitten am Nachmittag seine Sachen packte und nach Hause ging, wusste ich, dass sich wieder mal die Vizepräsidentin irgendwie durchgesetzt hatte. Zog sie ein

Gesicht, als wäre ihr eine Maus über die Leber gelaufen, dann war das Gegenteil passiert. Hätten diese beiden führenden Kräfte an einem Strang gezogen, wären manche früheren Mitarbeiter geblieben. Keiner kann alles, doch hätte man sich ausgetauscht und ergänzt, wären viele positive Ergebnisse erreicht worden.

Ausschluss aus dem Verwaltungsausschuss

Der Verwaltungsausschuss setzte sich zusammen aus mehreren Personen, die das ganze Jahr über fast nie präsent waren und eigentlich keine Ahnung hatten, was so eine Vereinigung überhaupt macht und was an Arbeit geleistet wird. Mit Sprüchen und Dummreden ist noch nie irgendetwas zustande gekommen. Die Arbeit, die das ganze Jahr über anfiel, wurde erledigt von den wenigen, die regelmäßig ihre Aufwartung machten. Gelegentlich auf einen Kaffeeschwatz erschienen die ständig Abwesenden, um sich über den Stand der Dinge zu informieren. Es kam auch vor, dass sich einer kurz vor Feierabend blicken ließ, gerade so bevor die Türen geschlossen wurden. Es war eben wie in jeder Vereinigung: die einen arbeiteten, die anderen ruhten sich aus und gaben dumme Sprüche zum Besten.

Alle zwei Jahre tagte besagter Verwaltungsausschuss für die Wahl und die Wiederwahl von Mitgliedern dieses Ausschusses. Am Tag der Neuwahlen saßen die fünf Verwaltungsmitglieder schon beisammen, als ich eintraf. Am Ende des langen Bürotisches saß der Präsident und begrüßte alle Anwesenden wie immer. An seiner rechten Seite saß die Vizepräsidentin. Es wurde über die Aktivitäten des vergangenen Jahres gesprochen und über die bevorstehende jährliche Mitgliederversammlung. Jeder sollte sagen, was ihn dazu bewogen hätte, in der Vereinigung mitzuarbeiten. Was soll denn diese Frage? fragte ich mich im Stillen. Jeder Anwesende sagte irgendetwas zu dieser Frage. Als es an mir war, sagte ich, dass meiner Ansicht nach im vergangenen Jahr gute Arbeit geleistet worden wäre. Da unterbrach mich gleich der Präsident mit den Worten: »Ich warte immer noch auf diesen Bericht der Sitzung. Unsere Sekretärin hat den noch immer nicht fertig.«

Damit war wohl ich gemeint und mein Mund ging auf und dann schnell wieder zu, ich fing an zu stottern und wollte sagen, dass die einzige Person, die Berichte schrieb, ich war. Doch ich brachte keinen

Ton über die Lippen und dachte daran, dass alle, die hier saßen, über das ganze vergangene Mitgliedsjahr nichts aufzuweisen hatten, also auch nichts verkehrt gemacht hatten. Sie wurden nicht nach einem Bericht gefragt. Und sein Ton gefiel mir gar nicht. Warum konnte er nicht ganz normal nach diesem Bericht fragen? Dann hätte ich ganz normal antworten können, dass ich den geschriebenen Bericht bei mir zu Hause vergessen hatte. Nun, seine Funktion als Präsident und alles, was damit einherging, war ihm schon immer das Wichtigste. Er musste sich immer in der Öffentlichkeit darstellen, wollte gesehen werden. Politiker wäre sein idealer Beruf gewesen. Er hatte auch noch nicht bemerkt, dass ich völlig überlastet war, schon alleine mit der anfallenden Schreibarbeit. Ich empfand diese Frage als eine Erniedrigung vor versammelter Mannschaft. War es sein Ziel, mich ins offene Messer laufen zu lassen?

Ich formulierte schließlich eine Antwort auf meine Weise: »Hätte ich nicht diese Woche die Schlüssel von der Vereinigung zurückgeben müssen, ich weiß heute noch nicht, warum, hätte ich den Bericht schon lange fertig haben können. In meiner Zeit im Bereitschaftsdienst bleibt mir im Moment keine Zeit zum Schreiben.« Die Rückgabe der Schlüssel war in der vorherigen Woche gewesen. Als ich dann nach dem Dienstwagen gefragt hatte, der eigentlich allen zur Verfügung stand und bei Bedarf genutzt werden konnte, war mir dieser vom Präsidenten verweigert worden. Es ging um eine Gerichtsverhandlung im Fall meines Sohnes Koby, ich hätte für die Gerichtsverhandlung nach Lüttich gemusst. Nur dieses eine Mal hatte ich den Dienstwagen beanspruchen wollen und es war doch für eine offizielle amtliche Sache im Dienste der Organisation und eines Opfers. Die Nutzung dieses Wagens wäre eine Sache des Vertrauens, das war seine Antwort. Dieser Satz hatte mich betroffen und nachdenklich gemacht, ich hatte keine Antwort parat.

Castafiore, ich nenne sie mal so hier im Buch, saß also nun da mit gesenktem Blick, ihr Kleid gab den Blick frei auf ihr üppiges Dekolleté, ihr Busen ruhte auf der Tischkante. Herausgeputzt war sie, es fehlten nur die Schleifchen in den Haaren, das hätte sie noch unschuldiger aussehen lassen. Wollte sie vielleicht den älteren Verwaltungsmitarbeiter, der heute neben ihr saß, damit betören? Doch der war anders gestrickt, das müsste sie eigentlich wissen, zumal sie ja nicht nur alles wusste, sondern auch alles besser wusste. Er war ein ehemaliger Manager einer bekannten Hotelkette in Luxemburg und Mitglied in der Stiftung der Vereinigung – es gab die gemeinnützige Vereinigung und die Stiftung. Dieser wohlerzogene und weit gereiste Mann ließ sich auch nur zwei- bis dreimal pro Jahr in der Vereinigung blicken, doch heute hatte man ihn für die zwei anstehenden Wahlen – des Verwaltungsausschusses und der Stiftung– herbestellt. Er war ebenfalls einer der alten Schule, so wie die Castafiore, sie passten zusammen, und gerade war er wieder dabei, ihr zu schmeicheln und sie zu loben für die enorme Arbeit, die sie geleistet hatte. Sie strahlte über das ganze Gesicht.

Die Studentin, die auch nur einige Male im Jahr auftrat, war ebenfalls Verwaltungsmitglied und an diesem Tag präsent. Das ganze Jahr über hatten wir uns zweimal im Büro getroffen, doch heute hatte sie sich freimachen können. Sie verglich immer wieder das Mutterhaus der Vereinigung mit Sitz in Deutschland mit der Vereinigung in Luxemburg. In Deutschland hatten sie schönere Gebäude, Büros und Möbel. Sie tat sich dann immer hervor mit allem, was sie dann in der Vereinigung arbeiten wollte. Doch über eine bevorstehende Arbeit zu sprechen, ist leichter und angenehmer, als sie zu erledigen. Sie begab sich dann gleich wieder zum Studieren nach Deutschland und machte gar keine Arbeit für die Institution. Ihr Name stand auf der Liste der Verwaltungsmitglieder, ansonsten war sie für mich wie ein Gespenst, so wie fast alle Mitglieder, denn man sah sie fast nie.

An diesem Tag der Neuwahlen lag also irgendetwas in der Luft, so sagten es mir auch meine Gefühle und die hatten mich ja noch nie getäuscht. Bei den früheren Sitzungen für die Neuwahlen hatten dieselben, die nun anwesend waren, immer per Schreiben ihr Votum abgegeben. Heute waren alle Mitglieder des Verwaltungsausschusses persönlich erschienen. Als es dann zu der Wiederwahl der Mitglieder des Vorstandes kam und mein Name fiel, hoben alle wie auf Kommando die Hand in die Höhe, der Arm des Präsidenten schnellte als Erster hoch. Nach meinem erstaunten und leisen »Warum« schauten alle betreten weg, es kam keine Antwort. Nun ging mir durch den Kopf, dass bei dieser Sitzung letztes Jahr, als auch über ein bestehendes Mitglied abgestimmt wurde, der Präsident uns allen vorher Geschichten erzählt hatte über dieses Mitglied, von dem er wünschte, dass es ging. Ich wusste damals nicht, ob alles wahr war oder nicht, was er uns so erzählt hatte, doch hatte auch ich gegen diesen Mann gestimmt. Vielleicht war das damals nicht gerecht gewesen. Und was hatte der Präsident wohl über mich erzählt, damit alle gegen mich stimmten? Skrupellos hatte er sich letztes Jahr der Mitglieder bedient, um den einen Mann aus dem Verwaltungsausschuss rauszuhauen. Früher hatte dieser Mann so manches an handwerklichen Tätigkeiten im Gebäude erledigt, er war eben kein Bürokrat. Doch alle Hände waren nützlich. Zurzeit standen aber keine Instandsetzungen, Anstriche oder andere Verbesserungen des Gebäudes mehr an, da wollte ihn der Präsident vielleicht nicht mehr sehen. Solange noch Mitglieder existierten, konnte er immer einen raushauen, wie es ihm passte. Das Muster schien immer gleich. Zuerst machte er einen schlecht und wiegelte die anderen gegen die betreffende Person auf. Auch in meinem Fall war es so, wie mir jetzt klar wurde. Doch egal, was er von mir erzählt hatte, ich würde es nie erfahren. Allerdings wusste ich sofort: Es konnten nur lauter infame Lügen sein. Ich hatte in ihm schon seit einiger Zeit einen Manipulator gesehen. Ich wusste, dass er vollkommen aufrichtig erscheinen konnte, während er unverhohlen eine Lüge erzählte. Diese Gedanken rasten mir nahezu durch den Kopf, ich fühlte eine unendliche Leere in mir, war fassungslos und kopflos. In meinem ganzen Leben hatte ich noch nie einen solchen herben

Schlag ins Gesicht bekommen. Als ich aufstand, meine Tasche nahm und mich anschickte, den Saal zu verlassen, kam immer noch kein Ton von den Anwesenden. Feige saßen sie da, starrten betreten auf ihre Unterlagen, die sie von mir in einer Mappe erhalten hatten. Jetzt hatte ich dann auch die Antwort auf meine Frage, warum alle präsent waren. Und meine Gefühle hatten mich mal wieder nicht getäuscht. Mein gesunder Menschenverstand sagte mir weiter, dass hier einiges im Argen lag, aber ich wusste nicht, was das war.

Wie ein geprügelter Hund verließ ich den Saal, verlegen schauten alle weg und niemand wagte es, den Blick zu erheben. Der eine blätterte in einem dicken Ordner, der in der Mitte des Tisches lag, ein anderer musste gerade jetzt austreten. Und Castafiore in ihrem langweiligen dunklen Kleid mit gelben Streifen – der Knopf, der auf der Brust alles zusammenhalten sollte, hatte Schwerstarbeit zu leisten. Ihr Gesicht konnte ich nicht so richtig sehen, von der Seite verdeckt von dem Mann, den sie insgeheim anbetete. Vielleicht hatte sie sich auch extra so hingesetzt, dass ich ihr Gesicht nicht sehen konnte. Was ich sehen konnte, war ihre Grusel-Handtasche, die auf dem Tisch stand.

Ich war schon in der Tür, da fragte der Präsident noch: »Hast du den Vortrag vorbereitet für die Generalversammlung am nächsten Samstag?«

Ich konnte es nicht fassen. Er wagte es, mir diese Frage zu stellen, wo er doch gar nicht wissen konnte, ob ich überhaupt an der Generalversammlung teilnehmen würde. War ich nicht gerade ausgeschlossen worden oder hatte ich mich verhört? »Ja, habe ich erledigt«, antwortete ich knapp.

»Bis Samstag dann«, sagte er daraufhin.

Darauf gab ich keine Antwort. Doch eines war mir jetzt schon klar: Sollte ich erscheinen, dann würde ich den von mir vorbereiteten Vortrag über das letzte Jahr, den ich persönlich auf der Generalversammlung vortragen sollte, ganz bestimmt nicht dabeihaben. Sollte das doch jemand anderes tun. Jetzt verlor ich jedoch kein Wort darüber. Ich würde einfach eine ganz andere Sache vortragen, ein ganz persönliches Thema.

Wie ich es damals fertiggebracht habe, meine Unterlagen und Schreibutensilien in meine Mappe zu legen, weiß ich heute nicht mehr. Mein Gesicht war sicher starr, ohne irgendeine Reaktion gewesen. Nur nicht heulen, das hatte ich mir immer wieder gesagt, nicht hier, nicht jetzt. Hoch erhobenen Hauptes hatte ich den Saal verlassen, ohne Gruß. Ich war völlig neben der Spur, als ich aus dem Gebäude trat. Fast fiel ich die Treppe hinunter und hielt mich gerade noch an der Mauer fest. Dann stieg ich ganz behutsam die Treppe hinunter, ging schnell weiter und weg und fing an zu laufen. Nur schnell fort, weit fort, einfach weg, irgendwohin. Denken konnte ich in dem Moment nicht mehr, ich hatte Schmerzen, es tat weh, überall tat es weh. Dann schrie jemand ganz fürchterlich, beschimpfte mich, Schimpfwörter, die ich noch nie in meinem Leben gehört hatte. Ich war gegen einen Fußgänger auf dem Bürgersteig gestoßen, der stieß mich zurück und ich fiel dabei zu Boden. Der Mann schimpfte noch immer und weg war er. In meinem ganzen Leben hatte ich noch nie so auf dem Boden gelegen, mir taten alle Knochen weh. Erst jetzt wurde mir bewusst, wo ich mich befand: Bei der Adolphe-Brücke lag ich. Als ich mich aufrappelte, klebten meine nassen und schmutzigen Kleider an mir. Wie ich dorthin kam, ist mir bis heute ein Rätsel. Zu Fuß natürlich, doch mir fehlen die Minuten vom Verlassen des Gebäudes bis hierher. Dieser Mann war meine Rettung gewesen, als ich ihn anrempelte, kam ich in die Gegenwart zurück. Ausgerechnet von dieser Brücke sprangen die Menschen in den Tod, aber das konnte ich doch nicht vorgehabt haben. Mit einem Sprung in die Tiefe auf der Brücke wären eigentlich nur meine beiden Kinder bestraft gewesen, sonst niemand. Es genügte, dass der Vater meiner Kinder, mein Mann, auf so tragische Weise gestorben war. Die schrecklichen Ereignisse, denen Koby in Schule, Internat und Sportclub ausgesetzt war, hatten zu seinem plötzlichen Tod beigetragen. Mittlerweile waren beide erwachsen und lebten noch mit mir im Elternhaus. Schnell weg von der Brücke, nur weg, das war mein nächster Gedanke.

Komplett desorientiert bin ich dann umhergeirrt, konnte mich später nicht mehr daran erinnern, wo ich überall gewesen war. Wo ich mein Auto abgestellt hatte, wusste ich auch nicht mehr. Vor dem Bahnhofsgebäude stand ich und schaute an mir herunter. Nicht nur, dass meine Kleider nass und schmutzig waren, meine Haare klebten an mir, meine Beine waren dreckig, die Füße hatten kaum Halt in den durchnässten Schuhen. Und wo war eigentlich meine Handtasche abgeblieben? Schuld an meinem Zustand war sicher mein Sturz. So wie ich aussah, hätte man mich als Landstreicher festnehmen können, ohne Papiere, ohne Geld. Passabel wollte ich wieder aussehen, wenn ich nach Hause komme. Meine Kinder sollten nichts bemerken. Ich wusste, dass sich im Bahnhofsgebäude Duschen befinden. Ein bisschen Kleingeld, das ich in meiner Manteltasche fand, genügte für eine Dusche. Die Toilettenfrau, die auch für die Duschen zuständig war, schob mir ein schäbiges Handtuch zu, für das ich ihr kein Geld mehr geben konnte. Sie war sehr lieb und verständnisvoll.

Als ich nach zwei Stunden mein Auto in einer Seitenstraße wiederfand, wo ich eigentlich noch nie geparkt hatte, stellte ich fest, dass meine Handtasche, in der auch mein Handy war, neben dem Auto auf dem Boden lag. Leicht hätte sie jemand mitnehmen können. So verwirrt, so weggetreten konnte ich doch eigentlich nicht gewesen sein! Auf dem Display sah ich, dass meine beiden Kinder mich mehrere Male angerufen hatten. Ich rief gleich zurück und konnte sie beruhigen, ich käme später nach Hause. Als ich um Mitternacht zu Hause ankam, sagte ich, wir hätten nach den Wahlen noch gefeiert und dabei etwas getrunken, das hätte zu dieser Verspätung geführt. Dann ging ich gleich zu Bett. Da ich eigentlich noch nie gut lügen konnte, wusste ich, dass die beiden mir diese dumme Ausrede nicht abgenommen hatten. Doch an diesem Abend fragten beide nicht nach, sie beließen es bei meiner Antwort.

Später habe ich mich noch einmal zum Bahnhofsgebäude begeben, um mit der Toilettenfrau ins Gespräch zu kommen. Sie erkannte mich zuerst gar nicht. Erst als ich ihr dankte für Dusche und Handtuch erkannte sie mich. Von nun an besuchte ich sie ab und zu im unteren Stockwerk, wo sich die Toiletten befinden, und wir hielten einen kleinen Schwatz und tranken eine Tasse Kaffee.

Meine letzte Generalversammlung

Die jährliche Generalversammlung fand wie jedes Jahr in einer schönen Hotelanlage statt, die sich in ruhiger Lage im Grünen in einem Außenbezirk von Luxemburg befand. Ich hatte darauf bestanden, an dieser für mich letzten Generalversammlung der Vereinigung teilzunehmen, obwohl ich nicht mehr dazugehörte. Die Berichterstattung über das vergangene Mitgliedsjahr hatte immer zu meinen Aufgaben gehört. Vor Wochen hatte ich sie schon niedergeschrieben, doch ich hatte die Unterlagen absichtlich zu Hause gelassen. Bescheid hatte ich nicht gesagt, sollte doch ein anderer sich darum kümmern.

Die Generalversammlung für alle Mitglieder, die ihren jährlichen Beitrag geleistet haben, war dieses Jahr so wie in den vergangen Jahren schlecht besucht. Einige Ausschussmitglieder saßen schon an einem langen Tisch, als hier und da einige Mitglieder eintrafen. Es dürften im Ganzen nicht mehr als zwölf an der Zahl gewesen sein, sie setzten sich an den für sie vorgesehenen kleinen Tisch. In der Mitte des Ausschusses saß der Präsident, zu seiner Rechten die Vizepräsidentin, Madame Castafiore, zu seiner Linken die Studentin, die uns im vergangenen Jahr ab und zu einen Besuch abgestattet hatte. An diesem Tag erinnerte mich die Präsidentin ganz besonders an die Castafiore. Doch ihr Blick war bissig und ein bisschen Arroganz war auch dabei. Arrogante Menschen müssen ihre Überlegenheit täglich beweisen, so heißt es. Und das versuchte sie öfter bei mir, indem sie mir herausfordernde Aufgaben übertrug, die ich dann meisterte. Als ich eintrat, sah sie kurz auf, blickte dann schnell zur Seite und setzte direkt ihr mir bekanntes motziges Gesicht auf. Vor den Mitgliedern war das sehr unpassend, doch aus meiner Sicht war der Ausdruck in ihrem Gesicht unbezahlbar. Da auf dem Platz zur Linken des Präsidenten die Studentin saß, setzte ich mich ganz unten an den langen Vorstandstisch und ließ absichtlich einen großen Abstand zwischen mir und den anderen.

Der Präsident begrüßte die Anwesenden und hielt dann seine Rede, wie er das immer machte. Dass ihm niemand bei dieser einstudierten, abgegriffenen und einfallslosen Rede zuhörte, schien nur er selbst nicht zu bemerken. Ich konnte mich an keine Vereinigung erinnern, bei der so wenige Mitglieder an den Versammlungen teilnahmen. Das gab es nur bei dieser Vereinigung. Einige Anwesende klatschten, wohl eher aus Pflicht oder Gewohnheit, während ich in meinen Unterlagen blätterte und mich auf meinen Text konzentrierte, den ich gleich vorbringen wollte. Danach war die Reihe an dem Jahresbericht, der den Mitgliedern unter anderem einige Details offenbaren sollte, wie viele und welche Opferfälle es im vergangenen Mitgliedsjahr gegeben hatte. Es war höchstwahrscheinlich der Präsident selbst, der sich die Mühe gemacht hatte, den Bericht vorzubereiten, den ich zu Hause gelassen hatte. Und er war sogar in großer Schreibschrift getippt, das konnte ich von meinem Platz aus sehen. Das konnte nur die Studentin gewesen sein.

Nachdem er den Bericht bis zum Ende vorgetragen hatte, stellte er mich kurz vor und kündigte meinen Beitrag an, von dem er bis zu diesem Moment nur den Titel kannte. Er verließ das Rednerpult und übergab mir das Mikrophon. Es kehrte für einen Moment Ruhe im Saal ein, weil ich nicht gleich anfing. Doch dann berichtete ich über den Fall, der mir am Herzen lag. Jahrelang war das Opfer in der Schule gequält und später in einem Sportclub sexuell missbraucht, eingesperrt, geschlagen und unter Druck gesetzt worden. Es wurde eingeschüchtert und bedroht, dass man seine Eltern töten und ihn allein leben lassen würde. Es herrschte totale Stille im Saal, man hätte eine Nadel fallen hören können. Schon als ich nur zwei Sätze gesprochen hatte, spürte ich die Spannung im Saal und ich wusste, dass mir alle zuhörten. Zum Schluss erklang ein tosender Applaus der Anwesenden, nur am Vorstandstisch gab es niemand, der applaudierte, das konnte ich mit einem Seitenblick feststellen. Hauptsache, ich hatte meinen Beitrag vorbringen können und dass ihn die Anwesenden bis ins kleinste

Detail gehört hatten. Schon komisch, dass vom Vorstandstisch kein Applaus kam, keine Empathie – oder wie sollte ich das deuten? Dieser Gedanke schmerzte schon. Ich verließ das Rednerpult, übergab das Mikrofon dem Präsidenten, der mir zuraunte: »Hast du wohl alle zum Weinen gebracht?« Ihn hatte ich nicht zum Weinen gebracht, das stand fest. Doch er hatte zuhören müssen, ob er wollte oder nicht.

Danach war der Kassenbericht von der Schatzmeisterin dran, das war die Aufgabe von Madame Castafiore. Ich war gerade wieder an meinem Platz, als sie mit dem Aufzählen von Ziffern und Zahlen begann. Ich hatte mir vorgenommen, vor dem Kassenbericht den Saal zu verlassen. Der Kassenbericht interessierte mich nicht mehr und ich wollte mich auch nicht mehr an den Vorstandstisch setzen. Es war immer üblich gewesen, dass der ganze Ausschuss sich nach der Generalversammlung zu einem Drink zusammensetzte in der Bar des Hotels, dazu hatte ich nun wirklich keine Lust mehr. Meinen Beitrag hatte ich vorgelesen, meine Arbeit war zu Ende, dies war meine letzte Generalversammlung in dieser Vereinigung. Mein Platz war nicht mehr da, wo er mal war. Gerne hätte ich noch die Fragen beantwortet, die mir Anwesende zu meinem Bericht stellten, aber mit meiner Mappe unter dem Arm verließ ich den Sitzungssaal.

Eine bekannte Tageszeitung veröffentlichte einen Artikel über diese Generalversammlung. Eine kurze Zusammenfassung, mein vorgetragener Bericht nahm den größten Teil dieses Artikels ein.

Eine »Querulantin« wurde ausgeschlossen

Zu meiner aktiven Zeit hatte es, wie schon erwähnt, keine klare Aufgabenverteilung gegeben und ich hatte selbständig gearbeitet. Gerne hätte ich mich auch mal an jemanden gewandt, der mir meine Fragen beantwortet und mir zu Hilfe gekommen wäre bei der vielen Arbeit. Mir war auch mal gesagt worden, dass es schon viele Mitglieder im Ausschuss gegeben hatte, auf jeden Fall waren es wohl mehr als 100 an der Zahl. Fast alle waren sie im Streit mit dem Präsidenten weggegangen oder der Präsident hatte sie einfach entlassen, weil sie ihm nicht mehr passten. Vielleicht waren einige dieser früheren Mitarbeiter nicht einverstanden mit ihm gewesen und hatten ihm ihre Meinung gesagt oder sie waren einfach weggeblieben. Doch warum gingen so viele Leute weg? Das war die Frage, die mir nicht mehr aus dem Kopf ging. Und nicht ein einziges Mal kam ein einziger dieser früheren Mitarbeiter einfach nur auf eine Tasse Kaffee oder einen Schwatz vorbei. Das wäre doch ganz normal.

Ich erinnerte mich noch an den Tag, an dem der Präsident anfing, mir Aufgaben zu entziehen. Da es auch hierüber kein gemeinsames Gespräch gegeben hatte, beließ ich es zunächst dabei. Als er der Studentin, die nur zweimal pro Jahr präsent war, eine meiner Aufgaben übertrug, ohne mit mir darüber zu sprechen, teilte ich ihm meinen Unmut darüber mit. Ich hatte immer die Meinung vertreten, man solle sich zusammensetzen, um zu diskutieren, welche Aufgaben ein jeder übernehmen sollte oder konnte. Alle arbeiteten auf ehrenamtlicher Basis und nicht jeder konnte so viel von seiner freien Zeit investieren, wie ich das tat. Ich war zwanzig Stunden pro Woche als ehrenamtliche Mitarbeiterin im Sitz der Organisation tätig – Sekretariatsarbeiten erzählen von Arbeit. Den telefonischen Bereitschaftsdienst hatte ich auch übernommen, nach 19.00 Uhr wurde das Telefon auf mich umgestellt. So war die Organisation rund um die Uhr erreichbar.

Auch war ich flexibel, was die Arbeitszeiten anging und konnte so ein großes Pensum an Arbeit leisten. Niemand durfte dem Präsidenten widersprechen, frei nach dem Motto: Der Chef hat recht, auch wenn er einmal nicht recht hat. Aber ich wollte mir nicht sagen lassen, wie ein Computer zu bedienen ist, von jemandem, der noch nie in seinem Leben einen Computer bedient hatte. Jahrzehntelang hatte ich am Computer gearbeitet und immer wieder an Fortbildungskursen teilgenommen. Heute kann ich mich nicht mehr genau erinnern, wann das Mobbing eigentlich anfing. Es begann auf jeden Fall schleichend und versteckt, dann wurde es offensichtlicher und immer hinterhältiger. Hier ein Beispiel: Mit dem Auto der Institution waren einige von uns zu einem Haus in Frankreich gefahren, das ausgeräumt und sauber gemacht werden sollte. Es handelte sich um einen Nachlass. Ich stieg als Letzte ins Auto, da wurde ich angefaucht von zwei Mitarbeiterinnen, warum ich denn überhaupt mitfahren würde. Was sollte ich antworten auf eine Frage, die ich nicht erwartet hatte? Als wir dann beim Aussortieren und Ausräumen von Schränken waren, stellte ich fest, dass alle zusammenarbeiteten. Betrat ich einen Raum, sprach niemand mehr ein Wort, ich wurde ignoriert. Als ich dann die Ehefrau des Präsidenten, die auch als Mitarbeiterin damals dabei war, darauf ansprach, dauerte es genau zwei Minuten, bis der Präsident mich nach draußen rief vor die Haustür. Ich kam mir vor wie eine Schülerin, die vor einem Lehrer steht, um ihre Strafe in Empfang zu nehmen, weil sie die Hausaufgaben nicht geschrieben hatte. Zuerst wurde ich ausgeschimpft, in seiner Institution hätte es noch nie Mobbing gegeben und heute auch nicht. Was es nicht geben sollte, das gab es wohl einfach nicht. Ich würde mir das alles nur einbilden. Was ich gefühlt und erlebt hatte, wusste ich aber genau, ich hatte mich nicht geirrt. Ich war sprachlos wegen seines barschen Aufbrausens und konnte darauf keine Antwort finden.

In meinem eigenen Interesse wäre es damals schon das einzige Richtige gewesen, auf der Stelle zu gehen und nie mehr in Kontakt zu treten mit dieser Institution. Das sagte ich mir später. Doch in dem Moment dachte ich an die Opfer, für die ich mich dann nicht mehr hätte einsetzen können, und das passte mir eigentlich nicht. Nach kurzem Nachdenken kam mir der Gedanke, nicht mit dem Team gemeinsam zurückzufahren. Ich wollte ein Taxi nehmen und nach Hause fahren. Aber ich wollte mich nicht von den hier anwesenden – vielleicht neidischen? – Mitarbeiterinnen verjagen lassen, dann hätten sie ja ihr Ziel erreicht. Mobbing gab's schon zu meiner Schulzeit, sei es, weil ein Schüler eine Brille trug oder eine moderne Hose, die besser betuchte Eltern bezahlen konnten und andere eben nicht. Oft war es nur Neid und Missgunst. Aber dieses Mobbing ging viel tiefer, ich kam mir vor, als sei ich nicht mehr erwünscht. Ein Dialog wäre in diesem Moment sehr wichtig gewesen. Doch da war ja nichts, alle schwiegen.

Und das Mobbing ging weiter. Ich möchte heute gar nicht mehr daran denken. Wenn man jemanden loswerden will, findet man immer Gründe. Und es war schon immer so, dass jene, die gute Arbeit leisten, entlassen werden. Mobbing gab es auch schon immer in vielen Führungsspitzen bekannter Unternehmen. Ebenso gab es immer schon Mitläufer, überall, und es gibt sie heute noch, überall. Sie passen sich immer irgendwie an, vertreten keine Meinung. Und es gibt auch die dummen Mitläufer, sie sind in meinen Augen die schlimmsten. Wer es hingegen wagt, die Wahrheit auszusprechen, wird oft als Querulant und Störenfried abgestempelt.

Das Verwaltungsgremium der Organisation widersetzte sich damals nicht ein einziges Mal den Entscheidungen ihres Präsidenten. Als Mitglied des Verwaltungsausschusses wurde ich entlassen ohne ersichtlichen Grund. Den Grund für meinen Rauswurf kenne ich bis heute nicht. Vergeblich suchte ich nach einer akzeptablen Antwort. Hatte ich Fehler gemacht, meine Arbeit nicht gut erledigt? Das hätte man mir doch sagen können, nein, man hätte es mir sagen müssen. Eine Kritik im richtigen Moment kann sich doch nur positiv auf die Zusammenarbeit auswirken. Welche Storys und Schauermärchen hatte der Präsident über mich wohl erdichtet? Wie auch immer, er hat sich in der ersten Reihe gesehen, als es darum ging, mich abzuschießen. Das konnten nur gemeine Unwahrheiten gewesen sein, mit denen er die Ausschussmitglieder manipuliert hatte, damit ausnahmslos alle gegen mich abstimmten. Nur zu gerne hätte ich das alles in Erfahrung gebracht, anstatt mich heute noch zu fragen, was die Ursache war.

Zwei Störenfriede wurden fallen gelassen

Es war ein schöner Frühjahrstag, als Koby am Morgen einfach drauflos schrie. Er lief im Haus herum, stieß dann mit seinem Kopf gegen eine Glastür und fiel zu Boden. So viel Blut hatte ich in meinem Leben noch nicht gesehen. Viele Badetücher voller Blut, die ich einfach nur gegen seinen Kopf gedrückt hatte, lagen schließlich auf dem Boden. Das Blut rann vom Kopf herunter und hörte nicht auf. Die Küche sah aus wie in einem Krimi. Das Bewusstsein verlor er nach zehn Minuten und allein wäre er nie imstande gewesen, nach Hilfe zu rufen. Dass er gleich zu Anfang Todesangst hatte, zu verbluten, sagte er mir später in der Klinik. Dank des schnellen Eintreffens der Ambulanz in Begleitung eines Notarztes konnte das Schlimmste verhindert werden. Ein Glassplitter hatte eine Ader im Kopf durchstoßen, darum trat das viele Blut aus. Die Chirurgin in der Klinik stellte keine unangenehmen Fragen und das Ganze wurde als Unfall registriert. Sie fragte sich nicht, warum das Loch seitlich am Kopf war, doch ich fragte mich das. Die Wunde musste genäht werden und eine Nacht verbrachte er in der Klinik. Kurze Zeit später wurde Koby von seinem Arbeitsplatz per Ambulanz in die diensthabende Klinik gebracht. Totaler Zusammenbruch. Als ich mit dem Taxi kurz danach in der Klinik eintraf, war er nicht ansprechbar und blieb es noch tagelang. Nach Bluttests und zahlreichen Analysen konnte man keine physischen Probleme bei ihm feststellen, auch keinen Alkohol- oder Drogenmissbrauch. Was war die Ursache seines Zusammenbruchs? Das fragte ich mich. Wenn der diensttuende Arzt beim Patienten nichts Physisches diagnostizieren kann, kann es vorkommen, dass er den Patienten zur Überwachung in die Psychiatrie überstellt. So erging es auch Koby.

Obschon es für mich klar war, dass Koby unter Schock stand, hatte keiner dieser zahlreichen studierten Ärzte einen blassen Schimmer von dem, was hier abging. Ein bisschen Einfühlungsvermögen und ein Minimum an Interesse an diesem Patienten hätten genügt, um auf die richtige Lösung zu kommen. Viel einfacher war es, Koby einfach in eine Psychiatrie abzuschieben. Der diensthabende Arzt gibt seine Zustimmung, fertig. Der Patient wird nicht gefragt und die Familienangehörigen schon gar nicht.

Ich sah die vielen Patienten, junge und auch ältere, die teilnahmslos über den Gang schlurften. Ich dachte an Zombies, Untote, die ihrer Seele beraubt worden waren und jetzt als willenlose Wesen herumgeisterten. So müssen Zombies aussehen, sagte ich mir, erschrocken über meine Gedanken.

Schon am ersten Tag in dieser Psychiatrieabteilung hakte sich eine Frau mittleren Alters bei mir unter. Sie fragte mich, ob ich sie in ihr Zimmer begleiten könnte. Und dann fragte sie: »Kannst du mich danach aus diesem Gefängnis bringen? Ich möchte nach Hause.« Diese schon ältere Frau, die ich nicht kannte, war mir gleich sympathisch. Verängstigt blickte sie drein und ich versuchte ihr Mut zuzusprechen. Doch gleich kam eine Krankenpflegerin auf mich zu und packte die Frau energisch am Arm, um sie selbst in ihr Krankenzimmer zu bringen. Die Krankenschwester entschuldigte sich bei mir und wies die Frau zurecht, dass sie mich in keinster Weise stören oder belästigen sollte. Ich versicherte ihr, dass mich bis jetzt kein einziger Patient belästigt hätte, auch diese Frau nicht. In der Woche, in der ich regelmäßig zu Besuch kam, stand die ältere Patientin immer an der Eingangstür und wartete. Doch die Krankenschwestern brachten sie immer gleich in ihr Zimmer zurück, sie wollten nicht, dass sie mit mir ins Gespräch kam.

Bei einem Besuch schien Koby ansprechbar. Er sagte mir, dass er den ganzen Tag geschlafen hätte bis zu meinem Eintreffen am Abend. Mir wurde bewusst, dass er unter starken Psychopharmaka stand, von denen er selbst nichts zu wissen schien. Diese Psychopharmaka führten dazu, dass Koby seine Umwelt weniger wahrnahm und ihm alles egal war. Aber: Nach der Ursache des Zusammenbruchs zu forschen, das wäre die Lösung gewesen. Bei meinen täglichen Besuchen durchbohrte ich ihn förmlich mit meinen Fragen. Nach einer Woche gab ich dann aber auf.

Ausgang war ihm von 14.00 Uhr bis 20.00 Uhr gestattet, doch nur in Begleitung durfte er weg. Jeden Tag verließen wir beide um Punkt 14.00 Uhr das Klinikgebäude, gingen spazieren, shoppen, ein Eis essen, Kaffee trinken, egal wohin, nur weg aus der Psychiatrie, weg von Medikamenten und Ärzten. Er sollte wieder Gefühle entwickeln für sich selbst und sein Umfeld wieder wahrnehmen. Abends hätte ich ihn so gerne nicht mehr in die Klinik zurückgebracht. Doch ich wollte ihm keine zusätzlichen Schwierigkeiten einhandeln.

Alle Krankenzimmer, in die ich einen Blick werfen konnte, waren irgendwie leer und traurig mit ihren weißen kahlen Wänden. Ich fand, dass es überall, auch auf den Gängen, einfach nur traurig war. Die Patienten wirkten teilnahmslos, mit starrem Blick saßen sie auf Stühlen im Gang oder im Aufenthaltsraum. In keinem Zimmer gab es ein Radio oder einen Fernseher, es gab weder Kühlschrank noch Computer, Handys durften auch nicht benutzt werden. Die Kranken waren unterschiedlichen Alters, die Spanne reichte von Jugendlichen bis ungefähr 70 Jahre. Es gab ein Aufenthaltszimmer, dort wurde nach der Medikamentenvergabe auch das Essen verabreicht. Es lagen Kinderspielzeug, Micky-Maus-Hefte und die Luxemburger Tageszeitungen herum. Das war alles an Ablenkung, was es hier gab. Es gab auch keine psychologische Betreuung während des gesamten Aufenthaltes in der psychiatrischen Abteilung dieser Klinik. Obwohl an der Eingangstür ein umfassendes Programm hing. Es gab Beschäftigungstherapien, Sportaktivitäten, Entspannungstherapien, Psychologie und vieles mehr, doch davon fand nichts statt. Es gab auch keine Bibliothek, in der man sich Bücher hätte ausleihen können. Außer im Bett liegen und sich langweilen, gab es nichts. Wir kamen beide zum Schluss, dass zumindest die Ausstattung der Zimmer in Gefängnissen höchstwahrscheinlich weitaus besser war, denn im Gefängnis gab es zu dieser Zeit schon Fernsehen, Computer, Kühlschränke und noch vieles mehr.

Während des Psychiatrieaufenthaltes hat sich auch kein Psychiater dafür interessiert, wie es um Kobys Arbeitsplatz bestellt war. Diese studierten Menschen schienen abgehoben zu sein vom normalen Leben, hatten keine Ahnung von den Ängsten und Sorgen ihrer Patienten. Dass ein Arbeitgeber nicht monatelang auf einen Angestellten wartete, davon hatten die Ärzte keinen blassen Schimmer oder es war ihnen egal. Da Koby eine feste Anstellung hatte und von seinem Arbeitgeber sowie von seinen Arbeitskollegen sehr geschätzt wurde, brauchte er sich hierüber zum Glück keine Sorgen zu machen. Die Belegschaft wartete mit Ungeduld auf seine Rückkehr.

Nach der Medikamenteneinnahme war Koby immer so benommen, dass er zu nichts mehr imstande war. Ein öder Tagesablauf ohne Beschäftigung irgendwelcher Art, ohne Sport, ohne Ablenkung, das konnte keinem Patienten etwas Positives geben. Koby hatte keine Energie mehr, Lust zu gar nichts mehr, kein Gefühl mehr für einen normalen Tagesablauf. Welcher Tag heute war, welche Uhrzeit, nichts, da war nichts mehr. Um 12.00 Uhr mittags im Aufenthaltsraum warteten alle Patienten auf das Essen und die Medikamente. Endlich schien Koby dann wieder ansprechbar, wollte nur mit mir reden, es kam aber nur diffuses Zeug. Doch nach weiteren täglichen Versuchen, Ordnung in seine Gedankenwelt zu bringen, konnte er mir endlich mitteilen, was ihn zutiefst bedrückte. »Dass ich meinen Kopf in die Glaswand schlug, daran war der Präsident schuld. Das hat mir so wehgetan und tut mir immer noch weh. Ich wollte die Pein, den Schmerz in meinem Kopf loswerden, konnte ihn nicht mehr ertragen«, sagte er. Mit diesem Schlag hatte er einen heftigen Schmerz im Kopf und für kurze Augenblicke seinen Seelenschmerz vergessen.

Ungläubig hatte ich zugehört. »Was hat denn der Präsident damit zu tun?«

»Bring mir mein Handy von zu Hause mit«, sagte er leise zu mir. »Nur mitbringen, nicht einschalten.«

»Warum flüsterst du jetzt?«, fragte ich ebenfalls flüsternd zurück.

»Weiß nicht … Ob hier Kameras sind? Denn ich darf hier kein Handy haben.«

Seine Worte waren klar und deutlich. An eine Videoüberwachung hatte ich noch nicht gedacht. Nicht genug damit, dass er weder Fernsehen noch Radio oder Kühlschrank in seinem Krankenzimmer hatte, ein Handy durfte er auch nicht haben. Falls Kameras vorhanden waren, waren sie gut getarnt, ich entdeckte keine. Also nickte ich nur wegen dem Handy.

Am darauffolgenden Tag hörten wir sein Handy ab: Wir konnten hören, dass jemand abhob, und ich konnte mithören, wie Koby sagte: »Ich bin es. Wollte mal fragen, ob ich zur Niederlassung kommen könnte?«

»Warum rufst du überhaupt an?« Diese Stimme kam mir bekannt vor.

»Ich wollte mich mal melden, um vorbeizukommen.«

»Ich will nichts mehr von dir hören«, unterbrach der Präsident.

»Von mir? Wieso?«

Darauf kam zunächst keine Antwort. Dann sagte der Präsident: »Du machst sowieso unsere Arbeit nicht, lass dich nicht mehr blicken. Du und deine Mutter, ihr habt nicht zu uns gepasst. Ruf nie wieder bei der Vereinigung an, ich will dich nicht mehr sehen.«

Ich war wie vor den Kopf gestoßen. Das war die Stimme des Präsidenten der Institution gewesen, dem Mann, der mich wie einen Hund vor die Tür gesetzt hatte, nachdem ich mich zu etlichen Missständen geäußert hatte.

Koby sagte nun: »Und er sagte mal zu mir, er sei mein Freund. Doch für mich ist er ein gemeiner, hypokritischer Verräter. Hätte ich dir dieses Gespräch nicht vorgespielt, hättest du mir dann geglaubt?«

»Nein, hätte ich nicht«, gestand ich. Dann musste ich mir noch dreimal dieses Gespräch anhören, um es irgendwie in meinen Kopf zu bekommen.

»Reiner Zufall, dass ich das mit der Aufnahme gemacht habe, es ist einfach so passiert«, erklärte Koby schließlich noch.

»Gott sei Dank, ich bin froh, dass du das gemacht hast«, brach es aus mir heraus. Uns beiden war bewusst, dass nur wir von diesem Telefonat wussten. Dieses Gespräch hatte der Präsident den Mitgliedern sicher vorenthalten. Und da er überzeugend Geschichten erzählen konnte, um sich selbst in ein gutes Licht zu rücken und die anderen in ein schlechtes Licht, würde ihm eine Lüge nicht schwerfallen. Er wird wohl vor versammelter Mannschaft berichtet haben, dass sich Koby am Telefon unmöglich verhalten hatte und nun nicht mehr blicken ließ.

Ich war entsetzt und brauchte eine Woche, um damit einigermaßen klarzukommen. Doch akzeptiert habe ich das bis heute nicht. Als perfides Nachtreten bezeichne ich diese Unterhaltung am Telefon. Völlig auf sich zurückgeworfen fühlte sich Koby wie ein Nichts und das hatte ihn für viele Wochen in eine tiefe Depression gestürzt.

Da ging die Tür des Krankenzimmers auf und die Krankenschwester stand da. Vielleicht hatte sie uns lachen gehört? »Alles in Ordnung?«, fragte sie.

»Ja, sicher, wir haben nur gelacht«, antwortete ich schnell. Und sie ging wieder.

Dann erzählte mir Koby, dass er sich an dem Tag, als er mit mir als Hilfesuchender die Vereinigung aufgesucht hatte, zutiefst erschrocken hätte. Denn den Mann, der nach unserem Klingeln die Eingangstür aufgemacht und uns dann später gegenübergesessen, uns zugehört und sich als Helfer und Berater dieser Institution ausgegeben hatte, den kannte er, und auch seinen Namen. »Weißt du, die fünf Sexualtäter aus meiner Schule standen in engem Kontakt mit diesem Mann. Mehrmals erwähnten sie seinen Namen. Ich habe ihn zwar nur ein einziges Mal für einen kurzen Augenblick gesehen, aber wenn ich jemanden auch nur einmal in meinem Leben gesehen habe, erkenne ich ihn gleich wieder«, sagte er.

Koby kam ab und zu zu Fuß zum Sitz der Vereinigung. Einmal war er auf dem Weg dorthin von zwei oder drei Männern angegriffen worden. Er erwachte völlig nackt im Stadtpark. Als er damals so dalag und Leute an ihm vorbeigingen, war er starr vor Panik. Höchstwahrscheinlich war ihm auch eine Droge verabreicht worden, er hatte ein Blackout. Er fand seine Kleider im nahen Gebüsch, zog sie an und rannte, so schnell er konnte, weg. Auch jetzt konnte er sich an nichts erinnern, nur an den Anfang des Überfalls und wie er schließlich nackt dalag. Die Zeit dazwischen fehlte noch immer.

Ich wusste gleich, dass er vom Vizepräsidenten der Vereinigung sprach. Wir kamen auch zu dem Schluss, dass der Vizepräsident, der Bescheid wusste über Kobys Ankunftszeit im Sitz der Vereinigung, höchstwahrscheinlich einen der fünf Jugendlichen informiert hatte, und so kam es zu einem Überfall. Sie hatten ihn abgepasst, kurz bevor er das Gebäude der Vereinigung erreichte. Er war auch öfters verfolgt worden im Dunkeln und hatte seine Verfolger nie erkennen können. Doch Beweise hierfür gab es nicht. Und Koby erzählte weiter, dass er am Tag dieses Angriffs später als sonst am Sitz ankam. Wir hatten ausgemacht, dass er zu Fuß kommt und ich ihn dann nach Hause bringe. Ich erinnerte mich sicher, dass er damals nicht ansprechbar war, er konnte sich nicht halten und fiel fast vom Stuhl.

In der Klinik berichtete er mir von dieser Sache, die sich schon vor einiger Zeit zugetragen hatte. Jetzt stand ich unter Schock und versuchte, es vor Koby zu verbergen. Es konnte doch einfach nicht sein, dass ein Mann, der mit Verbrechern und Sexualdelikten zu tun hatte, bei dieser Institution eine Führungsposition innehatte.

Der Vizepräsident hatte die fünf Verbrecher wohl außerdem genauestens über den Stand der Akte informiert, er hatte ja Einsicht in alle Akten. So bekamen die Täter damals den neuesten Stand der Akte mitgeteilt. Nun musste ich Koby erzählen, dass dieser Mann wegen Verdachts auf Pädophilie vom Präsidenten vor einiger Zeit schon entlassen worden war. Da waren wohl Zweifel aufgekommen wegen einiger Pädophiliefälle, die vor einiger Zeit passiert waren. Nach diesem Vorfall hatte ich ihn dann nicht mehr gesehen.

»Und das sagst du mir erst jetzt?«, entfuhr es Koby.

»Ich wollte dich nicht damit belasten, doch jetzt musste ich es einfach erzählen«, sagte ich nur. Mir wurde nun langsam klar: In dieser Vereinigung stand man den Tätern zur Seite. Nicht nur, dass den Opfern keine Empathie entgegengebracht wurde, es galt auch zu vertuschen, zu verheimlichen, zu verschweigen. Und so wurde Koby als Störenfried abgestempelt und vom Präsidenten höchstpersönlich abgewiesen am Telefon. Doch das Schlimmste war und blieb die Tatsache, dass ein Hilfesuchender, nämlich Koby, das Trauma-Opfer, ein zweites Mal zum Opfer wurde, ausgerechnet bei der Vereinigung »Hilfe für Opfer von Verbrechen«. Auf der Suche nach Hoffnung, Stütze und Hilfe wurde er im Stich gelassen.

Die ganze Nacht wälzte ich mich im Bett, meine Gedanken rasten und ich fand keinen Schlaf. Wie verletzend und schmerzhaft doch diese Worte gewesen waren, auch für mich. Wenn ein Opfer nicht in diese Organisation passte, passte dann dieser Mann an die Spitze der Organisation? Welche Rolle spielte der Vizepräsident, der mit Verbrechern in Verbindung stand? Und welche Rolle die ganze Organisation? Was waren ihre Ziele? Auf diese Fragen habe ich bis heute keine Antwort gefunden.

Panikattacken waren für Koby jetzt wieder an der Tagesordnung. Er konnte nicht mehr lachen, fand das Leben sinnlos. Nachdem er seine Psycho-Pillen eine nach der anderen abgesetzt hatte, ging es ihm besser. Nach zwei Wochen Schlafstörungen konnte er wieder eine Nacht durchschlafen. In der Klinik hatte er sich an die Beruhigungs- und Schlaftabletten gewöhnt, die ihm regelmäßig verabreicht worden waren. Durch die Einnahme einer enormen Menge an Psychopharmaka waren viele Nebenwirkungen eingetreten, die noch lange anhielten, unter anderem eine Gewichtszunahme, die bekämpft werden musste durch Sport und Diät. Noch einen Monat dauerte es, ehe er wieder Lust am Leben hatte, wieder aktiv am Alltag teilnehmen und auch wieder seine Arbeit in Angriff nehmen konnte. Mich erinnerte das

Ganze an einen kürzlich erschienen Zeitungsartikel über die organisierte Kriminalität der Pharmaindustrie. Eine hochbetagte Frau war wegen eines Oberschenkelhalsbruches in Behandlung, ihr Alltag war grau geworden. Als sie dann das Antidepressivum einnahm, das ihr der Arzt verordnet hatte, wollte sie gar nicht mehr leben. Nach Absetzung der Psycho-Pille konnte sie wieder wie früher am Leben teilnehmen. Die Pharmaindustrie betreibt nach wie vor ein skrupelloses Geschäft mit Krankheiten. Und der Beruf des Psychiaters ist der Beruf unseres Jahrhunderts. Psychiater haben keine Geldsorgen und die Patienten gehen nie aus.

Das Polizeirevier im Osten des Landes

Irgendwann klingelte dann mein Telefon, die Polizei fragte nach meinem Namen und ich sollte im Polizeipräsidium vorstellig werden. Erschreckt fragte ich: »Was ist passiert, warum das?«

Die Antwort: »Sie haben eine SMS gesendet an eine Vereinigung. Und wegen dieser Sache sollen Sie morgen auf das Polizeirevier kommen. Das Auto, das dieser Vereinigung gehört, wurde beschädigt, und die SMS ging kurz danach dort ein.«

»Was?«, fragte ich erschrocken. »Ich habe noch nie in meinem Leben ein Auto beschädigt und mich anschließend nicht selbst um den Schaden gekümmert oder der Versicherung eine Info zukommen lassen.«

Niemand mag es, sich in ein Polizeibüro zu begeben, doch man geht hin, man möchte doch wissen, was einem vorgeworfen wird. Ich saß einer jungen Polizeibeamtin gegenüber. Sie fragte mich, ob ich folgende SMS vor vier Tagen gesendet hätte: »Ein schöner Gruß vom Auto.«

»Ja«, antwortete ich, »das haben Sie sicher schon festgestellt, wenn Sie mich schon hierher beordern und mein Name bekannt ist.«

Die Polizistin nickte. »Ich habe Ihre Akte hier vor mir. Darin steht nichts Gutes über Sie. Warum haben Sie diese SMS gesendet? Haben Sie dafür eine Begründung?«

»Einfach so«, gab ich zur Antwort. »Im Fall einer Opferbetreuung wurde mir verweigert, diesen Kastenwagen zu nutzen. Andere Mitglieder nutzten dieses Auto sogar für ihre privaten Fahrten und für den Nachhauseweg. Als ich es ein einziges Mal beanspruchte, um zu einem Gerichtsprozess nach Lüttich zu fahren, wurde dieser Wunsch vom Präsidenten der Vereinigung abgelehnt. Er hat wohl auch diese Anzeige gemacht hat, oder? Als ich zufällig am Wohnort von einem Mitglied der Organisation vorbeifuhr, sah ich das Auto auf einem Parkplatz vor dessen Wohnung stehen. Das hat mich dazu bewogen, diese nichtssagende SMS zu schreiben. Das war alles, ich wollte eigentlich klarstellen, dass ich das Auto an dieser Stelle gesehen hatte. Ich gebe ja zu, dass das doof war von mir. Doch was ist Böses dabei? Strafbar kann das doch nicht sein.«

Soweit meine Erklärung. Dann wurde ich informiert, dass das Auto an dem Tag, als diese SMS abgesendet wurde, eine Schramme bekommen hätte. Die junge Polizistin wurde nun forsch und fuhr mich an, ob ich denn meinen würde, diese Schramme hätte der Eigentümer selbst ans Auto gemacht. Ich sei extra dort vorbeigefahren, um eine Schramme ans Auto zu machen, weil ich wütend gewesen wäre, das Auto nicht fahren zu dürfen. Voller Vorurteile stellte sie sich gleich auf die Seite der Vereinigung.

»Wie hätte ich denn wissen sollen, wo das Auto steht?«, antwortete ich. Dann erzählte ich: »Mit dem Fahrrad bin ich entlang der Mosel gefahren, habe dann mein Fahrrad ins Auto eingeladen und mich auf den Rückweg gemacht. An einer gewissen Stelle der Mosel leben viele Schwäne und Gänse, ich bin langsam vorbeigefahren und wollte mir das schöne Gänsevieh anschauen. Danach führte mich der Weg an einem Parkplatz vorbei, dort sah ich den blauen Kastenwagen, der wegen seiner Höhe aus der Reihe der Autos hervorstach. Ich bin vorbeigefahren, habe nicht angehalten und bin auch nicht aus dem Auto gestiegen, zurückgefahren bin ich auch nicht.« Auf meine Anfrage hin durfte ich dann noch einen schnellen Blick auf ihr Handy werfen. Sie zeigte mir ein Bild des Autos mit einer Schramme auf der Beifahrerseite, ob groß oder klein, konnte ich nicht feststellen.

»Ich war nicht wütend, und wenn Sie die SMS meinen, das ist doch wohl erlaubt. Und eine Schramme habe ich sicher nicht gemacht. Ich habe mich noch nie am Eigentum anderer vergriffen, weder aus Frust noch aus Wut.«

»Und warum haben Sie diese SMS gesendet?«, fragte sie noch einmal.

»Ich habe mir nichts dabei gedacht. Ich habe schon oft eine SMS an eine Freundin versendet mit ›Dein Auto lässt dich grüßen‹.«

Auf meine Frage, ob man denn festgestellt hätte, an welchem Tag und zu welcher Zeit diese Schramme ans Auto gekommen wäre, sagte sie: »Die Schramme wurde gleich danach festgestellt.«

»Wie? Nach was wurde das festgestellt? Nach meiner SMS? Komisch. Dann wurde meine SMS vielleicht benutzt, um mir diese Schramme in die Schuhe zu schieben. Das Auto stand auf einem öffentlichen Parkplatz. Jetzt werde ich an den Pranger gestellt für eine Schramme, die ich nicht gemacht habe. Und das wird ewig an mir hängen bleiben.«

»Das ist dann Ihr Problem«, gab sie zur Antwort. Ich solle einfach nur zugeben und unterschreiben.

»Ganz bestimmt nicht«, entgegnete ich entschieden. »Ich werde nichts zugeben, was ich nicht gemacht habe. Keinen Euro werde ich bezahlen für diesen Schaden, und wenn mich ein Anwalt tausendmal mehr kostet. Ich bin vorbeigefahren, habe diesen Kastenwagen gesehen, den ich kenne, die Zulassungsnummer kenne ich auswendig. Außerdem ist diese einzigartige blaue Farbe schon von Weitem zu erkennen. Und es standen Leute auf dem Parkplatz, das Auto stand außerdem genau vor dem Küchenfenster des Mannes, der ihn da wahrscheinlich abgestellt hat. Man bräuchte nur die Bewohner dieses Wohnkomplexes zu befragen und ich wäre entlastet.«

»Woher wissen Sie denn überhaupt, wo dieser Mitarbeiter zu Hause ist?«, wollte sie nun wissen.

»Weil ich ihn und seine Frau mit meinem Auto einmal höchstpersönlich zu Hause abgesetzt habe, daher weiß ich das. Vielleicht hat er auch selbst diese Schramme ans Auto gemacht, was weiß ich«, antwortete ich genervt.

Doch das wollte nicht in ihren Schädel rein. Sie hat mich regelrecht eingeschüchtert und dabei erinnerte sie mich an den Präsidenten, der ein pensionierter Polizeibeamter war und oft genug so vorging: Einschüchterung und Angst verbreiten, dann mit Hausdurchsuchung und mit gerichtlichen Anklagen drohen, das war seine Vorgehensweise gegenüber mehreren Personen in der Vereinigung gewesen. Niemand wusste so recht, warum er so oft so reagierte.

Von einer Hausdurchsuchung sagte die Polizistin nichts, aber vielleicht kam das noch. Vielleicht kannten die beiden sich auch von früher und standen noch heute in Kontakt. Vielleicht war er ihr Ausbilder gewesen. Zumindest hat sie gleich Partei ergriffen für ihn und diesen blöden Kastenwagen. Für mich sah es so aus, als würde sie ihn persönlich kennen. Das ist einfach so bei Polizisten, das muss der Beruf sein, zu diesem Schluss kam ich dann. Sie müssen einen Schuldigen finden und wenn sie dann meinen und hoffen, einen »Schuldigen« an der Angel zu haben, setzen sie alle Mittel ein, um den Betroffenen an den Pranger zu stellen.

Dann las ich den Bericht genau durch, den sie mir vorlegte. Ich unterschrieb die Darstellung, so wie ich sie eben gerade geschildert habe, damit konnte ich einverstanden sein. Die Polizistin vergaß nicht, mich auf ein eventuell bevorstehendes Gerichtsverfahren wegen mutwilliger Beschädigung hinzuweisen. Ich galt also jetzt schon fast als »verurteilte Kriminelle«, nicht zu vergessen war, dass diese Anzeige nicht von einem »normalen« Bürger gemacht worden war, sondern von einem ehemaligen Polizisten. Ich schüttelte nur den Kopf und sagte: »Ich warte auf das Gerichtsverfahren.«

Auf meine Frage, ob ich denn eine Kopie meines Berichtes bekommen würde, kam die barsche Antwort: »Nein.« Ich hatte keine andere Antwort erwartet, doch fragen durfte ich wohl noch. Ich hätte gerne eine Kopie für meine Akte gehabt und noch viel lieber eine Kopie ihres Berichts, den diese Polizistin beifügen würde.

Eine Beschwerde und eine Anzeige

Ich habe eine Beschwerde an das Polizeirevier geschickt, wegen der Art und Weise, mit der diese Polizeibeamtin mich behandelt hatte. Doch ich kenne viele Privatpersonen, die sich schon über die Polizei und ihre Methoden beschwert haben. Da jeder Polizeibeamte unter Eid steht, glaubt ihm jeder Richter. So können Polizeibeamte in Luxemburg ihre Anhörungen durchführen, wie sie wollen, es kann ihnen niemand etwas nachsagen. So können sie auch ihre Machtposition ausnutzen. Der einzige Zeuge ist die Person, die verhört wird, und der glaubt im Zweifel niemand. Und sollte tatsächlich ein Disziplinarverfahren gegen einen Polizisten stattfinden, riskiert dieser in den meisten Fällen nur eine »10-Prozent-Strafe«, die ihm von seinem Monatslohn abgezogen wird. Die Anzahl der tatsächlichen Disziplinarverfahren in Luxemburg bei Polizisten ist erschreckend hoch, eine genaue Zahl will aber niemand kennen. Sollte es zu einer Klage kommen, wird derjenige, der die Klage führt, zur Kasse gebeten. Zu zahlen sind dann die Anwaltskosten und die Gerichtskosten. Nicht zu vergessen sind die strapazierten Nerven, die Zeit, die investiert werden muss, die Ungewissheit bis zum Urteil, die Angst. Dermaßen erbost über diese Angelegenheit, für die ich nicht verantwortlich war, begab ich mich zwei Tage später zu einem anderen Polizeipräsidium, um einen Schaden an meinem Auto zu melden. Er lag schon einige Zeit zurück. Ich hatte beim Einsteigen in mein Auto in der Einfahrt der Institution eine Schramme entdeckt. Ich hatte darauf verzichtet, die Anwesenden zu fragen, wer für diesen Schaden infrage kam. Vielmehr hätte ich es begrüßt, wenn der Schuldige sich bei mir gemeldet hätte. Ich war mir ganz sicher, dass die Schramme beim Einfahren in die Einfahrt nicht schon am Auto war. Um Diskussionen zu vermeiden, hatte ich damals geschwiegen und auf eine Klage verzichtet. Mir war klar, dass der Präsident es nicht begrüßt hätte, wenn ich im Polizeirevier, das sich auf der anderen Straßenseite befand, Klage erhoben hätte. Erst viel später tat es mir leid, dass ich keine Anzeige erstattet hatte.

Der diensthabende Polizist der Polizeistelle nahm nun meine Anzeige auf und sagte mir dann, das läge schon zu lange zurück. Die Anzeige hätte ich gleich machen sollen. Ich nannte noch den Namen der Putzfrau von damals, die ich verdächtigte. Auf meinen Bildern konnte man genau die Form des Papierkorbs aus dem Büro an der Autotür erkennen. Sie hatte vermutlich unbeabsichtigt mit dem Papierkorb die Autotür berührt. Von dieser Schadensmeldung hörte ich nie wieder, meine Autoversicherung übernahm die Kosten. Doch die Schramme an diesem alten Kastenwagen, für die ich nicht verantwortlich war, sollte mich noch jahrelang verfolgen.

Verfolgungen und die Polizei unternahm nichts

Immer wieder wurde Koby verfolgt, nach dem Verlassen seines Arbeitsplatzes oder in seiner Freizeit, meistens bei völliger Dunkelheit. Er drehte sich um und ein Mann ging etwa zehn Meter hinter ihm. Koby blieb dann stehen und verhielt sich so, als würde er auf jemanden warten. Der Verfolger blieb dann ebenfalls stehen, immer 15 bis 20 Meter entfernt, und sah weg. Einmal gelang es Koby, den Verfolger abzuhängen, doch am Ende der Straße wartete eine andere dunkle Gestalt. Er hatte es mittlerweile im Gefühl, wenn ihn jemand verfolgte. Wenn die Entfernung zwischen ihm und seinem Verfolger immer gleich blieb, egal ob er schneller oder weniger schnell marschierte, bekam er es mit der Angst zu tun. Nicht ein einziges Mal hatte er erkennen können, wer ihn verfolgte. Blieb er stehen und drehte sich schnell um, war derjenige verschwunden. Ob es einer oder auch mehrere der Männer waren, die ihm das alles in der Schulzeit angetan hatten, oder jemand, der beauftragt worden war, ihn zu verfolgen, wusste er nicht. Kein Wunder, dass er mittlerweile unter Verfolgungsängsten litt. Er drehte sich sogar in seinem Schlafzimmer fortwährend um, weil er glaubte, jemand stünde hinter ihm. Panikattacken und Schlaflosigkeit waren die Folge dieser Verfolgungen. Eine Anzeige bei der Polizei hatte er erstattet, doch er konnte seine Verfolger nicht näher beschreiben. Er wusste nur, dass sie immer schwarz gekleidet waren. Und das sagte nicht viel aus, es war Winterzeit und stockdunkel. Auch sagte er dem zuständigen Polizeibeamten, welche Personen im Verdacht stünden, ihn zu verfolgen.

Jedes Mal, wenn Koby zur Polizei ging, hatte er es mit einem anderen Beamten zu tun, der Beamte aus der letzten Woche war nicht im Dienst. So wurde immer wieder von einem anderen Beamten die Beschwerde aufgenommen. Und es bestand keine Zusammenarbeit oder Koordination. Die rechte Hand wusste scheinbar nicht, was die linke machte. Dem einen war es höchstwahrscheinlich zu viel Arbeit, Nachforschungen anzustellen, der andere wollte überhaupt keine Beschwerde aufnehmen, wieder ein anderer hörte knapp zu, der Fall interessierte ihn nicht, denn der Feierabend nahte. Vielleicht hatten auch alle diese jungen Beamten die Order erhalten, Berichte zu erstellen, aber außerdem nichts zu unternehmen. Die Polizei sagte zwar, dass sie die Alibis der fünf Jugendlichen überprüfen würden, doch nie gab es einen Rückruf und alle Anzeigen verliefen im Sande. Ob jemals vonseiten der Polizei überhaupt nachgeforscht wurde, konnte Koby nie in Erfahrung bringen. Seine Anzeigen wurden schriftlich festgehalten und damit hatte es sich. Es schien auch jetzt keine Änderung im System Opfer-Täter einzutreten. Koby blieb sich selbst überlassen. Früher war das auch immer so, die Täter schienen geschützt zu sein. Nach einigen vergeblichen Versuchen gab er die Hoffnung auf, dass die Polizei Abhilfe schaffen würde. Er nahm einen anderen Weg, um zur Arbeit zu gehen. Außerdem verließ er zu unregelmäßigen Zeiten seine Arbeitsstelle. So hörten die Verfolgungen eines Tages auf.

Doch plötzlich stand einer der fünf Jugendlichen aus seiner Schulzeit vor dem Gebäude, in dem er arbeitete. Am Tag danach war es ein anderer, der dort stand. Vor das Gebäude konnte sich natürlich jeder stellen, da ließ sich nichts machen. Doch schon alleine der Gedanke, dass dort wieder jemand stehen würde und immer wieder ein anderer, und die Frage, wer es heute wohl sein wird, lösten Panik in Koby aus. Gott sei Dank hielt dieser Psychoterror nicht an, und zur Polizei wollte er nicht mehr gehen, da sie sowieso nichts unternehmen würde.

Noch zwei Polizeireviere

Als ich eine Woche später zum Briefkasten ging, staunte ich nicht schlecht. Ein Einschreiben lag für mich bereit, ich musste zur Post, um es abzuholen. Es war eine Einladung zu einer Anhörung bei der Polizei, diesmal war es das Polizeirevier am Bahnhof. Die Polizeireviere, die Koby aufgesucht hatte, um die Verfolgungen mitzuteilen, waren in der Hauptstadt Luxemburg, doch dieses war wieder ein anderes. Es gab schon damals eine Reihe von kleinen Polizeirevieren in der Hauptstadt. Ich hatte keinen blassen Schimmer, um was es sich handeln könnte, und rief die Telefonnummer an, die angegeben war. Am Telefon wollte mir der zuständige Polizeibeamte nicht sagen, um was es sich handelte. Auf jeden Fall war diese Einladung zehn Tage vor der Anhörung verschickt worden, das fand ich sehr korrekt. Dass es »bloß« ein Vergehen im Straßenverkehr wäre, hoffte ich jetzt. Doch wenn es um einen Strafzettel ging, hätte man mich nicht auf das Polizeirevier bestellt. Eine Vorladung zur Polizei bedeutet eigentlich nie etwas Gutes. Wäre ich als Zeuge vorgeladen worden, hätte das dort gestanden.

Der Tag der Anhörung kam. Ein sehr junger Polizeibeamter führte sie durch. Nach dem üblichen Personaliencheck fragte er mich, ob ich einen Namen kennen würde, und nannte einen Namen der fünf Jugendlichen aus der Schule von damals. Ein bisschen erschrocken war ich schon, ließ mir aber nichts anmerken und bejahte die Frage. Dann kam die nächste Frage, woher ich den Namen kennen würde. Meine Antwort gab ich nach kurzer Überlegung: »Das müsste ein junger Mann sein, der dieselbe Schule besucht hat wie mein Sohn.«

»Es ist eine Beschwerde bei der Polizei von diesem jungen Mann eingegangen«, sagte der Beamte nun. Dann las er mir einen Brief vor, es war irgendein Bericht über eine Massenvergewaltigung in Indien, eine junge Frau starb an ihren Verletzungen. Nun folgten zahlreiche Protestaktionen, bei denen eine Masse von Menschen nach Strafe schrie.

Die Beschuldigten hatten versucht, ihre Spuren zu verwischen – erfolglos. Nun sollten diese Beschuldigten, fünf an der Zahl, des Mordes angeklagt werden und der Tod durch den Strang sollte die Strafe sein.

»Dem würde ich nur zustimmen«, sagte ich.

Diese Antwort finde er komisch, sagte der junge Polizeibeamte. Aber ich hatte ja nur meine Meinung zu dem gesagt, was er mir da gerade vorgelesen hatte. Ich musste an mich halten, um nicht laut zu schreien. Unter dem Bürotisch kniff ich mir mit beiden Händen fest in die Beine. Es sollte richtig wehtun, das half mir im Moment, nicht überzureagieren. Daraus hätte der junge Polizist vermutlich auch wieder falsche Schlüsse gezogen. Wochenlang war Koby auf der Straße verfolgt worden, er wusste heute noch nicht, wer das gewesen war. Seitdem litt er, hatte Panikattacken, schlaflose Nächte, oft sprang er aus dem Bett und warf sich zu Boden, die Hände über dem Kopf. Es brauchte immer eine Weile, bis er wieder klar denken konnte, doch dann war an Einschlafen nicht mehr zu denken. Wir waren beide überzeugt davon, dass es immer einer oder zwei aus dieser Bande aus der Schule gewesen waren, doch beweisen konnten wir das nicht. »Und was soll das Ganze? Ich verstehe diese Geschichte von Indien nicht. Was habe ich damit zu tun? Ich habe niemanden vergewaltigt«, sagte ich schließlich.

»Dieser Junge behauptet, Sie hätten ihm dieses Schreiben geschickt«, erklärte der Beamte.

»Ich kann nur sagen, ich war es nicht. Ich kenne diesen Bericht nicht. In den Zeitungen stand schon viel über diese Verbrechen in Indien. Ich habe davon gelesen, das ist alles«, antwortete ich entschieden.

Das besagte Schreiben hatte der Beamte mir nur vorgelesen. Er sagte mir noch, dass die Akte an die Justizbehörde weitergeleitet würde.

Es war keine ganze Woche vorüber, da klingelte der Postbote und hielt ein Einschreiben in der Hand. Zuerst wollte ich den Umschlag nicht aufmachen, doch ich musste einfach. Und, Schreck lass nach, es war noch eine Vorladung bei einer anderen Polizeistelle im städtischen

Gebiet. Auch dieser Polizeibeamte las mir dasselbe Schreiben vor, das noch einer aus der Fünferbande mit normaler Post erhalten hatte. Und ich sagte, dass ich dieses Schreiben nicht kannte, nicht verfasst hätte und somit auch an niemanden verschickt hätte. Ich sagte nichts von meiner Vorladung vor einer Woche, denn der Beamte hätte selbst davon wissen müssen. Wobei die Polizeireviere alle separat zu funktionieren schienen, vielleicht kochte auch jedes Revier seine eigene Suppe. Diese Akte sollte auch wieder an die Justizbehörde weitergeleitet werden.

Die beiden jungen Polizeibeamten auf diesem Revier waren ausnahmsweise sehr freundlich. Keiner übte Druck aus und sie machten einfach brav die Arbeit, die ihnen ihre Vorgesetzten aufgetragen hatten. Sie waren unvoreingenommen, befragten mich und informierten mich und das alles in einem korrekten Ton. Auf jeden Fall schienen diese jungen Verbrecher Angst zu haben. Der Tod durch den Strang hatte es ihnen scheinbar angetan. Wenn mir jemand einen solchen Brief schicken würde, ich würde es nicht mit der Angst bekommen.

Von diesen beiden Vorladungen bei der Polizei sagte ich Koby nichts. Ich wollte und konnte ihn nicht noch mehr in Aufruhr bringen, die Panikattacken waren etwas weniger geworden und das sollte so bleiben. Doch wusste ich auch, dass viele Schüler aus dieser Schule Opfer waren, viele waren von dieser Fünferbande terrorisiert worden. Ich kannte die Namen der Täter, der Opfer, der Zeugen, der Mitwisser. Vielleicht hatte eines der vielen Opfer die Briefe geschickt, doch das sagte ich den Polizeibeamten nicht. Sollte die Polizei doch selbst Untersuchungen anstellen. Bis jetzt war Koby immer hingestellt worden als jemand, der fantasierte, oder als Lügner. Von dieser Affäre hörte ich dann aber nie mehr irgendetwas. In der darauffolgenden Woche rechnete ich jedes Mal mit einem weiteren Einschreiben, wenn ich den Postboten erblickte.

Missbrauch im Einkaufszentrum

Eines Tage kam Koby völlig aufgelöst nach Hause. Er war nicht ansprechbar, erst nach einer halben Stunde kamen einige Wortfetzen. In einem Einkaufszentrum war er gewesen und er war völlig nackt auf der Herrentoilette und auf dem Boden liegend neben seinen Kleidern erwacht. Schnell hatte er seine Kleider zusammengerafft, sich angezogen, war aus dem Einkaufszentrum gelaufen, hatte sich hinter das Steuerrad gesetzt und war mit erhöhter Geschwindigkeit nach Hause gefahren. Er konnte sich nicht erklären, wie er überhaupt den Weg nach Hause gefunden hatte. In seinem Gehirn drehte sich ein Karussell wie auf dem Rummelplatz. Alles drehte sich im Kreise: Eingang, Ausgang, Milch, Schokolade, ein anderer Eingang, Toilette, Tür, Boden, Kleider, Sportdirektor. Bei Sportdirektor blieb das Karussell stehen. »Er war es, er hat das alles vorbereitet und organisiert«, sagte er.

Ich fragte zurück: »Wen meinst du? Wo warst du? Du wolltest einkaufen! Wo sind deine Einkäufe?«

Das waren zu viele Fragen und er war nicht imstande, eine einzige zu beantworten. Doch er konnte sich erinnern, dass in diesem Einkaufszentrum Arbeiten am Haupteingang im Gange gewesen waren, deshalb mussten die Besucher eine Toilette im rechten Flügel des Gebäudes aufsuchen. Und er konnte sich erinnern, eine ihm bekannte Person in der Galerie dieses Einkaufszentrums gesehen zu haben. Es lag nun einige Jahre zurück, doch seine Erinnerungen nahmen überhand und er sah sich wieder in diesem Pfadfinderchalet eingesperrt mit den anderen Jungen. Es handelte sich um denjenigen, der die Jugendlichen in seinem Geländewagen hingebracht hatte. Und in seinem Wagen waren elektrische Kabel angebracht gewesen, sodass die Jugendlichen beim geringsten Kontakt im Innern des Autos elektrische Schläge abbekamen. Dieser Mann war und ist der Sportdirektor des besagten landesweit bekannten Sportvereins, der damals und auch heute noch Sport anbietet für Jugendliche mit physischem und psychischem Handicap. Beim Anblick dieses Mannes, der in Begleitung eines Fremden dastand, stockte ihm der Atem. Schnell war er zum Toilettenraum gegangen, und da stand der fremde Mann hinter ihm am Pissoir. Seine Gedächtnislücke fing in dem Moment an, als er vor dem Pissoir stand, und dauerte bis zu dem Moment, wo er auf dem Boden liegend erwachte. »In meinem Hirn war alles Matsch, ich habe meine Einkäufe auf der Toilette liegen lassen oder auf dem Weg nach draußen verloren, ich weiß es nicht mehr«, schloss er.

Ein Filmriss also von dem Moment vor dem Pissoir bis hin zu dem Moment, wo er nackt auf dem Boden in der Toilette lag, wie in Trance seine Kleider zusammenraffte, sich schnell anzog und mit überhöhter Geschwindigkeit nach Hause fuhr. Ich war erleichtert, dass Koby mir gleich alles, was er erlebt hatte, berichtete. Er hätte sich am liebsten irgendwo verkrochen und nichts gesagt. Aber als ich vor lauter Pein laut rief: »Nicht schon wieder, nicht schon wieder«, waren wir uns gleich einig, dass keine Zeit verloren gehen durfte. Nach dem Missbrauch in der Schule, im Internat und in diesem Sportverein, der niemals nachgewiesen worden war und für den sich auch keine Polizei oder Justiz interessiert hatte, sollte diesmal nichts verkehrt laufen. Zehn Minuten später saßen wir im Auto, wir wechselten kein Wort miteinander, fuhren direkt in eine Klinik im Norden des Landes, und nachdem der diensthabende Arzt Koby angehört hatte, folgte eine Untersuchung. Die Ergebnisse würden übermorgen zur Verfügung stehen. Mittlerweile war es nach Mitternacht, als wir in einem Polizeirevier in Mersch vorstellig wurden. Die diensthabende Polizistin, es war eine Kommissarin, das stand so auf ihrer Dienstbekleidung, hörte Koby an und erstellte das Protokoll. Als wir gegen 3.00 Uhr morgens zu Bett gingen, konnte keiner von uns ein Auge zutun.

Drei Tage später kam ein Telefonanruf, dass Koby auf das Hauptkommissariat der Kripo kommen soll, und seine Kleidung, die er an dem Tag des Besuches im Einkaufszentrum getragen hatte, sollte er gleich mitbringen. Die sehr junge Kriminalbeamtin hörte Koby zu, versicherte ihm, dass alles Mögliche und Nötige getan werden würde, um diesen Fall aufzuklären und die Schuldigen zur Rechenschaft zu ziehen. Dann nahm sie seine ungewaschene Kleidung von den Schuhen bis zur Kappe an sich, einfach alles, was er getragen hatte an diesem Tag im Einkaufszentrum.

Zwei Tage später kam erneut ein Anruf, er sollte nochmals bei der Kriminalbeamtin vorstellig werden. Ich begleitete ihn, denn ich wusste, dass er nicht bereit war, noch einmal alles zu berichten. Es war für ihn so schmerzhaft und so erniedrigend gewesen, dass er einfach nicht mehr konnte. Widerstrebend berichtete er dann nochmals und seine Berichterstattung wurde nun auf Tonband in einem Raum mit integrierter Kamera, der für solche Vorfälle vorgesehen war, aufgenommen. Danach zeigte ihm die Polizistin eine Aufnahme der Überwachungskamera aus dem Einkaufszentrum, die eine Stunde dauerte. Sie hatte sie bei der Sicherheitsfirma des Einkaufszentrums angefordert.

»Ich wäre schon mal froh, wenn ich Koby überhaupt sehen würde auf diesen Aufnahmen. Ich habe diesen Sportdirektor vom Sportverein kontaktiert, der mit der besagten Person im Einkaufszentrum gewesen sein soll, und er hat mir am Telefon gesagt, er wäre überhaupt nicht dort gewesen.«

Schockiert saßen wir beide da, Koby war nicht auf den Aufnahmen zu sehen, und der Sportdirektor hatte am Telefon zur Polizei gesagt, er sei nicht dort gewesen. Zu Hause hatte Koby diesen anderen Mann noch vor Augen gehabt, der dabei gewesen war im Einkaufzentrum, er hatte gleich ein sogenanntes Phantombild gezeichnet. Wir hatten uns damit beschäftigt, auf der Internetseite des Sportvereins Bilder anzuschauen. Die Sportler, die an einer rezenten Sportveranstaltung in Luxemburg teilgenommen hatten, kannten wir alle. Auch Sportbegleiter, die wir nicht kannten, waren auf den Bildern zu sehen. Nachdem wir nahezu zwei Stunden auf den Bildschirm gestarrt hatten und schon aufgeben wollten, hatte Koby den Mann auf einer Sportseite im Internet doch erkannt. Er war sich ganz sicher, dass es dieser Mann gewesen war, der dann in der Toilette des Einkaufszentrums auftauchte. Wir waren erleichtert, denn wir hatten nun Hoffnung, dass er identifiziert werden konnte. Wir hatten fünf scharfe Bilder, auf denen dieser Mann zu sehen war, von der Internetseite heruntergeladen. Als Koby dann die Mappe mit den Bildern des Mannes der Polizistin übergab, schien diese überhaupt nicht begeistert zu sein. Seinen Namen konnten wir ihr auch nennen, ebenso den Namen und die Adresse des Sportvereins in Deutschland, dem er angehörte.

Mir war schon gleich zu Anfang des Gesprächs aufgefallen, dass die Kriminalbeamtin ein ganz anderes Benehmen hatte bei diesem zweiten Termin. Mir schien es, als wenn das Ganze sie überhaupt nicht interessieren würde. Hörte sie überhaupt zu, fragte ich mich pessimistisch, wie ich das schon oft getan hatte in der Vergangenheit. Es fiel mir schwer, noch positiv zu denken. Dass Koby nicht auf der Kameraaufzeichnung zu sehen war, konnte ich selbst sehen, denn ich war ja dabei auf der Polizeidienststelle der Kripo, Spezialabteilung »Jugendschutz«. Mir war gleich klar, dass die Polizei den Sportdirektor nicht behelligen würde. Er war ein Mann, den jeder im Land kannte, ein Mann, der in der Öffentlichkeit stand. Niemand würde es wagen, diesen Mann anzugreifen und ihm irgendetwas Böses zu unterstellen.

Koby saß da wie ein begossener Pudel und sagte gar nichts. Er wollte nur noch nach Hause und er sagte zur Polizistin: »Ich fühle mich nicht wohl, ich muss hier raus.« Ich stand mit ihm auf und wir verließen die Spezialabteilung »Jugendschutz« der Kripo. Im Auto brach es dann aus ihm heraus: »Schon wieder stellt mich die Polizei hin wie einen Lügner.«

Ich fügte hinzu: »Nicht nur das. Der Täter wird gedeckt.«

Wir kamen zu dem Schluss, dass sie Koby eine andere Aufnahme gezeigt hatte, oder die Uhrzeit geändert oder gefälscht war. Und wenn wir Aufnahmen gesehen hätten von allen Ausgängen, Koby wäre nicht darauf zu finden gewesen. Für wie dumm hielt man uns eigentlich? »Die Polizistin hatte doch gesagt, sie würden alles tun, damit derjenige gefasst wird, der dir das angetan hat«, sagte ich schließlich. An diesen Satz musste ich immer wieder denken, er war es, der mich ein bisschen beruhigt hatte. Später sagte ich mir, dass ihre Vorgesetzten ihr genau vorgeschrieben hatten, wie sie sich verhalten sollte beim zweiten Gespräch. Also hatte Koby wieder geträumt und alles erfunden. Er soll noch nicht einmal dagewesen sein. Und es gab an dem Tag zu besagter Stunde im besagten Einkaufszentrum keinen Sportdirektor. Und niemand hatte ihn an diesem Tag begleitet. Keine Kamera hatte eine Aufnahme von Koby gemacht. Vielleicht waren überhaupt keine Toiletten da? Gab es überhaupt dieses Einkaufszentrum mit diesen vielen Käufern? Es war zum Verrücktwerden, denn man hielt Koby für einen Träumer, jemand, der Geschichten erfand und erzählte, der die Personen in seine Filme reinzauberte, die er wollte.

Erst nach drei Tagen waren die Ergebnisse der ärztlichen Untersuchungen fertig und der Arzt sagte zu Koby, er hätte keine DNA-Spuren feststellen können. Es stellte sich dann heraus, dass auch gar nicht nach DNA-Spuren gesucht worden war. Die DNA-Spuren sind aber ausschlaggebend und im Zweifel sollten sie nachweisbar sein, doch wenn der diensthabende Arzt keine Analysen auf DNA-Spuren anordnet, dann sucht auch niemand im Labor danach. Spuren von Drogen oder Einschlafmedikamenten, von K.-o.-Tropfen oder anderen Drogen wurden nicht gefunden, trotzdem wir keine Zeit verloren hatten, in die Klinik zu fahren. Koby hatte dem Arzt gesagt, dass er glaube, irgendetwas eingeatmet zu haben, und ab diesem Moment konnte er sich an nichts mehr erinnern. Es gibt doch auch Drogen, die schon nach sehr kurzer Zeit nicht mehr nachweisbar sind. Doch warum hatte dieser Arzt nicht nach DNA-Spuren gesucht? Diese Frage stellte Koby in einem Schreiben an die Direktion des Krankenhauses und erhielt schon zwei Tage später eine Antwort vom Direktor. Er stünde hinter seinen Ärzten, er hätte vollstes Vertrauen in die Ärzte seiner Klinik.

Diese Ärzte könnten Tests und Analysen verschreiben und ausführen oder eben nicht, nach ihrem Gutdünken.

Die Abteilung Jugendschutz der Kripo meldete sich nie mehr bei Koby. Name und Anschrift der beiden Männer hatte sie erhalten. Koby erhielt nie eine Meldung, ob der Mann gefunden und befragt worden war oder nicht. Seine Kleidung, die sorgfältig in die Spurensicherung weitergeleitet worden war, befindet sich heute noch immer dort oder wer weiß wo, auf jeden Fall bei der Polizei. Und es sind mehr als drei Jahre seitdem vergangen. Und auf einen Bescheid von der Polizei, was die Untersuchungen auf irgendwelche Spuren anging, wartet Koby ebenfalls noch. Es war, als wäre einfach nichts passiert. Eine Nachricht von der Spurensicherung mit einem negativen Befund der Kleidung wäre noch besser gewesen als gar keine Nachricht.

Koby war damals der einzige Jugendliche, der in der Lage gewesen war, über alles zu berichten, was dieser Sportdirektor und die Sportbegleiter vielen jungen Menschen angetan hatten. Darauf waren diese Kriminellen nicht gefasst gewesen. Kobys Anschuldigungen wurden aber als ein Racheakt an dem Sportdirektor gewertet, weil er ihn entlarvt hatte als Sexualverbrecher, und das vor Jahren schon. Er war zum falschen Moment an der falschen Stelle gewesen, als er im Einkaufszentrum war. Dieser Sportdirektor war landein, landaus bekannt, die Presse berichtete von den Wettkämpfen seiner Sportvereinigung. Sie war landaus, landein geehrt, Auszeichnungen, Medaillen aus den Händen von Politikern und Persönlichkeiten nahm dieser Sportdirektor entgegen. Er stand damals und steht noch heute mit an der Spitze der Vereinigung, die viele Sportarten für Jugendliche mit physischen und psychischen Defiziten anbietet. Seine Beziehungen reichen bis zum Großherzog. Wir kamen zu dem Schluss, dass die von Koby genannten Personen nicht von der Kripo angehört wurden. Alles Nötige war getan worden, keine unnötige Zeit war verloren gegangen, nichts war ausgelassen worden, damit dieser Fall aufgedeckt und die Täter zur Rechenschaft gezogen werden. Doch einmal mehr war Koby als

Trauma-Opfer im Stich gelassen worden, diesmal von der Abteilung »Jugendschutz« der Kripo.

Bis heute wird alles unternommen, damit Skandale über Missbrauch in Institutionen nicht an die Öffentlichkeit dringen. Die wenigen Klagen, die bei der Polizei eingereicht wurden, kamen immer nur bis zur Polizei und dann war Schluss. Dann folgte das große Schweigen und die Betroffenen wurden hängen gelassen. Diese Strategie war schon so oft angewendet worden und hat bis heute immer geklappt. Doch wie lange noch? Die Mauern von Organisationen, Hilfsorganisationen, Kinderheimen, Altersheimen, Pflegeheimen und Sportvereinen bröckeln schon seit einer Weile, jeden Tag brechen neue Stücke heraus.

Meine Schreiben an den Präsidenten

Nach meinem Ausschluss aus dem Verwaltungsrat habe ich dann mehrere Schreiben an den Präsidenten und einige Schreiben an die Ausschussmitglieder der Vereinigung gerichtet. Ich fühlte mich ungerecht behandelt und schrieb das auch so. Vergeblich wartete ich auf eine Reaktion. Es wäre nie zu spät gewesen, mich über den Grund meines Rauswurfs zu informieren. Dass ich auf eine Antwort wartete, ging aus meinen Schreiben hervor. Da ich befürchtete, dass die Schreiben nicht an die betreffenden Mitglieder weitergeleitet würden, hatte ich an ihre Privatadressen geschrieben. Ich bekam schließlich zwei Antworten von zwei Ausschussmitgliedern. Sie baten mich, sie doch nicht mehr schriftlich zu behelligen.

Meine Schreiben waren sarkastischer Natur, aber es waren nur Wahrheiten, die ich geschrieben hatte. Aber niemand wollte die Wahrheit hören. Dass der Fisch vom Kopf her stinkt, schrieb ich, und vom Mobbing, das ich erlebt habe. Ich schrieb, dass der Präsident immer im Alleingang agieren würde, dass er keine andere Meinung als seine eigene gelten ließ. Niemand würde ihm widersprechen, er ließ sich von niemandem reinreden, hatte immer recht, denn er war der Präsident, er hätte ein Herr-im-Hause-Syndrom. Dass diese Institution auf staatliche Subventionen verzichtete, damit prahlte er immer wieder. Doch ich wusste es besser, nur er nicht, dass der Staat in seine Machenschaften, und das Wichtigste, in die Konten der Stiftung Einsicht bekam.

Als dann eines seiner Familienmitglieder starb und ich ihm eine Beileidskarte schickte, kam diese Karte zerschnitten wieder an meine Adresse zurück. Zerschnitten, wie sie war, habe ich sie dann wieder an seine persönliche Adresse zurückgesendet. Dass ich bei der Gelegenheit auch einen Geldbetrag zugunsten der Stiftung spendete, wurde nirgendwo erwähnt und dieser Betrag wurde mir auch nicht zurückgesendet. Zerschnitten wurde der Schein bestimmt nicht, die

Spende schien willkommen gewesen zu sein. Es müssten insgesamt fünf Schreiben gewesen sein, keine Drohungen standen darin.

Insgeheim war ich stolz auf das, was ich geleistet hatte. Den ganzen Tag hatte ich darauf verwendet, die grün gemusterte Tapete im Wohnzimmer abzukratzen und die Wände hellblau zu streichen. Das Ganze hatte länger gedauert als gedacht, und am Ende taten mir die Arme weh, aber es war den Aufwand wert. Koby hatte für mich einige Besorgungen erledigt und ich sollte ihn mit den Einkäufen nach diesem langen »Anstreichertag« mit meinem Wagen in der Hauptstadt abholen. Der in der Bahnhofsstraße auch heute herrschende Berufsverkehr hinderte mich daran, die einzige Parklücke, die ich fand, zu besetzen. Erzwingen wollte ich mir diese Parklücke nicht. Aus dem Weg gehupt und weggedrängelt wurde ich, fuhr noch einmal um den Block der Geschäftsgebäude und schließlich blieb mir nichts anderes übrig, als durch die Einbahnstraße zu fahren, vorbei am Gebäude, in dem die Vereinigung ihren Sitz hat. Der Zufall wollte es, dass der Präsident gerade in dem Moment das Gebäude verließ und zur Straße schaute und mich vorbeifahren sah.

Beim zweiten Vorbeifahren klappte es wieder nicht mit der Parklücke. Aber wir wollten uns heute ein nettes Lokal suchen, waren uns aber noch nicht einig, ob wir zum Italiener oder zu dem neuen chinesischen Restaurant gehen sollten, die Eröffnung war vor Kurzem gewesen. Es staute noch immer und wir fuhren erneut durch dieselbe Einbahnstraße wie vorhin, was ich aber nicht extra machte. Vorbei am Sitz der Vereinigung, da sehen wir wieder den Präsidenten mit seiner Gattin vor der Einfahrt stehen, unserem Auto nachschauend. Wir achteten nicht darauf und suchten weiter nach einem Parkplatz in der Nähe des chinesischen Restaurants. Da sahen wir, wie außer den beiden noch zwei Mitarbeiter dastanden und uns beobachteten, dann am Auto vorbeigingen und auf und ab gingen. Ich hatte den Wagen vor einer privaten Garageneinfahrt geparkt, doch da konnte ich nicht stehen bleiben. Mit dem Handy am Ohr, so sah ich den Präsidenten auf dem Bürgersteig, nicht weit weg, daneben seine Gemahlin und die zwei Mitarbeiter, die ich auch kannte. Ich dachte mir nichts dabei und fuhr wieder raus. Für einen Moment stand ich am Straßenrand. Da sah ich plötzlich zwei Polizisten aus dem gegenüberliegenden Polizeirevier auf mein Auto zukommen. Ich kurbelte das Seitenfenster herunter in Erwartung der Dinge. Ein sehr junger Polizist fragte nach meinen Ausweispapieren und den Zulassungspapieren des Autos, die ich ihm gab, und ich traute mich zu fragen: »Ist etwas passiert? Warum fragen Sie nach meinen Papieren?«

»Was machen Sie hier?«, fragte er zurück.

»Ich suche nach einer Parklücke, um dann in ein Restaurant zu gehen«, antwortete ich.

Da öffnete Koby plötzlich die Seitentür und rannte einfach weg. Ich verstand nicht, warum er wegwollte, sprang aber aus dem Wagen und folgte ihm. Ich brachte ihn zum Auto zurück, hielt ihn am Arm fest. Er fing an zu hyperventilieren, zufällig fand ich im Auto eine Tüte zum Atmen, sodass es etwas besser wurde. Mit seinem Finger zeigte er dann auf die Polizisten, er zitterte dabei am ganzen Leib. »Warum hat der Präsident die Polizei angerufen? Das kann doch nur er gewesen sein. Was haben wir beide hier und jetzt falsch gemacht?«, flüsterte er mir zu. »Und der hat mal zu mir gesagt, er sei mein Freund. Warum spricht er denn nicht mit uns, um uns zu erklären, oder ...«

Nach Jahren voller Gewalt in der Schule brauchte es nur einen kleinen Auslöser, um bei Koby eine Panikattacke hervorzurufen. Der Auslöser hier waren die beiden Polizisten. Später erklärte er mir, dass er sich in den Moment zurückversetzt gefühlt hatte, als in der Schule damals die Polizisten erschienen waren, um ihn aufs Revier mitzunehmen. Seine Peiniger hatten ihn unter Druck gesetzt, als die Polizei vor dem Schulgebäude mit einem großen Aufgebot erschien. Später stellte sich heraus, dass sie erschienen waren wegen einer Drogenfahndung. Es war also der Anblick der Polizisten, der ihn komplett aus der Fassung gebracht hatte.

»Wenn heute und hier etwas passiert, dann …«, sagte der Polizist nun.

Ich wurde wütend und antwortete: »Deshalb musste ich ihnen meine Papiere zeigen, weil eventuell heute etwas passieren könnte? Das müssen Sie mir aber mal genauer erklären. Was soll denn hier passieren? Dann haben wir also diesem Herrn dort zu verdanken, dass Koby eine Panikattacke bekommen hat.«

Jetzt verstand der Polizist gar nichts mehr, er hatte vielleicht keine Ahnung, was eine Panikattacke bedeutete, und fand es vielleicht komisch, dass jemand beim Anblick der Polizei Angst bekam. Nur nicht mit den beiden aufs Revier gehen müssen, das war mein einziger Gedanke. Denn dann würde ich Koby nicht mehr beruhigen können.

»Fahren Sie weiter, nicht stehen bleiben, hier können Sie nicht bleiben«, sagte der Polizist nun. »Wenn der Junge sich nicht wohlfühlt, dann fahren Sie zur nächsten Klinik.«

Ich war erleichtert über diese Antwort.

In der Zwischenzeit hatten wir beide beobachten können, wie der Präsident mit seiner Gefolgschaft ein Lokal auf der anderen Straßenseite betrat. Wir wollten nicht wegfahren, ohne ihm gedankt zu haben für das, was er gerade Koby angetan hatte. Dieser Mann hatte ihn kennengelernt als Trauma-Opfer, wusste von seinen Ängsten und Panikattacken aufgrund seiner früheren Erlebnisse und jetzt war er der Auslöser für eine dramatische Situation gewesen. Kobys psychischer Stress eskalierte aber nun von einem Moment auf den anderen und wurde zu einer Angstreaktion, kreidebleich stand er da. Wir gingen dennoch Arm in Arm in das Lokal, in das die vier eingekehrt waren. Da Koby unter Schock unfähig war, auch nur ein Wort zu sagen, sprach ich an seiner Stelle. Ich ging zu dem Tisch, wo die vier saßen, und sagte zum Präsidenten: »Danke, Herr Präsident, ein Trauma-Opfer sagt danke für das, was Sie ihm angetan haben. Von Opfern, Herr Präsident, haben Sie keine Ahnung, und von diesem Opfer ganz bestimmt nicht.« Er saß da, blickte starr vor sich hin, kein Wort kam über seine Lippen. Seine Ehefrau fauchte mich an, ich solle gehen, das Lokal verlassen. Und ich antwortete: »In diesem Lokal und in allen Lokalen bestimmt der Wirt, wer zu gehen hat, sonst niemand. Vielen Dank nochmals.«

Wir verließen das Lokal und saßen noch eine Weile im Auto, weil Koby nochmals hyperventilierte und sein Herz so kräftig hämmerte. Wir beide hätten gerne einen Tasse Tee getrunken, doch in diesem Lokal wollten wir nicht bleiben und der Appetit war uns vergangen. Wir saßen also im Wagen, dann fuhr ich ein paar Meter, musste wieder anhalten und ihn beruhigen. Wenn er so panisch war, konnte ich das Auto nicht fahren, das war zu gefährlich. Erst nach einer vollen Stunde machten wir uns auf den Heimweg und tranken zu Hause eine Tasse Tee vor dem Zubettgehen.

Mein Termin bei der Kripo

Mein Staunen war groß, als drei Tage nach diesem Vorfall in meinem Briefkasten ein Brief von der Kripo lag. Es war kein Einschreiben, was bei uns eigentlich üblich ist bei Vorladungen vor Polizeibehörden. Nur durch Zufall hatte ich schnell noch an diesem Tag im Briefkasten nachgesehen, weil ich in Hektik war. Es war eine Beschwerde von der Institution bei der Polizei eingegangen, so stand es dort. Eine Anzeige wegen moralischer Belästigung war die Folge auf meine unbeantworteten Schreiben. Der Präsident hatte diese Anzeige auf den Weg gebracht, kein einziges Ausschussmitglied hatte eine Anzeige erstattet. Das Ganze wurde ein elendiges Trauerspiel und endete in einem Rechtsstreit und mit einer Verurteilung zu meinen Ungunsten.

Als Termin war der darauffolgende Tag anberaumt. Ich wollte auf jeden Fall diesen Termin wahrnehmen, weil die Herbstferien anstanden. Wäre dieser Brief einen Tag später im Briefkasten gelandet, hätte ich nicht hingehen können, weil ich in den Urlaub fahren wollte. Bei Nichterscheinen auf einem Polizeirevier ohne vorherige Entschuldigung kann aber schon eine Strafe anfallen. Da ich bis jetzt keinerlei Erfahrung mit Vorladungen von der hiesigen Polizei hatte, wusste ich auch nicht, dass ich den Termin auf einen anderen Tag hätte verschieben und einen Anwalt hinzuziehen können. Ich rief dann bei dem Kriminalbeamten an und fragte, ob ich einen Rechtsanwalt hinzuziehen könnte. Er antwortete mir, dass dieser dabeisitzen könne, doch kein Recht hätte zu reden. Viel später stellte sich heraus, dass diese Antwort nicht der Wahrheit entsprach.

Ich war unruhig wegen dem Termin, außerdem musste ich an diesem Abend die Koffer packen, denn ich wollte ja am darauffolgenden Tag in den Urlaub fahren. Doch nun musste ich die Abreise auf den frühen Nachmittag verschieben wegen dieses Termins. Den Kopf voller Fragen konnte ich in dieser Nacht keinen geruhsamen Schlaf finden.

Mitten in der Nacht stand ich auf und suchte meinen Notizblock, in dem viele wichtige Dinge standen, die mir bei der Polizei nützen könnten. Gott sei Dank fand ich ihn gleich und legte ihn neben mein Kopfkissen.

Punkt 9.00 Uhr saß ich vor dem Kripobeamten, der mir die Vorladung zugeschickt hatte. Zuerst wurden meine Personalien geprüft. Die Akte, die vor dem Beamten lag, war ziemlich dick. Der Beamte begann: »Ich stelle Ihnen die Fragen, die auf meiner Liste stehen, und Sie geben mir eine Antwort. Sie haben bei dieser Institution gearbeitet, wie lange?«

»Ich wurde vorstellig bei dieser Institution mit meinem Sohn Koby, der Hilfe suchte und Beistand brauchte als Opfer von Sexualdelikten. Das war mein erster Kontakt«, antwortete ich wahrheitsgemäß.

»Die Institution möchte nicht, dass Koby in diesen Fall eingebracht wird.«

Wie großzügig, dachte ich und fragte mich gleich, was wohl dahinterstecken könnte, dass ich Koby raushalten sollte. Dann antwortete ich weiter: »Ich habe dort als freiberufliche Mitarbeiterin und Mitglied des Verwaltungsausschusses circa drei Jahre lang gearbeitet, und das mehr als 20 Stunden die Woche.« Ganz genau konnte ich mich nicht erinnern, ich hatte nicht Buch geführt. »Fragen Sie doch lieber den Präsidenten, der hat Buch geführt über alles«, fügte ich dann noch hinzu. »Es gab ein großes graues Buch, dort wurde der genaue Zeitplan jedes Mitglieds und aller Mitarbeiter festgehalten. Es wurde penibel geführt und wehe man machte nicht so, wie er wollte. Erstens musste der Rand immer genauestens so und so viel Zentimeter breit sein, und die Überschrift musste in schwarzer Farbe sein, die Post wurde auch in Schwarz eingetragen, das Datum in blauer Farbe. Grün war vorgesehen für die Arbeitszeiten der Putzhilfe …« Ich wollte noch hinzufügen, dass diese penible Buchführung mich nicht nur an meinen allerersten Arbeitsplatz erinnerte, sondern auch an mein erstes Schuljahr in der Primärschule. Damals schrieben wir die Zahlen auch in verschiedenen Farben. Und dass ich wohl von Glück sagen konnte, dass nicht noch der Gang zur Toilette protokolliert wurde.

Doch er unterbrach mich: »Die Farben haben nichts mit dieser Akte zu tun. Was haben Sie gearbeitet?«

Ich wiederholte: »20 Stunden pro Woche, das waren drei Tage die Woche, immer fünf Stunden am Stück Bereitschaftsdienst im Sitz der Vereinigung. Zusätzlich rund um die Uhr, sieben Tage die Woche, telefonischer Bereitschaftsdienst. Außerdem habe ich Einkäufe für das Büro getätigt, Opfer zu Gerichtsterminen und Anwaltskanzleien begleitet, das geschah außerhalb des Bereitschaftsdienstes. Nicht zu vergessen: Beratungen am Telefon, Kaffeekochen, die eingehende Post durchsehen, eintragen in das große Buch mit den grauen Deckeln, die Mitgliederliste aktualisieren, am Computer Briefe schreiben, Ordner anlegen und die Korrespondenz in Ordnern ablegen, die Generalversammlung vorbereiten, die Weihnachtsfeier organisieren, den Festsaal bestellen, Menüs auswählen, Einladungen für Treffen, Generalversammlungen, für Feiern und die Neujahrsbegrüßung vorbereiten und verschicken. Die Bankkonten und Bankauszüge ...« Ich hatte das alles ganz schnell aufgezählt, doch weiter kam ich nicht. Entweder dauerte ihm meine Aufzählung zu lange oder er wollte nichts von Bankauszügen hören. Mit der Hand machte er eine Geste, die bedeuten sollte: Genug, ich will nichts mehr hören. Dann vertiefte er sich wieder in die Akte.

Ich fühlte mich erleichtert, dass ich damals bei meinem erzwungenen Abgang die Zugangskarte zu den Konten der Vereinigung bei der Bank gesperrt hatte. Hätte Geld auf den Konten der Stiftung gefehlt, dann wäre das wohl auch auf mein Konto gegangen. Im Stillen dankte ich meinem Bauchgefühl.

»Warum haben Sie eine Beileidskarte an den Präsidenten gesendet nach dem Tod eines Familienmitglieds?«, fragte der Beamte nun.

»Ist das verboten?«, fragte ich zurück. »Wenn ja, dann werde ich natürlich nie mehr irgendjemandem eine Beileidskarte schicken. Ich schreibe selten Beileidskarten, diese eine kam aber tatsächlich von Herzen. Jemand hat sie in 100 Teile zerschnitten und an mich zurückgesendet. Aber die Spende, die ich damals an die Stiftung der Vereinigung machte, die hat er bestimmt nicht in 100 Teile zerschnitten, und auch nicht an mich zurückgesendet. Die war wohl willkommen.«

Der Polizeibeamte tat so, als hätte er diesen Satz nicht vernommen, und fuhr fort mit seinen Fragen. Es folgten ungefähr noch 30, wobei es sich bei manchen um lächerliche Details handelte. Dann kam die folgende Frage: »Haben Sie dieses Schreiben verfasst und dieses …« Er hielt nacheinander zwei oder drei meiner fünf Schreiben in die Höhe. Da ich auf der anderen Seite seines Bürotisches saß, konnte ich mir nicht ganz sicher sein, welchen Brief der Beamte nun gerade hochhielt.

»Wenn unter den Schreiben mein Name und meine Unterschrift stehen, dann habe ich sie wohl geschrieben. Sie können gern meine Unterschrift auf meinem Ausweis mit der Unterschrift im Brief vergleichen. Sollten bei diesen von mir zusammengehefteten Schreiben Seiten reingerutscht sein ohne meine Unterschrift, dann habe ich diese Seiten nicht geschrieben.«

Bei dieser Antwort wirkte der Kommissar ein bisschen verwirrt. »Sie wissen schon, dass diese Institution Beziehungen hat in höhere Kreise, da könnten Sie den Kürzeren ziehen«, sagte er dann langsam.

Das verschlug mir die Sprache, ich konnte nur schlucken und zugleich wusste ich, dass er recht hatte. Außerdem konnte ich mich erinnern, dass in einem kürzlich erschienen Bericht in der Luxemburger Zeitung ein Zitat des Präsidenten stand: »Wir haben immer schon einen guten Draht zur Justiz gehabt.« Und wie oft hatte ich mir von diesem Mann anhören müssen, dass er beste Beziehungen in politischen und juristischen Kreisen hätte, sogar einen renommierten Staatsanwalt nannte er seinen Freund. Diesen Satz nahm ich damals als Drohung wahr, denn ich konnte mir keinen Reim darauf machen, warum er mir das gerade jetzt sagte.

Nun sprach der Kripobeamte von vielen SMS, die ich gesendet hätte.

Ich unterbrach ihn und sagte: »Ich kann mich an drei erinnern, mehr können es nicht gewesen sein.«

»Und Sie haben angerufen bei der Institution«, fügte er hinzu.

»Das ist doch auch nicht verboten. Wenn Sie mir sagen, um welchen Anruf es sich handelt, ich habe mir Notizen zu allen gemacht«, sagte ich aufgebracht.

Er nickte und sagte: »Binnen fünf Minuten haben Sie dreimal die Telefonnummer der Institution angewählt.«

Ich schaute auf meinen Notizblock und nach einem kurzen Augenblick konnte ich ihm das Datum und die Zeitangabe meiner drei Anrufe mitteilen. Wie gut, dass ich mir so genaue Notizen über alles gemacht hatte und dass ich dieses wichtige Notizbuch dabeihatte. Mein Gott, was hatte ich denn verbrochen mit diesen drei Anrufen?

»Und warum haben Sie dreimal angerufen?«, fragte der Kripobeamte weiter.

Ich erklärte: »Eine Person, die Opfer geworden war, und es war eine Bekannte von mir, wollte Auskunft haben, was diese Institution angeht. Ich wollte ihren Namen an die Institution weitergeben, damit ein Termin vereinbart werden kann, obwohl ich nicht mehr dort tätig war. Es muss so um 14.00 Uhr gewesen sein, als ich anrief. Ich konnte keine Stimme am Telefon vernehmen, weil ich mich auf einem Messegelände befand, und es war viel Lärm. Dann hängte ich ein und rief ein zweites Mal an. Da ich wieder nichts verstehen konnte, rief ich nochmals an und hörte eine Stimme am Telefon, die ich nicht kannte, und ich dachte, ich hätte mich verwählt, deshalb hängte ich ein.«

»Beim dritten Anruf war ich es, der abhob«, sagte der Kriminalbeamte.

»Sie? Das konnte ich ja nicht wissen. Sie haben sich auch nicht mit dem Namen der Institution gemeldet. Ich dachte also, ich hätte mich verwählt. Als ich dann eingehängt hatte, stellte ich auf meinem Display fest, dass ich mich bei der Telefonnummer nicht geirrt hatte. Doch ich rief dann nicht mehr an.« Soweit meine Erklärung. Es sollte sich später herausstellen, dass er gerade an diesem Tag zu dieser Zeit bei der Institution war, um diese Beschwerde gegen mich aufzunehmen. Welch ein Zufall und was für eine Geschichte.

Nun sagte er, dass er nur seiner Arbeit mache. Warum musste er sich rechtfertigen? Oder sollte das eine Entschuldigung sein?

Als ich seine Frage bejahte, nach Deutschland an die Direktion des Mutterhauses geschrieben zu haben, sagte er, dass das zu einer internationalen Klage führen könnte. Ich verstand nicht, was das bedeuten sollte, denn ich hatte nur um Rat gefragt bei dieser deutschen Institution. Es stand mir doch frei, zu schreiben, an wen ich wollte. Doch er meinte, ich hätte mich in Deutschland beschwert. Aber wie konnte er das sagen, da er weder im Besitz meines Schreibens noch der Rückantwort der Institution in Deutschland war?

Dann berichtete er mir von verschiedenen E-Mails, die ich der Institution geschickt hätte, über 400 an der Zahl. Ich nannte ihm meine zwei E-Mail-Adressen, die der Polizei schon bekannt waren. »Sie brauchen doch nur meine E-Mails zu kontrollieren, dazu hat die Polizei doch alle Möglichkeiten. Und Sie werden feststellen, dass ich diese E-Mails nicht gesendet habe«, schlug ich vor.

Darauf antwortete er nicht. Hinzu kamen jetzt noch zwei Postkarten, die ich tatsächlich versendet hatte, und zwar aus Australien. Alle waren mir auf den Leim gegangen, sogar die hiesige Post mit den Postboten, denn die Postkarten samt den gestempelten Briefmarken hatte ich in einem Einkaufszentrum gekauft. Hätte nie gedacht, dass alle ausnahmslos darauf hereinfallen würden. Die Post hatte nicht bemerkt, dass schon gestempelte Briefmarken auf den Postkarten waren. Ich hatte diese in einer billigen Plastikdose gekauft, es waren Kollektionsbriefmarken, die eben schon einen Stempel hatten. Das war voll gelungen.

Als er dann auf Beschädigungen am Gebäude der Institution, an elektronischen Geräten im Büro, am Wäschetrockner, Schrammen an diesem verdammten Kastenwagen zu sprechen kam, wurde ich wütend. Doch es war mir bewusst, dass es sein Ziel war, mich aus der Fassung zu bringen. Ich redete mir jetzt selbst zu, denn ich wusste doch, dass ich nichts dergleichen getan hatte. Also ruhig bleiben und zuhören. Dann fragte er mich: »Haben Sie immer einen Schraubenzieher dabei?«

»Warum denn das? Was soll ich mit einem Schraubenzieher?«, fragte ich zurück.

»Man hat mir gesagt, Sie hätten immer einen Schraubenzieher in Ihrer Handtasche dabei. Und Sie hätten mal gesagt, man wüsste nie, wann man so etwas braucht«, antwortete er.

»Immer sollte ich also so etwas bei mir haben. Derjenige, der das behauptet hat, hat der denn in meine Tasche geschaut? Er scheint besser zu wissen, was ich in meiner Tasche habe, als ich selbst. Aber es stimmt sicher, dass man so einen Gegenstand immer mal gebrauchen kann. Nach dem Motto ›selbst ist die Frau‹ habe ich immer viel Zeug in der Handtasche, wie die meisten Frauen. Und wenn der Präsident mir in die Handtasche geschaut hat, was man eigentlich nicht tun sollte, dann hat er vielleicht auch ein Metermaß, eine Zange, Reißnägel, einen Bleistift und einen Lippenstift gesehen. Vielleicht auch einen Hammer, mit dem ich immer auf die Menschen losgehe.« Der letzte Satz schien dem Polizeibeamten nicht zu gefallen. Nun nahm ich meine Handtasche und stellte sie auf den Bürotisch. »Gucken Sie doch mal in meine Handtasche, ob Sie darin etwas finden, was passt. Aber warum sollte ich einen Schraubenzieher bei mir haben? Und selbst wenn es so wäre, wäre auch das nicht verboten. Meine Pistole habe ich natürlich zu Hause gelassen.«

Der Kripobeamte schwieg zu dem letzten Satz. Als er sich weigerte, in meine Tasche zu schauen, kippte ich kurzerhand den ganzen Inhalt auf den Bürotisch und als mein Pfefferspray auf den Boden purzelte, sagte ich: »Ist zwar verboten, ist mir aber egal. Man muss sich verteidigen können.«

Der Beamte vergewisserte sich, dass kein Schraubenzieher in meiner Tasche war, er konnte überhaupt nichts Verdächtiges finden. Ich fragte mich nun, was das mit dem Schraubenzieher sollte. Vielleicht stand in der Akte, die vor dem Beamten auf dem Tisch lag, dass ich mit einem Schraubenzieher auf Menschen losging. Oder war dieser Kastenwagen vielleicht mit solch einem Ding beschädigt worden? Doch ich hütete mich, Fragen zu stellen, denn es war ja nicht an mir, die Fragen zu stellen, und womöglich machte ich mich mit einer Frage verdächtig. Aber was für eine blöde Geschichte mit dem Schraubenzieher war das bloß?

»Wo waren Sie am 10. Juli 2013?«, fragte er mich nun.

»Da fragen Sie mich aber was, da muss ich überlegen, damit ich Ihnen keine falsche Antwort gebe. Ich führe nämlich kein Buch übers Jahr, wo ich war und wo nicht. Wenn ich in meinem Kalender etwas vermerkt habe, dann kann ich es Ihnen sagen. Nun haben wir Oktober, das ist jetzt also einige Monate her.« Ich blätterte in meinem Kalender und stellte fest: »Ich habe nichts vermerkt, ich kann nur sagen, dass ich nicht im Urlaub war im Juli 2013, sonst weiß ich nichts weiter über diesen 10. Juli 2013.«

»Und wo waren Sie am 3. September 2013?«, fragte er weiter.

»Auch das weiß ich nicht mehr. Warum eigentlich?«

»An diesen beiden Tagen wurde die Eingangstür der Institution beschädigt. Einmal mit Nägeln und einmal wurde das Schloss der Eingangstür so verklebt, dass ein Schlosser kommen musste, um das Türschloss zu ersetzen«, erklärte er.

»Hat das jetzt etwas mit dem Schraubenzieher zu tun?«, fragte ich. Der Schraubenzieher ging mir nicht mehr aus dem Kopf.

Der Beamte schaute mich schief an und mit einem Blick, der nichts Gutes verhieß. Ich sollte lieber brav den Mund halten und abwarten, was noch kommt. Alle Mitarbeiter, die in der Vergangenheit dort tätig waren, sind im Streit gegangen oder wurden vom Präsidenten entlassen. Ein Mitarbeiter hat sogar mal die Akten hingeschmissen und geschrien: »Mach doch deinen Sch… selbst.« Warum so viele Mitarbeiter schon gegangen waren, schien mir schon bemerkenswert.

Ich wusste das alles von einer Mitarbeiterin, die diese Vereinigung schon vor langer Zeit verlassen hatte. Hätte ich dem Beamten gesagt, dass der Präsident nur Feinde hat und dass er die eigentlich alle fragen müsste, wo sie an diesen beiden Tagen waren, hätte ich mich aber sicher wieder verdächtig gemacht. Und er hätte viel zu tun gehabt, denn es waren ja einige.

Und dann war noch ein anonymer Brief eingegangen, in dem stand, dass der Präsident eine sexuelle Beziehung mit der Putzkraft gehabt haben soll oder noch immer hat, und das im Keller der Institution. Ich musste die Hand vor den Mund nehmen, um nicht laut loszulachen. Das gefiel dem Polizeibeamten gar nicht und ich hatte mich bestimmt wieder verdächtig benommen. »Wenn man mir so einen Brief schicken würde«, fing er an, stockte aber gleich.

Sind Sie denn auch oft in diesem Keller?, hätte ich beinahe gefragt. Und war dann die Putzfrau bei Ihnen? Auf jeden Fall schienen in dieser Sache mit dem Keller und der Putzfrau schon mal zwei Männer zusammenzuhalten. Das wunderte mich eigentlich nicht, aber ich nahm mich zusammen, um nicht laut zu lachen. Jeder Blick, jedes Wort, jede Geste, aber auch Lachen könnte zu meinen Lasten ausgelegt werden.

»Und Sie haben diesen Brief ohne Absender an seine Familienmitglieder verschickt. Unterschrieben war er mit ›eine gute Freundin‹«, fuhr er fort.

Ich schüttelte den Kopf. »Erstens bin ich keine Freundin dieser Familie und zweitens habe ich dieses Schreiben nicht verfasst und auch an niemanden verschickt.«

»Es gibt Mitarbeiter in dieser Vereinigung, die behaupteten, dass Sie das gewesen wären.«

»Ich habe von dem Brief gehört, ich weiß sogar, was drinsteht. Denn das besagte Schreiben wurde den Mitarbeitern vorgelesen und ich war auch anwesend. Wir saßen in einer Runde beisammen und jeder Anwesende konnte sich damals zum Brief äußern, außer mir. Als es an mir war, etwas zu sagen, schnitt mir der Präsident das Wort ab und sprach von etwas anderem. Und so ging es weiter, er ließ mich nicht zu Worte kommen. Die Person, die diesen Brief verfasst hat, wird wohl mit am Tisch gewesen sein. Indem er mich beschuldigte, hat er den Verdacht von sich abgewendet. Angriff war schon immer die beste Verteidigung. »Ich war nie im Keller, über den Schlüssel der Kellertür verfügte nur der Präsident, und der hatte seinen ›Goldschlüssel‹ immer in der Hosentasche, damit sich nur niemand diesen Schlüssel aneignen konnte. Mein Platz war im Büro am Computer«, erzählte ich. Dann ging mir plötzlich ein Licht auf und mir wurde klar, warum der Präsident mich immer auf meinem Bürostuhl sitzen sehen wollte. Jemand hat ihn im Keller beobachtet und diese Briefchen geschickt. Das Ganze begann nun pikant zu werden und ich hörte Sachen, von denen ich noch nichts wusste. Und ich hatte immer gedacht, ich wüsste alles, sogar mehr und besser als die anderen. Mir wurde klar, dass mir einige Details entgangen waren. Ich erinnerte mich jetzt, dass die Einlagerung des Weines im Keller einen ganzen Nachmittag gedauert hatte, und ich wusste jetzt wieder ganz genau, wer beim Tragen der vielen Rotweinflaschen geholfen hatte. Also ich saß an meinem Bürotisch und trug keinen Wein in den Keller. Allerdings konnte ich mir ein leises Lachen nicht verkneifen. In der Vergangenheit war mir von einer Freundin mal im Spaß gesagt worden, ich hätte eine »lange Leitung«. Und ich erinnerte mich nun daran, dass mich der Präsident in dieser Runde gefragt hatte: »Hast du Handschuhe beim Schreiben des Briefes getragen?« Er hatte das Schreiben höchstwahrscheinlich nach Fingerspuren untersucht. Er hatte wohl das nötige Material zu Hause und konnte so jeden Brief checken, der in seinem Briefkasten landete. Nun, jeder vertreibt sich die Zeit mit dem, was zu ihm passt. Er konnte einem leidtun.

»Also waren Sie es, die diesen Brief geschrieben hat?«, hakte der Polizeibeamte nach.

»Nein, ich habe diesen Brief nicht geschrieben. Warum denken denn bloß alle, dass ich dieses Schreiben verfasst habe? Wer hat ein Interesse, mir das in die Schuhe zu schieben? Das kann doch nur der Verfasser dieses Briefes sein«, entgegnete ich.

Dann sprach er von einer Verfolgung. Ich verstand nichts. »Welche und wessen Verfolgung meinen Sie?«

»Sie haben vier Mitarbeiter mit dem Auto verfolgt«, sagte er und beschrieb die Szene damals in der Straße, als Koby und ich einen Parkplatz gesucht hatten.

Ich schüttelte entschieden den Kopf. »Ganz bestimmt nicht. Wer sagt denn so etwas? Der Präsident und die drei Mitläufer, die sowieso alles sagen, was der Präsident von ihnen verlangt? Koby war in einer so schlechten Verfassung, dass ich immer wieder mit meinem Wagen stehenblieb, nachdem wir im Café gewesen waren, um dem Präsidenten die Meinung zu sagen. Da ich nicht wusste, ob ich ein Krankenhaus aufsuchen sollte oder nicht, fuhr ich, hielt wieder an und musste wieder Koby beruhigen. Das kann man in keinem Fall eine Verfolgung nennen.«

Der Kripobeamte schien überhaupt nicht zuzuhören. Ich war entrüstet. Aus dem damaligen Abend, den Stunden voller Angst, den Panikattacken und einer schlaflosen Nacht war nun eine Verfolgung gemacht worden. Doch das interessierte ihn überhaupt nicht, für Opfer war er nicht zuständig, für Panikattacken noch weniger. Es ging nur mehr um eine Verfolgung der Mitglieder mit meinem Auto. Dass der Präsident dieser Vereinigung keine Empathie für Trauma-Opfer hatte, dafür brauchte ich keine Beweise. Dass dieser Fall den Beamten nicht interessierte und sein Image störte, lag ebenfalls auf der Hand. Jetzt machte er wieder ein Häkchen auf seiner Liste mit Fragen und Antworten. »100 Fotos von Opfern wurden auf dem Computer gefunden, den Sie bedient haben«, sagte er nun.

Mir stockte der Atem, denn ich wusste, dass das nicht möglich war. Und ich wusste, dass diese Behauptung erfunden war. Mit dieser infamen Lüge hatte der Präsident vermutlich die Ausschussmitglieder manipuliert, damit sie gegen mich stimmten. Denn das war ein Argument, mit dem er gut daherkam, und eine solche Aussage passte zu ihm. »Nicht ein einziges Opfer wurde von mir abgelichtet, auf keinen Fall. Auf meinem Computer können nur die Bilder von der letzten Weihnachtsfeier sein. Fotos von den eingeladenen Personen, ohne Namen, sodass niemand wissen kann, wer sie waren. Eingeladen waren Opfer, begleitet von Familienangehörigen und Freunden. Und diese Bilder wurden nie irgendjemandem gezeigt. Die Erlaubnis zum Fotografieren hatte ich vom Präsidenten höchstpersönlich. Dass diese Bilder nun dazu dienen sollen, mich zu belasten, das ist kriminell«, sagte ich.

Der Beamte antwortete, es sei nicht an mir, zu bestimmen, wer kriminell sei und wer nicht. Ich war sehr erschrocken über diese Sache, denn das betraf meine Arbeit mit Opfern, sie wurde angegriffen. Ich hatte nie etwas nach draußen getragen und Fotos hatte es zu meiner Zeit auch nie gegeben.

Zum Schluss sagte der Beamte noch, dass auf Stalking, so wie ich das gemacht hätte, sechs Monate Gefängnis stünden. Er sagte das nebenbei und schaute mich mit einem selbstgefälligen Blick an. Erneut stockte mir der Atem, das war eine sehr deutliche Einschüchterung. Und ich antwortete: »Bis heute habe ich nicht gewusst, dass fünf Briefe, die nur der Information dienten und keine Drohungen enthielten, drei oder vier SMS, die man höchstens als doof bezeichnen kann, drei wichtige Telefonanrufe im Sinne dieser Vereinigung und zwei Postkarten, das Ganze in einem Zeitrahmen von sechs Monaten, Stalking sein sollen.«

Als er nun fragte, ob ich Streit hätte mit den Leuten aus dem Sportverein, in dem Koby Sport gemacht hatte, sagte ich nein. Was sollte diese Frage? Was hatte dieser Sportverein in diesem Verhör zu suchen? Ich konnte mir in diesem Moment keinen Reim darauf machen. Doch eine innere Unruhe ließ mich nicht mehr los. Und ich fragte mich, ob der Präsident dieser Institution, die behauptete, Hilfestellung für Opfer von Verbrechen anzubieten, ob dieser Mann in höchster Position gemeinsame Sache mit diesem Sportverein machte. Und ich sagte mir dann, nein, das kann nicht sein, ich muss mich irren. Das wollte ich einfach nicht glauben. Der Sportverein, in dem Koby und viele seiner Sportfreunde eingesperrt und wiederholt sexuell misshandelt worden waren ... In meinem Kopf fing es wie verrückt an zu pochen. Mir schossen die Tränen in die Augen, ich kämpfte sie zurück und hatte nur noch einen Gedanken: Ich. Werde. Nicht. Heulen! Niemals könnte ich Koby über eine Zusammenarbeit zwischen diesen beiden Vereinigungen informieren.

Mittlerweile war es schon nach 12.00 Uhr, ich dachte daran, dass ich noch zur Bank muss, um Geld abzuheben, weil ich doch morgen in den Urlaub fahren wollte. Wie konnte ich wissen, dass diese Anhörung stundenlang dauern sollte. Das hätte man mir auch vorher sagen können, dann hätte ich mich besser organisiert. Doch diese Vorladung erst einen Tag vorher zu schicken, das war Absicht von diesem Kripobeamten gewesen. Denn die Chance war relativ groß, dass der Geladene nicht erscheinen könnte oder würde.

»Das Ganze wird jetzt überprüft, auch die Kameras vor dem Gebäude«, sagte der Kripobeamte nun und schaute mir bei diesem Satz in die Augen. Ich hielt seinem Blick stand. Noch eine Einschüchterung, stellte ich fest. Er dachte wohl, ich würde mir jetzt in die Hose machen vor lauter Angst.

»Na, dann machen Sie nur, hoffentlich sind überall Kameras gewesen, denn die würden mich nur entlasten«, sagte ich leicht dahin.

Er schaute jedoch nur auf seine Seiten. Nun musste ich meine von ihm niedergeschriebenen Antworten nochmals durchlesen und unterschreiben. Meine Gedanken waren nur noch negativ und ich hatte nach dieser langen Fragerei wirklich keinen klaren Kopf mehr. Die zahlreichen Fragen, es müssten mehr als 30 gewesen sein, waren daran schuld, dass ich in diesem Moment nicht erkennen konnte, ob meine Antworten richtig und vollständig festgehalten worden waren. Dazu kamen meine Aufregung und Nervosität. Die Fragen, die ich mit nein beantwortet hatte, standen nicht dort. Dass ich gesagt hatte, dass niemals Fotos von Opfern gemacht wurden, stand auch nicht dort. Dass ich ihm meine Handtasche ausgeleert hatte und auch heute sich kein Schraubenzieher darin befand, stand auch nicht da. Alles, was zu meiner Entlastung hätte beitragen können, stand nicht da. Aber daran konnte ich mich erst später erinnern, in diesem Moment war das einfach alles zu viel für meine Nerven. Man würde mich als Schuldige in die Pfanne hauen, das war die einzige Sache, die mir ganz klar schien. Mehr konnte ich nicht mehr denken.

Er wollte nun seine Mittagszeit haben und ich war verabredet. Hätte man mir um 9.00 Uhr, als ich das Polizeipräsidium betreten hatte, gesagt, dass die Anhörung bis zur Mittagsstunde dauern würde, hätte ich eine Flasche Mineralwasser mitgebracht. Mir wurde keines angeboten.

»Ab jetzt werden wir Ihr Telefon überwachen«, teilte mir der Beamte nun noch mit.

Ich bin mir sicher, das hätte er nicht gesagt und überhaupt hätte er keine einzige Drohung ausgesprochen, wäre ich in Begleitung eines Anwalts erschienen. Im Übrigen musste ein Untersuchungsrichter Telefonüberwachungen anordnen, und nicht der Polizeibeamte bei der Anhörung, das wusste ich. Für wie blöd hielt der mich? Das hätte auch ein Rechtsanwalt diesem hochnäsigen Kripobeamten gesagt. Und seine zahlreichen Sätze mit »Kameras kontrollieren« und »überwachen« erinnerten mich an den Präsidenten, den ehemaligen Polizeibeamten. Er hatte einmal mit Hausdurchsuchung gedroht, als er glaubte, irgendetwas bei irgendjemand von uns zu Hause zu finden. Ich konnte mich jetzt nicht mehr daran erinnern, um was es damals ging, um irgendeine Kleinigkeit, nichts Wichtiges. Einschüchterungen, Drohungen, unter Druck setzen, das schien ziemlich verbreitet zu sein unter den Polizeibeamten. Auch im Ruhestand. »Machen Sie nur, ich habe damit kein Problem«, sagte ich nur. Die jahrelange Arbeit formt und verformt den Charakter eines jeden, das ist allgemein bekannt. Deshalb erkundigt sich ja auch der Umweltbeauftragte im Smalltalk sofort nach dem Verbrauch des Autos, der Lehrer nach dem Schulabschluss und der Polizist sieht überall Verbrecher.

»Sie hatten mal gedroht, ein Buch zu schreiben. Haben Sie das schon gemacht?«, fragte der Beamte nun noch.

Aha, dachte ich, es hat geklappt. Alle denken an mein Buch, dass ich ein Buch schreiben werde. Es schien ein bisschen Angst zu geben, in diesem Buch eine Rolle zu bekommen. »Gesagt habe ich das, doch gesagt, ist nicht gedroht. Ich bin dabei, ein Buch zu schreiben«, erklärte ich ihm. Dann nannte ich ihm den Namen des Verlages. Dieser Polizeibeamte musste schon sehr fleißig im Netz nach meinem Namen gesucht haben. Dass ich unter einem Pseudonym schreibe, sagte ich ihm nicht, er würde es selbst herausfinden. Aber er weiß bestimmt nicht, was ein Pseudonym ist. Und wenn dieser Polizist noch kein einziges Buch in seinem Leben gelesen hat, dieses Buch wird er ganz bestimmt lesen. Aber ich werde es ihm nicht schenken.

»Irgendwann werden wir alle vor die Tür gesetzt«, sagte er.

Ich war überrascht. Was sollte dieser Satz? War das eine Entschuldigung oder ein Trost vielleicht? Als ich ihn fragte, was er genau meinen würde, fügte er hinzu: »Eines Tages werden wir alle entlassen oder gehen in Pension, ohne dass man uns gedankt hat für unsere Arbeit.« Nun ärgerte ich mich wieder. Man konnte doch nicht Äpfel mit Birnen vergleichen. Der Staatsbeamte, der hier vor mir saß, überheblich und hochnäsig, machte sich über mich und über meine Arbeit lustig, die ich ehrenamtlich verrichtet hatte. Er selbst bezog ein üppiges Staatsgehalt, ob er etwas leistete oder nicht, gut oder schlecht, auf Lebenszeit ein Staatsbeamter. Was wollte er mir sagen? Dass ich mich unten befand, unter ihm, und er war der Mächtige, der ganz oben stand und Macht ausüben konnte? Mich hatte bis jetzt nur eine Person vor die Tür gesetzt. Noch immer kam ich mir vor wie ein Haufen Dreck. Nach meiner langen Berufszeit habe ich keinen Rausschmiss erlebt, im Gegenteil, ich war einfach in den Ruhestand gegangen. Ich verzeichnete es als meinen Fehler, dass ich ohne Anwalt dieses Polizeibüro betreten hatte. Doch diese Erkenntnis kam leider zu spät, viel zu spät. Ein Anwalt hätte sich Zeit genommen und die Fragen und Antworten mit mir durchgelesen und einiges wäre anders formuliert worden. Schon allein die Präsenz eines Anwalts hätte dazu geführt, dass ich mir keine Unverschämtheiten von einem Polizeibeamten hätte anhören müssen. Ich wäre nicht eingeschüchtert und von vornherein wie eine Verurteilte behandelt worden. Der Kripobeamte war voreingenommen und hatte Partei ergriffen für den Ankläger. Ohne Präsenz eines Anwalts hatte sich dieser Polizist stark und überlegen gefühlt.

Als ich das Polizeirevier verließ, stolperte ich über die Treppe vor der Eingangstür. Mein Kopf war nicht voll, er war total leer. Über drei Stunden hatte ich Rede und Antwort stehen müssen über Dinge, über Schäden, von denen ich bis jetzt nichts wusste und für die ich nicht verantwortlich war. In meinem Wagen fand ich eine Flasche Mineralwasser, mir war kein Wasser angeboten worden und letztendlich war ich zu stolz gewesen, um danach zu fragen. Dass es zu dieser langen peniblen Anhörung gekommen war, hatte ich sicher nur dem Präsidenten zu verdanken. Zwischen dem, was passiert war und was in der Akte über mich stand, war ein Unterschied wie zwischen Himmel und Hölle. Vieles war erfunden, hinzugefügt, verdreht und erlogen worden, aus einer Mücke war ein Elefant gemacht worden. Keiner aus meiner Familie, von meinen Bekannten oder Freunden wäre imstande gewesen, eine solche Akte vorzubereiten. Alle diese Menschen waren viel zu unerfahren. Um eine solche Akte anzulegen, brauchte man Erfahrung. Dass er es endlich lassen sollte, seine Polizistenrolle zu spielen, das hatte ich auch niedergeschrieben in einem meiner fünf Schreiben, die an den Präsidenten und die Ausschussmitglieder geschickt worden waren. Keine einzige Seite, nein, kein einziges Wort tat mir leid, alles, was ich geschrieben hatte, stand an der richtigen Stelle. In meinem ganzen Leben würde ich es nicht fertigbringen, eine solche Akte vorzubereiten, sogar nicht über meinen größten Feind.

Maggy, meine beste Freundin

Die Herbstferien waren vorbei, doch so richtig abgeschaltet hatte ich nicht in dieser Woche. Ich war so müde, als hätte ich die ganze Woche geackert. Ich saß im Wohnzimmer bei einer Tasse Kaffee und las die Morgenzeitung, doch ich wusste nicht so recht, was ich eigentlich las. Ich war nicht bei der Sache. Mein Kopf war so voll und unkonzentriert, irgendwie ging bei mir gerade gar nichts. In Gedanken ging ich die Ereignisse der letzten Monate durch, so viel war passiert. Meine zwei Freundinnen Maggy und Leonie hatte ich schon eine Weile nicht mehr gesehen. Am Telefon hatte ich den beiden schon eine ganze Menge berichten können, angefangen vom Ausschluss aus der Vereinigung bis hin zu den Terminen bei den Polizeibehörden. Ich dachte an Maggy, meine Freundin der ersten Stunde. Mit ihr hatte ich am allermeisten telefoniert in letzter Zeit. Sie wollte heute auf die Schnelle vorbeikommen, bevor wir alle drei gemeinsam unser Wiedersehen feiern würden.

Es klingelte, Maggy war da und wir fielen uns in die Arme. »Komm rein«, sagte ich. »Wir können ungestört plaudern und so lange wir möchten, denn meine beiden Kinder sind für einige Tage bei Freunden. Nur meine beiden Hunde sind da.« Und gleich waren die beiden Kläffer im Eingang und beschnupperten Maggy, die sie schon kannten. Sie war jünger als ich und sie war sehr hübsch. Die Haut braun gebrannt nach zwei Wochen Karibik, ihre beiden zwei erwachsenen Kinder waren mit gewesen. Vor diesen zwei Wochen Urlaub war sie vier Monate als Redakteurin einer bekannten Zeitung unterwegs gewesen. »Du siehst fantastisch aus wie immer«, sagte ich.

Sie wusste es selbst, tat sie doch alles für ihr Aussehen. Blaue Augen, wallendes, dunkelblondes Haar, das von einem perlenbesetzten Kamm gehalten wurde. In ihrer Tasche suchte sie nach einer Bürste und fing an, ihr Haar zu bändigen. Sie trug – wie so oft – ein weißes T-Shirt.

Ihrer Meinung nach gab es nichts auf der Welt, was Sonnenbräune besser hervorhob als ein schlichtes weißes Shirt. Ich begleitete sie ins Badezimmer, Maggy warf einen Blick in den Spiegel, da sanken ihre Mundwinkel herab und das Leuchten verschwand aus ihren Augen. Ihr Blick fiel auf die kleinen roten Äderchen, die sich über ihre Wangen zogen.

»Sonnenschaden nennt man das, meine Liebe«, den Satz konnte ich mir nicht verkneifen. »Eine schadhafte Ware.« Wir brachen in schallendes Gelächter aus, unser Lachen hatten wir nicht verloren. Maggy wusste selbst, dass sie sich viel zu sehr mit ihrem Äußeren beschäftigte. Ich fuhr fort: »Guck mich an, ich war gerade dabei, mich aufzuhübschen, bevor du kamst. Und jetzt sehe ich nicht besser aus als du. Sieh dir an, wie braun du bist, und hübsch obendrein.«

Sie winkte ab. »Das kommt von der karibischen Sonne.«

»Ich hab's mitgekriegt. Das ist einfach total unfair. Wieso habe ich nicht als Redakteurin gearbeitet, dann wäre ich auf der ganzen Welt herumgekommen, um Reiseartikel zu schreiben wie du. Wie konnte ich nur so blöd sein. Ich beneide dich.«

»Dein Problem. Ich kann nichts dafür«, war Maggys Antwort und wir umarmten uns nochmals.

Maggys Haut wirkte immer frisch geschrubbt und leuchtend und wenn sie lächelte, hatte sie Grübchen auf den Wangen. Kein Wunder, dass sie so gut Leute interviewen kann, dachte ich. Die Menschen taumelten geradezu in diesen freundlichen Blick hinein. »Was macht dein …?«, begann ich und stockte dann betreten.

»Was macht mein Mister Verheiratet mit Kindern, wolltest du fragen?«, fragte Maggy unbeschwert. »Mister Verheiratet mit Kindern darf nichts dagegen haben, wenn ich auch mal Ferien mache, und das ja immer ohne ihn, findest du nicht? Er hat schließlich seine Frau und Kinder.«

Maggy wollte nie über ihren Freund sprechen. Sie war nun schon so lange mit ihm zusammen, hatte sich aber stets strikt geweigert, seine

Identität und irgendwelche Details über ihn preiszugeben. Leonie und ich hatten schon im Scherz gemutmaßt, es müsse wohl jemand sein, der berühmt ist – vielleicht ein Politiker, wohlhabend, einflussreich und sexy. Ich sagte also nichts, zumal ich bis jetzt noch nicht einmal gewusst hatte, dass ihr Freund verheiratet war. »Ich möchte Tee, dann kannst du mir von all den zahlreichen kriminellen Taten erzählen, die du vollbracht haben sollst«, fuhr sie fort.

Ich nickte. »Du warst länger als drei Monate weg, da muss ich wohl von ganz vorne beginnen. Meine Telefonverbindungen mit dir hatten immer wieder Unterbrechungen, auch in der Karibik.« Und so fing ich an zu erzählen, von hinten nach vorne, dann wieder mittendrin. Das Ganze zu erzählen, regte mich furchtbar auf. Jetzt hatten wir schon Mitternacht und ich war noch immer nicht fertig. Die Teekanne war leer. Maggy, die nur auf einen Sprung vorbeikommen wollte, saß da, erschüttert über all das, was ich berichtet hatte. »Es fehlen natürlich noch viele Details. Wenn wir drei uns endlich treffen, werde ich euch noch einiges Pikantes verraten. Jetzt habe ich dazu keine Lust mehr und auch keinen Kopf«, schloss ich schließlich.

Maggy machte ein verständnisvolles Gesicht und fragte dann: »Hast du Cognac im Haus? Ich möchte jetzt einen Cognac.«

Ich seufzte. »Ich mag keinen Cognac, das weißt du doch. Aber was soll's. Nach einer Kanne Tee könnte uns ein Cognac noch gut bekommen. Ich werde noch mit meinen Hunden Gassi gehen.«

Wir tranken nicht nur einen Cognac, wir tranken zwei, sogar drei Gläser von einem vorzüglichen Courvoisier-Cognac. Irgendwann stellte ich fest: »Jetzt haben wir es schon 3.00 Uhr in der Früh. Du übernachtest bei mir, denn zwei Cognacs sind schon zu viel. Du kennst ja diesen feinen Röhrchen-Test, bei dem man pusten muss, und es gibt im Moment zahlreiche dieser Alkoholkontrollen auf unseren Straßen. Und du kennst dich ja bei mir aus.«

»Ich muss morgen zur Arbeit, ich bin Journalistin und …«

»Das ist mir nicht neu. Aber du bist doch eine freie Journalistin und hast im Moment keinen Chef. Morgen frühstücken wir zusammen und dann kannst du noch immer viel arbeiten, den ganzen langen Tag.«

Maggy überlegte kurz, dann sagte sie: »Wenn ich schon nicht mehr Auto fahren muss, könnten wir auch noch ein letztes Gläschen Cognac trinken.«

Wir brachen erneut in schallendes Gelächter aus.

Eigentlich mochte ich wirklich keinen Cognac, doch diesen Abend mit Maggy hatte ich einfach genossen. Sie hatte zwischendurch kleine Fragen gestellt und dann die ganze Zeit zugehört. Das hatte ich so gebraucht. Sie war einfach nur schockiert über das Ganze. Sie sagte: »Irgendwie hast du mal wieder Wahrheiten herausgefunden und verbreitet und das bei einer Vereinigung für Opfer von Verbrechen. Ich weiß ja, dass du den Mund nicht halten kannst. Aber diese ganze Sache stinkt zum Himmel. Was hat diese Vereinigung zu verbergen?«

»Um noch manches mehr zu entdecken oder aufzudecken, dazu ließ der Präsident mir keine Zeit mehr. Kürzlich ereignete sich ein Fall, bei dem ein Regierungsbeamter sagte: ›Wenn man einem Minister nicht gefällt, dann wird man versetzt. Doch wenn man einem Präsidenten nicht gefällt und dazu noch keinen Arbeitsvertrag hat und auf unentgeltlicher Basis arbeitet, dann wirst du einfach so rausgeworfen.‹ Doch das Schlimmste war und wird es immer bleiben: der ›Rausschmiss‹ eines Trauma-Opfers per Telefon. So kann er immer sagen, und er wird es sagen, dass das so nicht stimmt. Dass er ihm nicht verboten hat, zu erscheinen. Dass der Junge lügt. Die Frage, wem man dann glauben wird, brauchen wir uns erst gar nicht zu stellen. Und jetzt, Marsch ins Bett. Ich will nichts mehr hören, heute Abend nicht. Du bekommst wie immer das Zimmer, das dir nicht gefällt. Das große Zimmer mit lavendelblauen Wänden und den dicken blauen Vorhängen. Denn wie du weißt, bleiben die Zimmer meiner Kinder unbewohnt, wenn sie außer Hause sind.«

»Ja, Mama, denn du bist wie eine Mama für mich, ich gehe ins Bett«, sagte Maggy lachend. »Der Wahnsinn, der reinste Wahnsinn dieses

Zimmer. Ist mir egal, wie es aussieht, ich bin todmüde, ich brauche einfach nur ein Bett.«

Als ich am nächsten Morgen aufwachte, hing ein süßer Duft in der Luft. Und diesem Duft nach zu urteilen, war Maggy schon auf den Beinen und brutzelte irgendetwas in meiner Küche. Ich schwang die Beine aus dem Bett und setzte mich stöhnend auf, ließ mich aber gleich wieder ins Bett fallen. Mein Kopf war so schwer, ich weiß schon, warum ich keinen Cognac mag. Im Morgenmantel schlurfte ich den Flur entlang zur Küche. »Ich mache Pfannkuchen. Möchtest du einen?«, begrüßte mich Maggy. Sie stand an meinem Herd und klappte den Ofen auf. Ein Stapel goldbrauner Pfannkuchen, die im Ofen warm gehalten wurden, lachte mich an. Ja, sie kannte sich aus, es war schließlich nicht das erste Mal, dass sie bei mir übernachtete.

»Es ist 8.00 Uhr in der Früh, du bist einfach unglaublich. Ich wollte eigentlich noch ein bisschen schlafen«, sagte ich und gähnte. »Dann koche ich uns gleich einen Kaffee.«

Bald darauf setzten wir uns an den Küchentisch, vor uns ein Stapel Pfannkuchen, Zucker und dampfende Becher mit Kaffee. Maggy war und blieb meine beste Freundin, und das seit mehr als 40 Jahren. Heute Morgen hatte sie nicht nur einen heftigen Kater, ihr war auch übel und schwindlig.

Ich nahm noch einen Bissen von einem Pfannkuchen, schloss die Augen und genoss in vollen Zügen. »Oh, wie schön ist das, auch noch zusammen zu frühstücken. Das hatten wir beide schon lange nicht mehr.«

Wenig später war die schöne Zeit vorbei, aber nächste Woche war ja schon unser Date in unserer Bar. Maggy, Leonie und ich würden uns endlich sehen und ausgiebig quatschen.

Die drei unzertrennlichen Freundinnen

Maggy hatte ich kennengelernt bei meinem allerersten Job, und das war schon eine lange Zeit her. Nachdem sie bei dieser Arbeitsstelle gekündigt hatte, sie war ihr erster bezahlter Job gewesen, ging sie wieder zur Schule und machte das Abitur nach. Dieser erste Job war nur Büroarbeitskram gewesen und sie wollte unbedingt etwas Interessanteres in ihrem Leben machen. Nachdem sie Journalistin geworden war, hatten wir uns jahrelang aus den Augen verloren.

Bei meiner zweiten Arbeitsstelle lernte ich Leonie kennen, und auch sie drückte später wieder die Schulbank und wurde Lehrerin. Von Anfang an stimmte die Chemie zwischen uns und wir wurden Freundinnen. Als wir uns kennenlernten, waren wir alle drei jung, sorgenfrei und unverheiratet. Ich kannte beide, Maggy und Leonie, doch die beiden kannten sich noch nicht und ich habe sie erst später miteinander bekannt gemacht. Auch zu dritt verstanden wir uns auf Anhieb. Alle beide waren offenherzig und ehrlich, Hypokrisie hassten wir alle drei wie die Pest. Erst viele Jahre später wurden wir drei Freundinnen, die sich oft zusammensetzten und sich regelmäßig trafen. Die beiden wussten noch lange nicht alles, was mir und Koby widerfahren war in letzter Zeit. Mit Leonie hatte ich sehr viel am Telefon reden können, nicht so mit Maggy, die die letzten Monate beruflich viel im Ausland gewesen war. Doch am Telefon kann man sich nicht alles sagen. Und in die vielen SMS konnte ich auch nicht alles reinpacken. Und wir sagten immer: »Am Telefon kann der Feind mithören.«

Es war schon eine ganze Weile her, dass wir uns alle drei zusammen getroffen hatten, doch heute war endlich unser Wiedersehenstag. Wir hatten uns verabredet in der Bar einer Hotelanlage. Das war schon vor Jahren unser stiller, fast verschwiegener Treffpunkt gewesen. Eher zufällig waren wir drei vor einiger Zeit in diese Bar hineingestolpert nach einem stressigen Tag. Damals war es noch eine altmodische Bar gewesen mit abgewetzten Hockern. Als der erste Abend zu Ende ging, hatten wir beschlossen, dass diese Bar einen gewissen Charme besaß und wir wiederkommen würden. Inzwischen war die Hotelanlage umgebaut worden in einen modernen Hotelkomplex mit Außenpool, Sauna, Whirlpool und allem, was heute dazugehört. »Unsere Bar« hatte vor Kurzem neu eröffnet, nachdem sie ausgebaut worden war. Nun schienen sich hier täglich die Jungen und Schönen nach der Arbeit zu treffen. Diese Kundschaft passte nicht so ganz zu uns, doch wir hatten dieser Bar schon viel zu viele Geheimnisse anvertraut, also würden wir das auch in Zukunft tun.

Ich stieß die Glastür der Bar auf, es war 18.00 Uhr. Kurz darauf erschien Maggy und wir beide setzten uns an unseren Tisch, wo wir immer saßen. Da kam auch schon Leonie, sie steuerte direkt auf uns zu. Sie wusste, dass Maggy und ich uns schon so manches erzählt hatten. Der Kellner brachte uns drei Gläser Sekt, ein Geschenk des Hauses. Er sah aus wie ein Model und passte wunderbar zu dem veränderten Aussehen der nun sehr schicken Bar. Er trug das Silbertablett mit der flachen Hand, die Champagnergläser waren mit einer Erdbeere geschmückt. Er stellte sie geschickt auf Papieruntersetzer und fügte ein Silberschälchen mit gesalzenen Mandeln hinzu.

»Sehr still voll«, murmelte Leonie. Die beiden waren berufstätig, doch ich war schon seit einiger Zeit im Ruhestand. Alle drei hatten wir Kinder. Für meine beiden Freundinnen gab es tagtäglich den beruflichen und den privaten Stress. Doch heute genossen wir es alle drei, in dieser schicken Bar zu sitzen und uns bedienen zu lassen.

»Und? Was habt ihr so getrieben in letzter Zeit?«, fragte ich in die Runde.

Leonie fing an zu erzählen von ihrem Haus, das sie und ihr Mann gekauft hatten. Der Umzug stand an, sie hatte nur Stress. Maggy hatte sich ein kleines, schrulliges Haus mit schiefen Fenstern und einem ummauerten Garten vorgestellt, irgendwo auf dem Lande und mitten im Dorf. Doch dem war nicht so. Leonie erzählte uns von einem

Bauernhof, vor Kurzem wurde dieser renoviert, inmitten eines großen Grundstückes. Es gab einen Gemüsegarten und ein kleiner Stall war auch da. »Du willst uns jetzt erzählen, dass du Schweine und Hühner züchtest und schlachten willst?«, fuhr Maggy spöttisch fort.

»Nein, ich bestimmt nicht«, erwiderte Leonie. »Das wird Sache meines Mannes sein. Aber er will nur züchten, die Schlachtung wird er sicher nicht über sich bringen. Er wollte unbedingt diesen Bauernhof mit der von Bäumen gesäumten Auffahrt und den fünf Schlafzimmern. Es stehen noch viele Arbeiten an, außerdem möchte er noch einen Swimmingpool draußen anlegen lassen. Ich kümmere mich um den Haushalt und unsere zwei Kinder. Und dann gibt es ja auch meinen Beruf als Lehrerin, der mir im Moment viel abverlangt. Wir werden euch einladen, wenn es mit den Umbauten getan ist.«

»Du wirst uns doch nicht sagen wollen, dass du als Lehrerin keine Zeit hast. Die vielen Schulferien übers Jahr, das sind viele Wochen, die ich während meiner langen beruflichen Tätigkeit nie hatte«, sagte ich nun. »Und eine Einladung erst, wenn alles fertig ist? Dann wirst du uns wohl nie einladen.«

»Ihr werdet in absehbarer Zeit eingeladen, auch wenn es in einem Haus immer etwas zu arbeiten gibt. Wir werden nicht alle Umbauarbeiten abwarten und uns die Zeit nehmen, zusammen ein bisschen zu feiern. Außerdem hättest du doch auch Lehrerin werden können. Dann hättest du auch so viele Wochen Schulferien über das ganze Jahr.«

»Stimmt, doch nur für die vielen Wochen Schulferien möchte ich keine Lehrerin sein. Mir hat es immer an der nötigen Ausdauer gefehlt, an Geduld und Nerven, um diesen Beruf auszuüben. Das wäre nichts für mich, das muss ich zugeben«, gestand ich nun.

Wir kannten uns schon so lange, wir konnten so miteinander reden. Es war ab und zu der gesunde Neid, mit dem wir uns neckten. Es war das Vertrauen, das wir zueinander hatten, das uns zusammenhielt. Weder unseren Familien noch unseren Freunden und Bekannten erzählten wir das, was wir uns im Vertrauen erzählten. Nur eine Sache blieb immer Maggys Geheimnis: die Details über ihren Freund und Liebhaber. Leonie und ich wussten, dass es ihn gibt, doch mehr nicht, und wir fragten auch nicht mehr danach. Es genügte uns, wenn wir Maggys Gesichtsausdruck sahen. War sie traurig, dann bemühten wir uns, sie aufzumuntern. Doch die Momente, wo sie zufrieden und glücklich war, waren die schönsten, die wir mit ihr erlebten. Und heute war sie gut drauf, wir waren alle drei gut drauf. Wir prosteten uns zu mit dem Geschenk des Hauses und erzählten uns noch einige Neuigkeiten aus Beruf und Familie. Jede von uns hatte erwachsene Kinder und da gab es viel zu erzählen, Schönes und weniger Schönes, Anstrengendes, Aufregendes. Jetzt war ich dran mit meiner Geschichte. »Allein davon zu erzählen, tut mir schon in der Seele weh. Wie findet ihr das Ganze? Ich möchte eure Meinung hören, wenn ihr meine Seiten gelesen habt. Ich habe euch Fotokopien mitgebracht, so könnt ihr in Ruhe nochmals zu Hause lesen, wenn ihr dann noch Lust dazu habt«, sagte ich und reichte ihnen die Seiten.

Meine beiden Freundinnen überflogen meine Schreiben. Ich hatte mehrere wichtige Passagen mit Rot am Rande markiert, sodass sie zuerst diese Stellen lasen. Unterdessen konnte ich noch einen Telefonanruf tätigen.

»Ich kann jetzt nicht mehr weiterlesen, ich will auch nicht mehr«, fing Leonie schließlich an und legte die Seiten auf den Tisch. »Viel habe ich noch nicht gelesen, doch ich bin jetzt schon aufgebracht. Du hast Kontakt aufgenommen mit dieser Institution, die in allen Medien als Hilfsorganisation für die Opfer von Verbrechern vorgestellt wird. Das Mindeste, was Koby als Leidtragender erwartete, war doch, dass man ihn ernst nimmt und dass man ihm Glauben schenkt. Das schien hier nicht der Fall gewesen zu sein. Doch wie konnte dieser Mann die Polizei herbeirufen? Ihm hätte doch klar sein müssen, dass er damit eine Panikreaktion auslöst bei Koby. Unerhört, das Ganze, wenn man weiß, dass es der Präsident war, der die Polizei gerufen hat. Er kannte Koby doch eigentlich gut genug und auch seine Reaktionen, die er selbst schon miterlebt hat. Was sind denn die Aufgaben dieses Präsidenten? Um wen und um was kümmert der sich überhaupt? Ich jetzt weiß schon, dass er ein gemeiner, kaltblütiger Mensch ist.«

Und Maggy sagte: »Du wurdest behandelt wie ein Stück Dreck, schlimmer ging es nicht. Doch der Gipfel ist doch wirklich, dass das Trauma-Opfer so erniedrigt wurde. Du hast geschrieben, dass die anderen Ausschussmitglieder die Vereinigung eigentlich nur vom Hörensagen kannten, dass sie nur einige Male pro Jahr zum Kaffeetratsch kamen. Damit hast du höchstwahrscheinlich den Nagel auf den Kopf getroffen. Aber was war das mit dem Wäschetrockner? Wurde denn in der Vereinigung schmutzige Wäsche gewaschen und auch noch getrocknet?«, fragte sie und prustete los, dabei hielt sie eines meiner Schreiben in die Höhe.

»Ich habe es im Gefühl, dass man die schmutzige Wäsche vor Gericht austragen wird. Und diesen blöden gebrauchten Wäschetrockner sollte ich ihnen zu einem abgemachten Preis abkaufen, mit dem alle Anwesenden damals einverstanden waren. Nur ich hatte Interesse an dem Ding, zusätzlich wäre dann ein bisschen Geld in die Kasse geflossen. Als ich dann den Präsidenten fragte, wann ich den Wäschetrockner bezahlen und dann abholen könnte, antwortete er: ›Kauf dir doch selber einen Wäschetrockner.‹ Zuerst dachte ich, diese Antwort wäre Spaß gewesen, doch dem war nicht so. Er meinte es ernst und ich verlor damals kein Wort mehr über den Wäschetrockner, der da rumstand. Ich habe mir einfach einen neuen gekauft, die Elektrogeschäfte sind ja voller Elektrogeräte. Und in einem der Schreiben habe ich mich bedankt für den Wäschetrockner, der noch immer dort unten im Keller stand. Und dass die Putzfrau doch eher den Wäschetrockner gebrauchen könnte, um die ganze Wäsche der Institution zu machen. Es gab natürlich keine Wäsche zu waschen und der Wäschetrockner ging bestimmt in Rente. Alles war sarkastisch gemeint.

Auch die Sache mit den Eintrittskarten für die Frühjahrsmesse in Luxemburg war eigentlich nur eine Lachnummer. Ich schrieb, dass ich eher die Gratis-Eintrittskarte von der Vereinigung nutzen würde, als eine von einem teilnehmenden Unternehmen, weil mir ihre Eintrittskarte besser gefallen würde. Erstens waren alle Eintrittskarten gleich, ob von einer Teilnehmerfirma oder von dieser auch teilnehmenden Vereinigung, und zweitens ist der Besuch von Messen eh nicht mein Ding. Ich bin zwar schon auf Messen gewesen, doch eher aus Langeweile. Die Sache mit dem Wäschetrockner und der Eintrittskarte zur Messe wurde auch vom Kriminalbeamten erwähnt. Ich konnte darauf überhaupt nichts antworten, es war mir einfach zu blöd.«

»Wie ich feststelle«, bemerkte Maggy, »hast du ab und zu spitzzüngig und sarkastisch geschrieben. Ich habe noch nicht alle Seiten gelesen, doch es war nichts Böses dabei, keine Drohungen. Es scheinen lediglich Sachverhalte zu sein, gepaart mit deinen spitzbübischen Überlegungen. Aber: Du hast das Büro des Präsidenten durchwühlt? Was soll das bedeuten?«

»Er hatte einen Tisch mit Schubladen, die immer abgeschlossen waren. Die Schlüssel hierzu hatte er immer bei sich. Ich muss mich heute fragen, was da in diesen Schubladen eigentlich lag. Wie hätte ich diese Schubladen durchwühlen sollen?«, antwortete ich.

»Vielleicht hatte er verbotene Lektüre, Erotik- und Pornohefte in den Schubladen. Die durfte natürlich niemand sehen«, überlegte Lenoie laut.

Nun mussten wir alle herzhaft lachen.

»Einmal war ein kleines Durcheinander auf dem Bürotisch, weil die Putzfrau die Sachen hin und her geschoben und nicht an ihren Platz zurückgelegt hatte. Diese Frau hatte aber auch nichts durchwühlt. Alles, was auf dem Tisch lag, war für jeden zugänglich. Er wollte sicher damit sagen, dass ich die Zeit nutzte, wenn ich abends Überstunden machte und dabei alleine war, um die Büros durchzuwühlen. Mit diesen und noch vielen anderen Sachen hat er die Mitglieder des

Verwaltungsausschusses dazu gebracht, gegen mich abzustimmen. Das nennt man hinterlistiges und manipulatives Verhalten, hinzu kamen seine häufigen Lügen.

Die Kripo glaubt, einen kleinen Fisch an der Angel zu haben, den ihnen der Präsident vermittelt hat. Und nun gilt es, diesen Fisch zu halten, ihn nicht loszulassen und ihn so zu bedrängen, dass ihm die Luft ausgeht. Ich hatte auf eine Rückantwort des Präsidenten gehofft. Doch anstatt seiner Antwort bekam ich zwei Antworten von Ausschussmitgliedern, die sich beschwerten, weil ich diesen Brief an ihre private Adresse geschickt hatte. Ich tat das, weil ich davon ausging, dass ihnen der Brief nicht ausgehändigt worden wäre, wenn ich ihn an die offizielle Adresse der Institution geschickt hätte.«

»Wenn du mit deinen Schreiben den Präsidenten dazu bewegen wolltest, einen Dialog mit dir zu führen, dann hat das nicht funktioniert. Was klar war. Er hatte mehr als drei Jahre Zeit gehabt, mit dir zu reden. Warum sollte er das jetzt tun?«, bemerkte Maggy. »Und er sagt ja sogar zu Koby, er würde nicht in die Organisation passen. Und eine solche Akte zusammenzustellen, dazu kann nur ein Polizist in der Lage sein. Im Ruhestand verlernt man das wohl nicht.«

Ich nickte. »Ich habe mir auch gesagt, dass ich niemals in der Lage wäre, eine solche Akte zusammenzustellen. Ich habe dazu kein Talent und ich habe keine Erfahrung damit. Und so viele Lügen aufzuführen, das muss man erst mal fertigbringen.«

Der Keller

Ich erzählte dann meinen Freundinnen, dass irgendjemand ein Schreiben verfasst und anonym an den Präsidenten und seine Familie versendet hatte. In dem Schreiben hätte gestanden, dass er im Keller der Institution schöne Momente mit der Putzfrau erlebt hätte. Da konnten sich die beiden nicht mehr vor Lachen halten, sie bogen sich vor Lachen. »Wir vergönnen diesem Mann die schönen Momente oder auch Stunden«, sagte Maggy japsend und ich nickte. Wir hielten uns alle drei den Bauch vor lauter Lachen.

»Schöne Momente im Keller sind sicher besser als langweilige und trostlose zu Hause bei seiner Frau«, sprudelte es nun aus mir heraus. Da kam der Kellner an unseren Tisch und wollte wissen, worüber wir uns denn so amüsierten. Leonie sagte, wir würden uns Witze erzählen. Doch er kannte uns besser und glaubte uns kein Wort. Er wollte uns drei noch ein Glas Sekt spendieren, wenn wir ihm die Geschichte vom Keller erzählten. Das Wort »Keller« hatte er auf jeden Fall mitgekriegt. Leonie bekam jetzt einen regelrechten Lachkrampf und sagte: »Das Gläschen Sekt nehmen wir gern, doch die Keller-Geschichte wird unser Geheimnis bleiben, zumindest jetzt. Eines Tages werden wir dir vielleicht alles erzählen, auch ohne Sekt.«

Und so brachte uns der Kellner drei Gläschen Crémant von der Luxemburger Mosel.

Als er wieder fort war, sagte ich: »Dieser anonyme Brief ist der einzige, den ich nicht geschrieben habe. Meine Briefe waren alle mit meinem Namen und meiner Unterschrift versehen. Es gab jedoch andere Mitarbeiter, die im Keller handwerklich tätig waren. Vielleicht hat einer von ihnen diesen Brief geschrieben. Mein Platz war im Büro, am Computer saß ich die meiste Zeit. Jetzt erst begreife ich, warum der Präsident mich immer zurückpfiff, wenn ich das Büro verlassen wollte. Er wollte nicht, dass ich das Büro verließ. Aber auch ich musste doch mal aufs Klo oder ich ging in die Küche, um mir etwas zum Trinken zu holen. Aber wenn ich mich recht erinnere, hat der Präsident mehr Zeit im Keller verbracht als im Büro, sodass ich mich ab und zu gefragt habe, was es denn so Schönes im Keller gibt. Außerdem erinnere ich mich daran, dass er einmal ins Büro stürmte und von einer elektrischen Panne im Keller sprach, die Putzfrau sollte mit ihm in den Keller kommen. Und ich machte ironische Witze über den Keller, denn die elektrische Panne hat sich später als eine Lüge erwiesen.

Ich war im Büro geblieben und als die beiden nach einer halben Stunde wieder aus dem Keller kamen, hatte ich über meiner Arbeit die angebliche Panne schon fast wieder vergessen. Als ich dann fragte, ob Gefahr bestünde, erhielt ich keine Antwort. Hätte ich doch nur die Feuerwehr alarmiert, die hätte die Panne sicher schneller beheben können. Und wieso war die Putzfrau zuständig für das Elektrische?«

»Wenn du die Abenteuer im Keller niedergeschrieben hast«, lachte Maggy, »dann wundere dich nicht, wenn du aneckst.«

Wir bogen uns wieder vor Lachen, die Tränen liefen uns die Wangen herunter, wir konnten uns gar nicht mehr beruhigen.

Ich berichtete weiter: »Was habe ich nun geschrieben? Dass im Keller die vielen Flaschen Wein lagen und dass die Kellergespenster da unten prosteten, während ich im Büro in die Tasten haute. Dass er seine Frau immer davon abhalten konnte, doch auch mal in den Keller zu gehen. Ich habe alle diese Erlebnisse aufgeschrieben, was ich so gehört und auch gemeint habe. Es war ein Tatsachenbericht.«

»Du scheinst den Nagel auf den Kopf getroffen zu haben, du Detektiv, Störenfried und Querulant. Leute wie du müssen irgendwann weg«, sagte Maggy lachend.

Leonie grinste. »Im Keller dieser Organisation muss echt was los gewesen sein. Das wäre bestimmt ein schöner Film geworden. Schade, dass da keine Kameras waren.«

Maggy und Leonie lachten wieder laut auf und ich musste einfach mit ihnen lachen. Das tat so gut.

Eine heimtückische Unterstellung

Eine Unverschämtheit, die Sache mit den Fotos von Opfern auf deinem Computer. Wurden denn immer die Opfer abgelichtet, wenn sie vorstellig wurden?«, fragte Leonie nun.

Ich schüttelte den Kopf. »Niemals. Nicht ein einziges Opfer wurde fotografiert, zumindest nicht in meiner Zeit dort. Ganz bestimmt hat sich der Präsident der Fotos bedient, die ich bei einer Weihnachtsfeier geschossen habe. Aber auf diesen Bildern kann niemand erkennen, wer geladener Gast, Familienmitglied oder Opfer ist, sie waren absolut anonym, ohne Namenszuordnung und auch nur für den internen Bereich der Institution gedacht. Er selbst hat dieses Gerücht in die Welt gesetzt, das war einfach eine niederträchtige Lüge. Er wollte mich in ein schlechtes Licht stellen bei den Ausschussmitgliedern und beweisen, dass man mir kein Vertrauen schenken darf. Deshalb bin ich sehr traurig. Wie habe ich mich so in einem Menschen täuschen können? Ich war doch der Überzeugung, Menschenkenntnis zu besitzen. Und wenn er solche Verdächtigungen in den Raum stellt, dann bleibt natürlich etwas hängen. Er hat mich in meiner Abwesenheit diskreditiert. Ich hatte keine Chance, mich zu verteidigen. Vieles habe ich erst vom Kripobeamten bei meiner Anhörung erfahren. Hätte er sich so intensiv um die Akte meines Sohnes gekümmert, dann wäre bestimmt etwas dabei herumgekommen. Alles, aber auch alles hat er gegen mich verwendet, jedes Wort, jede Geste. Ich werde heute an den Pranger gestellt für Sachen, mit denen ich nichts zu tun hatte. Das Einzige, was ich verbrochen habe, waren diese vier oder fünf Schreiben, jedes mit mehreren Seiten. Tja, dieser Polizist im Ruhestand hat sein Leben lang Übung gehabt in vielen abscheulichen Sachen«, schloss ich.

Und dann riefen wir alle drei im Chor: »Und Übung macht den Meister.«

»Da ihr nun so ernst dreinschaut, erzähle ich noch etwas, was euch aufmuntern wird«, sagte ich nach einem schnellen Blick in die Runde. »Es darf gelacht werden. Wenn der Präsident mal wieder meinte, ein ehrenamtlicher Mitarbeiter hätte eine Tasse Kaffee mehr getrunken als er selbst, bekam ich spätestens am nächsten Tag den Auftrag, eine Liste zu erstellen über die kommenden Wochen, auf der jeder eintrug, wie viele Tassen Kaffee, Wasser oder Cola er getrunken hatte am Tage des Bereitschaftsdienstes. Am Ende des Monats bekam jeder seine ausgefüllte und ausgedruckte Liste als Rechnung präsentiert, das war dann zu bezahlen.«

Leonie guckte verständnislos. »Das verstehe ich nicht ganz. Die ehrenamtlichen Mitarbeiter bezahlten ihre Tasse Kaffee und das Glas Wasser? Eine Unverschämtheit. Und du hast dazu nichts gesagt?«

»Nein, habe ich mich nicht getraut, so blöd war ich damals. Es gab zwar einen sozialen Preis für Kaffee und Cola, den hatten wir gemeinsam ausgemacht, und es kam nur ab und zu zu dieser Auflistung. Es widersprach ihm auch niemand, doch eigentlich war keiner der aktiven Mitarbeiter damit einverstanden, dass wir die Tasse Kaffee bezahlen müssen. Und wenn mal wieder ein Ausschussmitglied sich verirrt hatte und an der Haustür klingelte, wurde ihm natürlich eine Tasse Kaffee spendiert. Es ist allseits bekannt, wer sich rarmacht, wird immer besser behandelt. Somit wurden die wenigen, aber regelmäßig präsenten ehrenamtlichen Helfer eigentlich bestraft für ihr Engagement.«

»Es hätte noch gefehlt, dass Preise wie in Gaststätten und Lokalen bezahlt werden müssen«, unterbrach Leonie.

»Kein ehrenamtlicher Mitarbeiter wurde bezahlt, auch wurden keine Wegekosten zurückerstattet, wie zum Beispiel Bustickets, Sprit oder sonstige Auslagen. Ihr stimmt mir sicher zu, dass Kaffee und alle sonstigen Getränke, außer Alkohol, den gab es auch nicht, absolut kostenlos für alle Mitarbeiter zur Verfügung hätten stehen sollen, egal, ob jemand einmal oder dreimal pro Woche Bereitschaftsdienst leistete.«

Maggy winkte ab. »Dieser Mensch tickt doch nicht richtig, der ist krank und niemand hält ihn auf. Wegen deines unermüdlichen Einsatzes und deiner Bereitschaft hast du dort nicht hineingepasst. Hast du das endlich kapiert? Und wegen der Tatsachen und Wahrheiten, die du aufgeschrieben hast über diese Vereinigung. Sollen wir dir das mal aufschreiben, damit du es immer vor Augen hast und dir merkst? Du gehörst eigentlich bestraft, weil du auch noch eine großzügige Spende geleistet hattest. Jetzt habe ich keine Lust mehr, noch weiterzulesen. Zu Hause werde ich weiterlesen.« Während sie das sagte, ergriff sie meine Hand und hielt sie ganz fest.

Ich war ihr dankbar, doch dann fiel mir noch etwas Wichtiges ein, was ich unbedingt loswerden wollte. »Und noch etwas ganz Entscheidendes, was die Vorgehensweise der Organisation mit Opfern angeht, muss ich euch erzählen. Ich kann mich erinnern, dass jedes Opfer stets über den Stand der Dinge informiert wurde. Wenn ein Verfahren zu Ende ging oder schon beendet war, nahm der Präsident selbst das Telefon zur Hand und machte einen Termin mit der betroffenen Person aus. In dieser persönlichen Unterredung teilte er das Schlussergebnis des Falls mit. Aber der Präsident fand es nicht wichtig und war einfach zu feige, um Koby ins Gesicht zu sagen, wie es mit seinem Fall stand. Durch einen Rechtsanwalt wurde Koby mitgeteilt, dass sein Fall aus Mangel an Beweisen bei Gericht geschlossen worden war. Von der Vereinigung ›Hilfe für Opfer von Gewalt und Verbrechen‹ wie eine warme Kartoffel fallen gelassen, so nenne ich das. So wie dieser Mann alle wichtigen Entscheidungen im Alleingang tätigte, so entschied er diesmal auch alleine, dieses Opfer überhaupt nicht zu informieren. Dass sich Koby vom Präsidenten höchstpersönlich anhören musste, dass er nicht dorthin passt, sich nie mehr blicken lassen soll, diese eiskalte Ignoranz ist nicht nur schwer zu ertragen für Koby, sondern auch für mich. Und Koby hat sich getraut, an alle Ausschussmitglieder und an den Präsidenten einen Brief zu schreiben. Er schrieb darin, wenn er als Opfer nicht hineinpassen würde, dann müsse man sich fragen, ob denn der Präsident passen würde. Und dass ausgerechnet dieser Präsident ihm persönlich einmal gesagt hätte, er sei sein Freund.

Und dass das Sprichwort ›Lieber allein als schlecht begleitet‹ hier wohl zutreffend sei. Der Präsident hätte ihn von der Mitglieds- und der Mitarbeiterliste einfach so entfernt, hätte ihn aus der Organisation gemobbt. Auch meine Tochter wurde entfernt von der Mitgliedsliste, einfach so, und erhielt ab diesem Moment keine Post mehr von der Organisation. Doch das Schlimmste bleibe der Fakt, dass er Koby als Opfer fallen gelassen hat.«

Jemand aus der Organisation informierte die Täter

Die fünf Täter wussten schon vor Koby, dass sie nicht vor einem Gericht und einem Richter erscheinen müssen. Ich nehme an, dass das ehemalige Ausschussmitglied, der frühere Vizepräsident, der Koby damals in der Institution empfing, es den Tätern mitgeteilt hatte«, erzählte ich dann.

»Wie war das denn möglich?«, fragte Leonie. »Wie kommst du darauf? Das kann es doch nicht geben, dass jemand aus dieser Organisation den Tätern Informationen über den Lauf einer Untersuchung liefert. Der kann doch nur selbst ein Verbrecher sein.«

»Ich hatte euch doch erzählt, dass Koby den Namen dieses Mannes schon kannte, als wir die Organisation aufsuchten. Er kannte diesen Namen aus der Schule. Dieser Mann hatte damals heimlich Kontakt mit den Tätern. Und ich frage mich heute noch, wie es möglich war, dass ein mutmaßlicher Sexualverbrecher zehn Jahre als Vizepräsident in dieser Institution fungieren konnte und mit Opfern in Kontakt kam. Als der Verdacht der Pädophilie aufkam, teilte der Präsident ihm mit, er solle die Institution verlassen. Doch Details wurden den Ausschussmitgliedern damals nicht mitgeteilt«, erklärte ich weiter.

Leonie sagte entsetzt: »Das ist nicht nur eine traurige Sache, ich würde das eher als einen regelrechten Skandal bezeichnen. So hatte dieser Mann ja Zugang zu allen Akten der Opfer. Kein Mitglied meiner Familie und meines Freundeskreises wird im Falle einer Gewalttat, was hoffentlich nie vorkommen wird, jemals einen Fuß über die Schwelle dieses Gebäudes setzen.«

Meine beiden Freundinnen zeigten sich zutiefst erschrocken über das Drama im Einkaufszentrum und noch mehr entsetzt darüber, dass die Polizei bis heute keinen Bescheid darüber gegeben hatte, ob sie die mutmaßlichen Täter gesucht und eventuell gefunden hatte oder auch nicht. Nein, es war nichts, gar nichts gekommen. Diese Akte kam nicht bis zum Untersuchungsrichter und falls sie doch das Polizeibüro verlassen hatte, dann war sie auf dienstlichem Weg irgendwo liegen geblieben. Doch man darf sich auch fragen, ob die Polizei in diesem Fall überhaupt eine Untersuchung eingeleitet hatte oder ob vielleicht diese Akte noch immer im Büro oder unter dem Büro der damaligen Polizeiinspektorin liegt. Ich berichtete weiter: »Am Tag danach war ich selbst mit Koby im Einkaufszentrum, er sollte mit mir denselben Weg gehen, den er am Tag zuvor gegangen war. Er ging vor mir und wusste ganz genau, welchen Eingang er benutzt hatte, und kannte den Weg, den er zurückgelegt hatte, um zu diesen Toiletten zu kommen, es gab dort mehrere. Ich habe den Herrentoilettenraum betreten und genau das Spülbecken auf der linken Seite gesehen, wie Koby es mir beschrieben hatte. Die Polizistin hat ihn verunsichert, indem sie ihn fragte, ob er nun links oder rechts gestanden hatte und ob dort zwei oder drei Klotüren waren. Vielleicht hat er sich auch widersprochen in diesen kleinen Details, doch das änderte nichts an den großen Tatsachen. Ausschließen kann man trotz allem nicht, dass er, unter Schock stehend, die verschiedenen Ausgänge verwechselt hat. Vielleicht war er deshalb nicht auf den Kameraaufnahmen zu sehen, die ihm gezeigt wurden. Sie zeigten nur den Bereich der Ein- und Ausgangstür, die er genannt hatte. Es wäre doch auch einfach gewesen für die Polizei, sich die Aufnahmen aller Ausgänge von der Überwachungsfirma des Einkaufszentrums schicken zu lassen. Die Polizei müsste eigentlich wissen, dass Opfer, die unter Schock stehen, nicht mehr in der Lage sind, das Erlebte bis ins kleinste Detail wiederzugeben und vielleicht nur das Wichtigste sagen können. Und da denkt man immer, wenn man einmal den schwierigen ersten Schritt gewagt hat, geht der zweite viel einfacher. Doch Koby hatte keine Möglichkeit, einen zweiten Schritt zu gehen. Das Einfachste und Korrekteste wäre gewesen, diesen Mann aufzusuchen, den Koby genau beschrieben hatte. Sie hatten ja auch seinen Namen und seine Anschrift.«

»Allein machen sie dich ein‹, so heißt es in einem Song. Er ist alt, aber seine Mahnung aktuell wie nie«, bemerkte Maggy. »Wobei, zu zweit, zu dritt, zu viert wäre wahrscheinlich auch nichts anderes passiert. Und die Polizei hat Koby eingemacht, so wie im Lied, und das mehrere Male. Dass sie seine Kleidung gleich beschlagnahmten, um eventuelle DNA-Spuren zu finden, das hat sicher zu deiner Beruhigung beigetragen. Du sagtest dir bestimmt, sie kümmern sich. Doch das war die Taktik der Polizei. Sie wollten das Opfer und seine Angehörigen auf diese Art beruhigen. So bleibt alles ruhig und alle warten auf das, was kommen soll. Es geht eine Woche vorüber, ein Monat, dann zwei, usw. In der Zwischenzeit hat man sich an die Situation gewöhnen müssen. Hakt man nach, dann wird man erneut von der Polizei beschwichtigt, die einen daran erinnert, dass sie sich kümmert.«

Ich nickte. »Und in Wirklichkeit kümmerten sie sich einen Scheiß drum. Auch bei der Polizei stinkt der Fisch vom Kopf her. Steht auch in einem meiner Schreiben, das vom Fisch, meine ich. Schockiert war ich, dass ich durch mein erstes Buch über Kobys Fall eigentlich nur Menschen kennengelernt habe, die Gewalt erlebt haben. Alle, die mit mir Kontakt aufgenommen haben, konnten mir vieles von dem bestätigen, was ich zuerst allein behauptete. Auch ihre Fälle waren zu den Akten in den Archiven gekommen und es gab nie eine einzige Verhaftung, obschon die Verdächtigen der Polizei mit ihrem Namen bekannt waren. Wenn jemand hartnäckiger nachfragte, wurde der Betreffende immer wieder vertröstet. Alle diese unaufgeklärten Missbrauchsfälle verliefen im Sande und alle diese Opfer – Kinder, Jugendliche und Erwachsene – wurden im Regen stehen gelassen. Die meisten Opfer wurden noch nicht einmal darüber informiert, dass ihre Akte geschlossen wurde. Und so hofften und warteten sie bis zum Nimmerleinstag auf Antwort.«

Im Zweifel gegen das Opfer

Leonie fragte mich: »Kannst du uns sagen, wie es dazu kommen konnte, dass diese Akte, die so klar den Missbrauch darlegte, von der Luxemburger Justiz ad acta gelegt wurde?«

Ich war dankbar für diese Frage und erklärte: »Ich möchte es so kurz fassen wie nur irgendwie möglich. Kobys Gang durch die Hölle hatte in der Schule, im Internat und in einem Sportverein stattgefunden. Nach jahrelangem sexuellem Missbrauch, schwerer Körperverletzung, fortgesetzter Freiheitsberaubung und Nötigung hatte er noch eine gewisse Zeit gebraucht, um endlich darüber sprechen zu können. Irgendwann hatte er in die Schablone gepasst, in die man ihn hineingeprügelt hatte, danach musste er erst einmal ein kleines Loch in seine Schweigemauer schlagen. In Begleitung einer Psychologin, die bei einer staatlichen Hilfsstelle für Opfer einer Straftat arbeitete, erstattete er Strafanzeige in einem Polizeikommissariat im Zentrum des Landes. Die fünf Täter wurden einer nach dem anderen zur Anhörung bestellt, an einem Tag der eine, am Tag danach der andere und so weiter. Umso leichter war es für die fünf Jungen, die Schuld von sich zu weisen, da sie sich untereinander absprechen konnten, damit die einzelnen Antworten übereinstimmten. War die Polizei damals wirklich so einfältig oder handhaben sie diese äußerst prekäre Angelegenheit einfach nur schlampig, damit es kein Resultat geben sollte? Es war für Koby eine richtige Qual, in einem Polizeibüro vor einem Polizisten, der in keinster Weise hierfür ausgebildet war, auszusagen. Zuerst muss Vertrauen aufgebaut werden, denn kein Missbrauchsopfer spaziert in ein Polizeibüro und erzählt einem Polizisten einfach alles, was ihm passiert ist.

Was ich als sehr folgenschwer betrachte, war der Umstand, dass ihm die Psychologin im Auftrage des Luxemburger Staates im Polizeikommissariat nahelegte, zuzugeben, alles wäre nicht so dramatisch zugegangen. Eine Psychologin, die im Staatsdienst zuständig war in Sachen Opferbegleitung, verlangte von Koby, von der Wahrheit abzurücken. Und der Polizist, der ihn anhörte, unterstellte ihm Übertreibung und überbordende Fantasie. Mit anderen Worten: Was nicht sein durfte, sollte nicht gewesen sein. Zusätzlich bagatellisierte die Psychologin alles, einfach alles, über das er geredet hatte. Vor dem Polizisten überkamen Koby erneut die Erinnerungen an diese schreckliche Zeit und er war schließlich außerstande, noch ein einziges Wort zu sagen.«

»Ja«, sagte Leonie, »ein Unschuldiger, der zum Tode verurteilt wird, sagt auch kein Wort mehr an dem Tag, an dem er hingerichtet wird. Es hört ihm ja eh niemand mehr zu. Nun gut, vielleicht kann man das nicht genau miteinander vergleichen, Koby war ja erst am Anfang seiner Aussage und er wollte schon nichts mehr sagen.«

Ich fühlte mich verstanden und bemerkte: »Im Rückblick kann ich heute mit Sicherheit sagen, dass es nicht nur Schlamperei der Polizei war. Es war auch Absicht von der Polizei und der Justizbehörde, nichts zu unternehmen und alles im Sande verlaufen zu lassen. Koby stand unter Schock, er war schutzlos und hilflos ausgeliefert an Menschen, deren Aufgabe es war, ihm als Opfer beizustehen. Und es war meine persönliche Idee und auch meine Entscheidung gewesen, in Begleitung einer Psychologin eine Klage bei der Polizei einzureichen. Wie konnte ich nur! Doch wie hätte ich wissen können, dass es so verlaufen wird? Nachher ist man immer klüger, klar, und doch bedrückt mich das sehr. Kommen wir zum Schluss, denn über die Jahre, die dazwischen liegen, will ich gar nicht mehr denken und reden müssen. Der Polizei war nicht an einer offenen seriösen Aufklärung der Angelegenheit gelegen. Es folgten Jahre des Stillstands, in der die Luxemburger Polizei und die Justiz Koby nicht ein einziges Schreiben zukommen, ihn einfach nur hängen ließ und die begangenen Verbrechen ignorierte. Drei psychiatrische Gutachten lagen vor, aus denen hervorging, dass sein Verhalten mit seinen Aussagen in Einklang stand, was den jahrelangen Missbrauch bewies. Dann kam ein einziger Brief, der entscheidende

Brief von der Luxemburger Justizbehörde. Ich wollte meinen Augen nicht trauen, dass der Fall ad acta gelegt worden war wegen fehlender Beweise. Nichts war unternommen worden, was zur Aufklärung hätte beitragen können. Das Opfer war im Regen stehen gelassen worden. In meinen Augen war dieses Schreiben ein heimtückisches Nachtreten von der Luxemburger Justizbehörde. Warum müssen eigentlich immer die Opfer in Missbrauchsfällen Beweise erbringen?

Nachdem die Luxemburger Justiz den Fall ad acta gelegt hatte, wurde in Belgien ein Anwalt mit der Sache beauftragt – die Schule und das Internat befanden sich in Belgien. Kein einziger Zeuge, Mitwisser und auch keine zusätzlichen Opfer, die Koby aufgelistet und einem Anwalt zur Weiterleitung an die Justiz vorgelegt hatte, wurden von der Polizei befragt. In der Akte der belgischen Justizbehörde stand, dass selbst wenn andere Schüler in dieser Schule zur selben Zeit Gewalt erlebt hätten, dies noch immer kein Beweis dafür wäre, dass Koby Gewalt und Missbrauch erlebt hätte. Alles wurde so zurechtgebogen, dass man nicht nach Schuldigen suchen musste. Nicht genug damit, dass die Luxemburger Justiz kein Interesse hatte an der Aufklärung dieser brisanten Akte, auch der belgischen Polizei und Justiz war nicht an einer seriösen Aufklärung dieser Angelegenheit gelegen. Die Justiz, deren Aufgabe es ist, nach der Wahrheit zu suchen, entschied sich für die einfachste Lösung. Für Koby wurde die Hoffnung auf Aufklärung einmal mehr zerstört. Außer der Luxemburger Justiz nahm auch die belgische Justiz in Kauf, die zahlreichen jungen Opfer ihrem Schicksal zu überlassen, ohne nach einer Aufklärung zu suchen.«

»Kannst du dich erinnern an diese Missbrauchsfälle, die vor einigen Jahren passiert sind und bei denen nur zwei junge Mädchen überlebten und es viele tote Zeugen gab?«, unterbrach mich Maggy. »Das war doch einer der größten Skandale Belgiens überhaupt, der hat das ganze Land in Aufruhr gebracht und wurde nie vollständig aufgeklärt. Zahlreichen Hinweisen war die Polizei nicht nachgegangen, hatte nicht alle Spuren verfolgt. Die belgischen Polizeikräfte versagten damals, sei es aus Dummheit oder Unvermögen. Verschiedene Spuren, die zu dem Sexualverbrecher führten, wurden ignoriert. Vielleicht bewusst? Wer weiß. Eine parlamentarische Untersuchungskommission wurde eingesetzt, doch die belgische Gendarmerie hatte andere Themen, als die vermissten Mädchen wiederzufinden, also nahm sie deren Tod in Kauf. Es handelte sich um ein Pädophilennetzwerk, das bis in die höchsten Kreise Belgiens reichte. Dieser Fall, oder sagen wir mal diese Fälle hatten für enormes mediales Aufsehen gesorgt und eine große Welle der Anteilnahme ausgelöst. Im Fall ›Koby‹ benahmen sich Polizei und Justiz in Luxemburg und Belgien sehr ähnlich. In Kauf wurde genommen, dass Koby und viele andere Jugendliche an unmenschlichen Orten und sogar in Verliesen ausharren und sexuelle Perversionen über sich ergehen lassen mussten, jahrelang. Das ganze Drama hatte sich in einer Schule und einem Internat in Belgien zugetragen und man zog niemanden zur Rechenschaft, auch nicht das belgische Schul- und Unterrichtsministerium. Es hat überhaupt keinen Prozess gegeben, Beweise wurden manipuliert, Zeugenaussagen korrigiert und Spuren nicht bis nach oben verfolgt. Einfach nur skandalös. Es durfte einfach keinen Prozess geben, denn Schulen, Internate und helfende Institutionen bleiben geschützt, es darf nichts nach außen dringen. Die Dunkelziffer der Opfer in solchen geschlossenen Häusern ist sehr hoch. Und wenn schon bei den Missbrauchsskandalen in Belgien, von denen weltweit die Presse berichtete, die ganze Wahrheit nicht aufgedeckt wurde, dann wird sich wohl von dieser kleinen, unwichtigen Akte ›Koby‹ keine Justiz auf Erden aus der Ruhe bringen lassen.«

Dem konnte ich nur zustimmen. Ich ergänzte noch: »Das Schreiben der belgischen Justiz, dass unser Fall auch in Belgien ad acta gelegt wurde, stellt in meinen Augen ein drittes, noch boshafteres Nachtreten dar.«

Wir drei waren so vertieft in unser Gespräch, dass wir den Kellner, der sich unserem Tisch genähert hatte, nicht sahen und hörten. Wir tranken noch ein Gläschen Sekt, den ich jetzt ausgab, und dann tran-

ken wir jede noch zwei Tassen starken Kaffees. Die Rechnung hatte
der Kellner diskret in einem grünen Ledermäppchen an den Rand des
Tisches gelegt. Es war spät geworden, nicht nur ich war aufgebracht,
auch Maggy und Leonie. Wir wollten uns bald wieder treffen, in jedem Fall würden wir miteinander telefonieren, wenn sich etwas Neues
ergeben hätte, insbesondere wenn etwas Positives dabei wäre.

Leonie wurde abgeholt von ihrem Mann. Maggy und ich bestellten uns noch einen doppelten Espresso bei unserem Kellner. Es war
mittlerweile 1.00 Uhr morgens, wir hatten gar nicht bemerkt, dass die
Bar inzwischen fast leer war. Der Kellner konnte sich jetzt etwas Zeit
nehmen, gesellte sich zu uns und brachte uns dann noch einen zweiten
doppelten Espresso, der uns guttun würde nach all dem Sekt, den wir
getrunken hatten. Er machte sich Vorwürfe wegen des Sektes, den er
uns zusätzlich spendiert hatte. Wir sollten heil nach Hause kommen
nach diesem aufregenden Abend, wo wir zuerst so gelacht hatten und
dann so ernst geworden waren. »Ein andermal erzählen wir dir alles«,
beruhigte Maggy den Kellner. »Wir fahren jetzt nach Hause und legen
uns in unser Bett und werden hoffentlich etwas Schönes träumen.«

Das Einschreiben

Knapp vier Wochen waren vergangen, seit ich bei der Kripo ausgesagt hatte. Während dieser Zeit ging ich oftmals voller Spannung zum Briefkasten. Alle drei Tage öffnete ich den Briefkasten, um die Post an mich zu nehmen. Als es eines Tages klingelte, riss ich die Haustür auf, ich erwartete die Nachbarin, die heute um diese Zeit auf einen Kaffee vorbeikommen wollte. Aber der Postbote stand da und hielt ein Schreiben in der Hand. Mittlerweile hatte ich gar nicht mehr an ein Einschreiben gedacht, aber da war nun doch wieder eines. Der schöne Umschlag mit der Aufschrift der Luxemburger Justizbehörde lag zwei Stunden auf meinem Küchentisch, ehe ich ihn öffnete. In der Hand hielt ich eine Vorladung von einer Untersuchungsrichterin. Unten auf dem Schreiben stand, dass ich mich von einem Rechtsverteidiger begleiten lassen könnte. Mein Handy, das ich immer in meiner Tasche bei mir trug, fing an zu summen. Was für ein Zufall, es war Maggy. Ich hob ab und es sprudelte gleich aus mir heraus. »Kannst du bitte langsamer sprechen, ich verstehe kein Wort«, unterbrach mich Maggy.

Aber ich redete einfach weiter und sagte, dass bis heute kein einziger Täter, mit denen Koby zu tun gehabt hatte, zu einem Untersuchungsrichter gerufen wurde, um auszusagen, nicht die fünf Kerle aus der Schule, der Direktor der Schule, die Erzieher der Schule und des Internats, die Präsidentin des Sportvereins und die Sportbegleiter und auch nicht der Sportdirektor des anderen Sportvereins und sein Kumpan in diesem Kaufhaus.

»Beruhige dich mal. Ich verstehe nicht ein Wort. Warum erzählst du mir das jetzt? Das wissen wir doch längst. Was willst du mir sagen?«, versuchte es Maggy noch einmal.

Ich schwieg. Sie hatte recht, so konnte mir niemand folgen.

»Bist du noch dran?«, fragte Maggy jetzt.

»Ja, warte einen Moment«, bat ich. Nun galt es, tief durchzuatmen.

Danach konnte ich langsamer sprechen und ich erzählte Maggy von der Vorladung bei der Untersuchungsrichterin. »Ich hatte wirklich nicht erwartet, dass es so weit kommen würde. Das Ganze war sogar schon ein bisschen in Vergessenheit geraten bei mir. Und nun bin ich vorgeladen bei einer Untersuchungsrichterin. Was habe ich bloß verbrochen?«, beendete ich meine Schilderung.

»Man schreibt keine Briefe an einen Präsidenten, in denen man die Wahrheit verbreitet. Damit eckt man nur an. Rege dich nicht so auf, das ist nicht gut für deinen Blutdruck«, versuchte mich Maggy zu beruhigen.

»Ich kann nicht anders und werde auch nie anders können. Heuchelei und Hypokrisie waren mir schon immer zuwider und machen mich immer wieder krank. Niemand kann über seinen eigenen Schatten springen, auch ich nicht«, seufzte ich.

Maggy insistierte: »Es geht um viel mehr als Scheinheiligkeit und Hypokrisie. Ich schicke dir eine SMS mit den Kontaktdaten einer Anwaltskanzlei und dann wird schon alles in Ordnung kommen. Der Termin ist in drei Wochen, sagst du? So hast du noch ein bisschen Zeit zum Luftholen.«

»So kann ich mich noch drei Wochen lang aufregen und mir Gedanken machen, willst du sagen? Ich habe ein seltsames Gefühl und mein Gefühl hat mich bisher nie getäuscht. Ich fürchte, dass das nicht so schnell wieder in Ordnung kommt, wie du meinst. Du weißt es und außer uns wissen es noch viele andere Menschen, dass in Luxemburg viele Täter ungeschoren davonkommen und weitermachen, sich das nächste Opfer bequem aussuchen können. Es passiert ihnen doch nichts. Und die Opfer lässt man hängen, die bleiben ein Leben lang sich selbst überlassen.«

Maggy stimmte mir zu. »Insbesondere wenn die Gewalttaten in geschlossenen Anstalten, Institutionen, Schulen, Internaten, Sportvereinen und Altersheimen passieren. Außenstehende haben dann ja meist keinen Einblick. Außerdem haben die Führungskräfte aus diesen

Institutionen beste Beziehungen in politische Kreise. Und den Opfern wird nicht geglaubt und viele Bewohner aus Behindertenheimen können sich auch gar nicht artikulieren und über ihre Erlebnisse sprechen.«

Ich seufzte. »Weißt du, was du jetzt gesagt hast, kann absolut nicht zu meiner Beruhigung beitragen.«

»Tut mir leid«, sagte Maggy zerknirscht. »Wir halten Kontakt und telefonieren auf jeden Fall noch vor deinem Termin. Du musst dort unbedingt mit einem Rechtsanwalt hingehen, die SMS müsstest du schon erhalten haben.«

Ich schaute auf mein Handy und staunte. »Was du alles in diese SMS reingepackt hast, und dann hast du sie noch nebenbei gesendet von deinem alten Handy, während wir miteinander gesprochen haben – das ist grandios. Du gibst mir Kraft und Zuversicht. Ich hoffe dass wir uns vorher noch auf einen Kaffee sehen können.«

Maggy lachte. »Meine Arbeitswoche ist vorbei. Ich lade dich ein, wir gehen morgen zu unserer liebsten Konditorei und frühstücken in aller Ruhe zusammen.«

»Ich werde dort sein um 8.00 Uhr. Ich freue mich«, antwortete ich und fühlte mich ein bisschen erleichtert.

Als ich kurz nach 8.00 Uhr die Konditorei betrat, saß Maggy schon am Fenster und winkte. Sie hatte für uns beide einen Orangensaft bestellt. Neben ihr auf dem Boden stand ein kleiner Koffer.

Ich setzte mich zu ihr. »Du bist schon wieder auf dem Wege in die große, weite Welt, wie ich sehe«, sagte ich und deutete auf den Koffer.

Sie nickte und lächelte. »Das Frühstück wird uns gleich gebracht, habe schon für dich mitbestellt, ohne Eier, wie immer. Ich habe zwei Stunden Zeit. Dann bin ich für vier Wochen weg. Ich gebe keinen Koffer mehr als Gepäck auf, ich möchte keine Zeit an Flughäfen vergeuden. In diesem Koffer ist wie immer nur das Nötigste. Was mir fehlt, werde ich mir unterwegs kaufen. Ich habe meinen Artikel zum Thema ›Urlaub in Luxemburg‹ schon fertig. Ich muss neue Baustellen besichtigen, um einen größeren Artikel über neue Ferienanlagen zu schreiben. Der erscheint dann im Immobilienteil einer landesweiten Tageszeitung. Und für die Konkurrenz verfasse ich unter Pseudonym Texte über das Leben als Auswanderer in Griechenland. Mein Verlag übernimmt die Reisekosten zur Hälfte und diese zusätzlichen Aufträge finanzieren mir den Rest und vieles mehr.«

Ich schürzte anerkennend die Lippen. »Kein schlechter Job, das muss ich schon sagen. Du genießt die Sonne, während du arbeitest, hast eine abwechslungsreiche und interessante Tätigkeit – ich beneide dich.«

Da brachte uns auch schon die Bedienung ein komplettes Frühstück auf einem riesigen Tablett, so wie wir beide es gewohnt waren. Nach dem Orangensaft trank ich mit Genuss eine Tasse Kaffee. Dann gingen wir noch einmal das Ganze durch. Maggy sagte: »Schon allein die Tatsache, dass keiner von diesen Verbrechern je zu einem Untersuchungsrichter gerufen wurde, hat bei mir alle Alarmglocken läuten lassen, die hören auch gar nicht mehr auf zu schrillen. In Luxemburg hält man den Mund. Und wenn man, wie du, den Mund nicht hält, dann gibt es Ärger und immer mehr Ärger, bis man irgendwann den Mund doch hält.«

»Das habe ich schon lange kapiert«, bemerkte ich resigniert. »Und ich denke gerade immer wieder an den kürzlich erschienen Artikel in einer Luxemburger Zeitung. Da hieß es, früher wären die Opfer sich selbst überlassen gewesen, heute würde man sich so gut um sie kümmern ...«

Maggy winkte ab. »Hör doch auf. Wer glaubt denn noch an den Weihnachtsmann? In Luxemburg muss man sehen, wo man bleibt. Und ganz schlimm finde ich, dass der Bevölkerung immer wieder Sand in die Augen gestreut wird. Bestes Beispiel ist die Vereinigung, in der du mitgearbeitet hast, drei Jahre lang, ehrenamtlich, ich fasse es nicht. Wie konntest du nur so blind sein und so blöd noch dazu?«

»Das kannst du laut sagen«, ich nickte frustriert. »Aber ich war damals verzweifelt. Ich habe nach einem Strohhalm gesucht, an den ich mich klammern konnte.«

»Und der Strohhalm war schon faul, als du noch gar nicht da warst«, sagte Maggy. »Das konntest du natürlich nicht wissen. Du hast Hilfe gesucht bei dieser Vereinigung, daran war ja nichts Falsches. Und doch ist es so, du hättest nicht schlechter fallen können. Nachher ist man immer klüger. Und jetzt muss ich dich verlassen, denn Flugzeuge warten bekanntlich nicht auf ihre Fluggäste. Lass hören von dir.« Damit sprang sie auf.

Ich folgte ihr vor die Tür. »Wir bleiben in Kontakt und treffen uns alle drei gleich nach diesem Termin. Leonie habe ich schon informiert«, sagte ich. Wir umarmten uns. Ein Taxi fuhr vor, schnell ein Küsschen und Maggy stieg ein und weg war sie. Als ich wieder die Bäckerei betrat, um zu bezahlen, erfuhr ich, dass Maggy die Rechnung schon vorher beglichen hatte. So sagte es die Bedienung, die ich an den Tisch winkte. Nun gut, Maggy verdiente nicht schlecht. Viele Nebenkosten fielen an, die sie von der Steuer absetzen konnte. Das war ein großer Vorteil – und ab und zu profitabel für zwei beste Freundinnen.

Termin bei der Untersuchungsrichterin

Mein Anwalt und ich trafen uns vor dem kleinen Gerichtsgebäude, das sich neben dem hohen imposanten Justizgebäude befindet, das wir kurz vor halb zehn Uhr betraten. Im Wartesaal unterhielten sich gerade zwei Frauen sehr laut, jeder konnte mithören. Die eine war dick und hatte rote Haare, sie erzählte ihrer Nachbarin, vermutlich einer Freundin, von einem heftigen Streit, den sie gestern Nacht mit ihrem Mann gehabt hatte. Die andere wollte unbedingt nach Kanada auswandern und hatte Reiseunterlagen dabei. Die Kinder sollten bei der Oma bleiben, der Mann war schon längere Zeit »verschollen«. Das alles interessierte mich nicht im Geringsten. Wir warteten also. Es war mittlerweile 10.00 Uhr, der Termin war auf halb zehn Uhr anberaumt gewesen. Da wurde mein Name laut über den Gang gerufen. Geschmacklos und peinlich fand ich das, das hätte doch auch diskreter sein können. Mein Rechtsanwalt und ich standen auf. Uns kam ein Beamter in Uniform entgegen, er begleitete uns in einen Nebenraum. Da standen zwei Stühle, die waren wohl für den Angeklagten und den Verteidiger bestimmt. In dieser Stresssituation hatte ich zunächst nicht bemerkt, dass wir uns in einem Amtsraum befanden. Da stand ein langer altmodischer Holztisch, der von der Eingangstür bis zum Fenster reichte. Eine Frau mittleren Alters saß in diesem blitzblanken Büro und ein junger Beamter am Computer. Außer zwei dicken Akten lag nichts auf dem Tisch. Die beiden unterhielten sich gerade, als wir eintraten. Die Frau musste die Untersuchungsrichterin sein. Ich hätte gern gewusst, warum sie so grimmig dreinblickte.

Eine Entschuldigung für die dreißig Minuten Verspätung gab es natürlich nicht, doch wären der Rechtsanwalt und ich dreißig Minuten zu spät erschienen, müsste ich vielleicht schon mit einer Strafe rechnen. Als die Frau nach meinem Namen und Ausweis fragte, lief mir ein Schauder über den Rücken, ich bekam eine regelrechte Gänsehaut.

Dass das so schnell ging, hatte ich schon sehr lange nicht mehr gehabt. Ihren Namen sagte sie nicht. Schnell ließ ich meinen Blick umhergleiten, eine Überwachungskamera konnte ich nicht entdecken. Irgendwo musste sie sein, sagte ich mir, diese Kamera, unsichtbar für die Besucher. Nun stellte sie einige Fragen, die auch schon der Kriminalbeamte gestellt hatte, nur anders stellte sie die Fragen und wiederholte auch nicht alle. Ich müsste auch nicht aussagen, wenn ich das nicht wolle, sagte sie noch. Dass ich aussagen möchte, sagte ich gleich, denn ich hätte nichts zu verbergen. Sie hielt ein getipptes Schreiben hoch und fragte mich: »Haben Sie das geschrieben?«

Zwischen dem Bürotisch und den zwei Stühlen, wo der Anwalt und ich saßen, war eine Distanz von einem Meter. Ich hätte aufstehen müssen, um genau sehen zu können, ob das mein Schreiben war, das sie da in die Höhe hielt. Die Untersuchungsrichterin konnte alle, die vor ihr saßen, bis zu den Schuhen sehen. Die Stühle waren ganz nahe an der Wand angebracht und dort irgendwie festgemacht. Dass ich den Stuhl, wo ich mich setzte, nicht bewegen konnte, hatte ich gleich festgestellt. So war es ihr möglich, die Körpersprache der Personen, die vor ihr saßen, mitzubekommen, Gestik und Mimik, alle bewussten und unbewussten Regungen des menschlichen Körpers. Meine innere Unruhe wuchs bis zum Gehtnichtmehr.

Ich konnte die Untersuchungsrichterin und den jungen Mann nur bis zur Taille sehen. Da ich an diesem Tag einen Mantel trug, vergrub ich meine Hände in den tiefen Taschen, damit das eventuelle Zittern meiner Hände nicht auffiel. »Von meinem Platz aus gesehen scheint das meine Unterschrift auf dem Blatt zu sein. Und wenn es meine Unterschrift ist, muss ich dieses Schreiben wohl geschrieben haben«, sagte ich.

Sie antwortete: »Ja, das ist Ihre Unterschrift.« Nun fing der junge Beamte an, emsig zu tippen, ohne auch nur eine Sekunde aufzublicken. Seine grüne Krawatte, die nicht zu seinem blauen Anzug passte, war verrutscht. Neben ihm lag ein hoher Stapel Akten. Das mussten

Akten von anderen Angeklagten sein, denn so dick war meine Akte nicht. Warum hatte sie mich das überhaupt gefragt, wenn doch meine Unterschrift deutlich zu lesen war? Hätte ich nein gesagt, wäre das doch sehr dumm von mir gewesen. Hielt sie mich für so blöd? Keine Miene verzog diese Frau, sie hatte ein steinernes Gesicht und eiskalte Augen. Ich holte tief Luft, versuchte die Ruhe zu bewahren, doch ich kam mir vor wie ein Fisch auf dem Trockenen, der panisch versuchte, zu begreifen, wie er dorthin gekommen war.

Die nächste Frage regte mich innerlich so auf, dass ich die Hände in meinen Manteltaschen zu Fäusten ballte. Ob ich mich mit der Putzfrau gestritten hätte, wollte sie wissen. Was für eine Frage! Und warum? Was sollte ich antworten? Jeder hatte sich mit der Putzfrau gestritten, ich auch, ebenso der Präsident der Vereinigung.

»Also haben Sie sich gestritten mit ihr«, sagte die Richterin nun. Das klang wie eine Feststellung.

»Würde ich nicht sagen«, begann ich. »Es gab niemand in der Vereinigung, der mit ihr einverstanden war, jeder stritt mal mit ihr, denn sie machte, was sie wollte. Ich half ihr bei ganz normalen, praktischen Angelegenheiten, mit denen sie nicht klarkam. Ich übersetzte französische Briefe, die sie nicht verstand, und wenn sie eine Stunde früher den Dienst verließ oder zwischendurch einkaufen ging, vermerkte ich das nicht in unserem großen Buch, damit ihr diese Stunden bei ihrer Bezahlung nicht fehlten. Eigentlich hatten wir ein normales, kollegiales Verhältnis zueinander.«

Die Richterin hörte zu, sie schrieb nichts nieder. Das machte ja der junge Beamte mit der grünen Krawatte, er schrieb die ganze Zeit, ohne aufzublicken. Die Untersuchungsrichterin sprach mit ihm immer wieder sehr leise, ich konnte nichts verstehen. Alle ihre Fragen regten mich einfach nur auf, ihre Fragen zu den E-Mails, den Verfolgungen, dem Zusammentreffen vor dem Gebäude der Institution. Innerlich war ich außer mir, durfte das aber nicht zeigen. Sie wollte wissen, ob ich vor dem Gebäude gewesen war an dem Abend, das war alles. Die Details interessierten sie nicht, auch nicht, dass Koby eine Panikattacke hatte und danach Tage brauchte, um wieder normal zu funktionieren. Das hatte ich in meinem Bericht vermerkt, den ich dem Kripobeamten gegeben hatte. Ob ich Kameras eingerichtet hätte im Keller der Institution, fragte sie auch. Ich verneinte und ich erinnerte mich, dass ich mich in meinen Schreiben über den Keller lustig gemacht hatte und von Kameras geschrieben hatte.

»Sind denn Kameras vorgefunden worden im Keller?«, fragte mein Rechtsanwalt.

»Nein«, antwortete sie. Dann fragte sie, ob ich irgendwelche privaten Sachen im Keller liegen gelassen oder hingelegt hätte. Ich verstand nicht, was diese Frage bedeuten sollte, und ich sah jetzt bei jeder Frage eine Falle. »Nicht, dass ich wüsste, ich kann mich daran nicht erinnern«, antwortete ich.

Wenn ich eine Erklärung hinzufügen wollte, ließ sie mich nicht ausreden, sondern stellte gleich die nächste Frage. Sie sprach stets in einem abweisenden, herrischen Ton. Ich spürte förmlich die Macht, die sie ausstrahlte. Das empfand ich als einschüchternd und meine Angst wuchs. Man kann doch auch in einem normalen Ton mit seinem Gegenüber reden und Fragen stellen. Ich fühlte mich bereits verurteilt. Zumal sie die Fragen nicht neutral und sachlich stellte, wie ich fand. Schon jetzt sagte mir mein Gefühl, dass es zu einem Prozess kommen würde und dass eine Strafe ausgesprochen werden würde.

»Ab heute stehen Sie unter gerichtlicher Kontrolle«, sagte die Richterin nun. »Sie dürfen das Land nicht verlassen.« Ihre Stimme war emotionslos. Das musste der Beruf mit sich bringen, alle Untersuchungsrichter werden vermutlich mit der Zeit so eiskalt wie sie, sagte ich mir. Sie hatte ja täglich mit Kriminellen zu tun, die fasste man nicht mit Handschuhen an. Aber ich war keine Kriminelle und ich war auch noch nicht verurteilt. Und ich hätte von einer Untersuchungsrichterin etwas mehr Neutralität und einen zumindest sachlichen Tonfall erwartet.

Eine Seite Anordnungen musste ich lesen und unterschreiben. Es stand unter anderem dort, dass ich ab jetzt bis zu einem Zeitpunkt, den das Gericht mir mitteilen würde, unter gerichtlicher Kontrolle stehe und alle Polizeireviere in ganz Luxemburg würden hierüber informiert. Die Polizei erhielt von der Untersuchungsrichterin die Erlaubnis, mich ins Gefängnis zu bringen, wenn dies nötig wäre. Erniedrigend, das Ganze. Ich kam mir vor wie jemand, der gemeingefährlich ist, und es galt, die ganze Bevölkerung vor mir zu schützen. Doch ich wusste, dass ich dem Präsidenten für diese Verfügung danken muss, denn er hatte alles getan, damit es zu dieser Verfügung kam. Als er vor der Untersuchungsrichterin gesessen hatte, bevor ich jetzt an derselben Stelle saß, musste er einen Haufen Lügen über mich erzählt haben.

Schließlich musste ich noch eine Anordnung unterschreiben, dass ich mich demnächst bei einem Psychiater einem Test unterziehe. Das sah ich als eine zusätzliche Beleidigung an. Ich wurde verdächtigt für Taten, die ich nicht begangen hatte, und wurde dafür unter gerichtliche Kontrolle gestellt. Warum kam denn kein Gericht auf die Idee, die fünf Sexualverbrecher unter gerichtliche Kontrolle zu stellen? Ein sehr großer Teil des Dramas wäre Koby erspart geblieben. So wie es aussah, war ich jetzt gefährlicher als diese fünf Verbrecher.

An dem Abend nahm ich meine zwei Hunde und machte einen langen Spaziergang durch den Wald. Dann fing ich an durch den Wald zu laufen, bis dass ich nicht mehr konnte, ich musste alles aus mir herausschreien.

Mein erstes Buch: »MEIN GANG DURCH DIE HÖLLE«

Ich habe durch mein Buch »Mein Gang durch die Hölle« viele wertvolle Menschen kennengelernt und mit ihm einen mächtigen Stein ins Rollen gebracht, einen sehr mächtigen Stein. Menschen haben sich getraut, mit mir Kontakt aufzunehmen. Menschen, die in ihrer Kindheit oder Jugend schreckliche Erfahrungen machen mussten. Diejenigen, die sich aufraffen konnten und zur Polizei gingen, um Klage einzureichen, mussten die Erfahrung machen, dass man ihrer Klage nicht nachging. In den meisten Fällen wurde eine Akte angelegt und die Polizei versprach, ihr Bestes zu tun, und wollte keine Zeit verlieren, um die Verdächtigen zu hören und die Schuldigen ausfindig zu machen. Gab es tatsächlich einen Verdächtigen, wollten sie gleich eine Vorladung losschicken. Auch um den Suizid eines jungen Mädchens, das sexuell in seiner Familie missbraucht wurde, wollten sie sich prompt kümmern. Doch keiner der von den Opfern genannten Verdächtigen wurde vorgeladen, es vergingen Wochen, Monate. Die meisten Akten wurden ohne Ergebnis geschlossen, die Opfer erhielten hierüber keine Nachricht. All diesen Angelegenheiten wurde die Energie entzogen.

Eine Woche nach dem Termin bei der Untersuchungsrichterin erreichte mich ein Telefonanruf vom Verlag, bei dem mein Buch »MEIN GANG DURCH DIE HÖLLE« erscheinen sollte. Man teilte mir mit, dass ein Brief von der Luxemburger Kripo beim Verlag eingegangen wäre. Die Kripo wollte wissen, ob der Verlag ein Buch von mir veröffentlichen würde, denn ich hätte gedroht mit der Veröffentlichung eines Buches. Gedroht hatte ich nicht, aber ich hatte gesagt, ich würde ein Buch schreiben. Das Schreiben der Kripo verfehlte seine Wirkung beim Verlag nicht, und auch bei mir nicht. Das Buch befand sich in der Endphase, die letzten Korrekturen des Manuskriptes waren gerade erledigt und es bedurfte nur noch meiner Unterschrift und das Buch wäre auf dem Markt erschienen. Doch nun stoppte der Verlag alles und setzte mich über die letzten Ereignisse in Kenntnis. Im Internet hatte der Verlag recherchiert und vieles bestätigt gefunden: Orte der Geschehnisse, Namen der Schule, des Internats, des Sportvereins und die Namen der führenden Personen. Da die Mitarbeiter des Verlages das in allerkürzester Zeit herausgefunden hatten, ging man davon aus, dass jeder Leser und jede Leserin dasselbe tun könnten oder würden. Der Verlag wollte kein Risiko eingehen und auch mich abgesichert wissen. Der Kripo war dann noch mein Pseudonym mitgeteilt worden. Und im Buch mussten zusätzliche Anonymisierungen vorgenommen werden, kein Mensch durfte sich wiedererkennen und auch keine Orte durften wiedererkannt werden. Die Personen, die im Buch als Täter dargestellt wurden, mussten einen anderen Namen bekommen, selbst der Anfangsbuchstabe eines anonymisierten Vornamens musste anders sein als der Anfangsbuchstabe des tatsächlichen Vornamens. Und auch der Name des Hundes, den ich damals hatte, müsste anonymisiert werden. Allerdings bestand ich drauf, dass der Hund im Buch seinen richtigen Namen behielt und eine Rolle spielte. Danach mussten die Änderungen im Buch nochmals lektoriert und anwaltlich geprüft werden. Die zusätzlichen Kosten gingen zu meinen Lasten. Ich musste einverstanden sein mit diesen Änderungen, mit den Anonymisierungen, mit den zusätzlichen Kosten, egal, wie lange es noch dauern würde bis zur Herausgabe des Buches. Ansonsten würde das Buch gar nicht veröffentlicht werden können.

Ich wollte es einfach nicht glauben, dass der Verlag von der Kripo kontaktiert worden war. Der Verlag verweigerte mir außerdem die Einsicht in die Korrespondenz zwischen ihm und der Kripo. Und so zweifelte ich an, dass die Kripo so weit gegangen war. Wollten sie die Veröffentlichung des Buches verhindern? Das war sicherlich die Ursache für ihre Einmischung, sie hatten eine Höllenangst, das Buch würde über die Machenschaften bei Polizei und Institutionen berichten. Dann beschlich mich ganz leise und langsam eine innerliche Panik, die über Nacht immer mehr Gestalt annahm. Das Buch wird nicht veröffentlicht – dieser Gedanke war gleich da. Damit würde ich allen erdenklichen Schwierigkeiten aus dem Weg gehen. Hinzu kam die Ungewissheit, was das Ganze mich schlussendlich kosten würde und wie lange es dann dauern würde, bis das Buch auf dem Markt erscheint. Aber die ganze Kraft, Zeit und Energie, die ich aufgebracht hatte, sollte nicht umsonst gewesen sein. Ich überlegte eine Woche lang hin und her, dann stand fest: Das Buch sollte meine erste Priorität werden, andere Angelegenheiten wollte ich nach hinten verschieben. Das Buch würde gedruckt werden, auf den Markt kommen und dann hoffentlich gelesen werden. Aufgeben war noch nie eine Option für mich gewesen. Ich fragte niemanden um Rat, auch meine zwei besten Freundinnen nicht, ich wollte mich nicht beeinflussen lassen. Meine Entscheidung hatte ich ganz allein getroffen.

Ich hatte den Kripobeamten damals den Namen des Verlages genannt, so hatte ich der Kripo, ohne es zu wissen, Hilfestellung gegeben. Die Polizei hatte dann nicht lange suchen müssen, im Internet hat jeder Zugang zu vielen Informationen aller Art. Doch ich war nun sicher, dass die Veröffentlichung des Buches verhindert werden sollte. Die Untersuchungsrichterin musste den Auftrag erteilt haben, den Verlag anzuschreiben.

Die verbesserte Anonymisierung im Buch hatte ich selber vorgenommen. Nun brauchte ich keine Angst vor Klagen und eventuellen Gerichtsverfahren zu haben. Das Buch kam mit drei Monaten Verspätung auf den Markt. Und es war eine immense Genugtuung für mich, als ich es dann endlich in den Händen hielt, trotz der Anlaufschwierigkeiten, die Polizei und Justiz mir eingebrockt hatten. Es war geschafft, der Stress ließ von mir ab, ich war total erleichtert und froh, dass ich endlich die Menschen draußen aufrütteln und aufmerksam machen konnte und dass ich über diesen Skandal und die Leidensgeschichten mit allen ihren Auswirkungen geschrieben hatte. Ich wollte Licht auf die furchtbaren Ereignisse werfen, indem ich in meinem Buch von den mehr als zwanzig jungen zerstörten Leben berichtete, schonungslos und aufrüttelnd. Denn wenn schon die Luxemburger Justiz den zum Himmel schreienden Missbrauchsfall in Schule, Internat und Sportverein in Luxemburg ad acta legte und das wegen Mangel an Beweisen, sollte die Menschheit zumindest durch mein Buch alles erfahren, was ich wusste.

In einer Luxemburger Zeitung vom 23. Februar 2017 stand, dass es kürzlich Kritik an einer Statistik des Luxemburger Justizministeriums gegeben hat. Die Zahlen zum sexuellen Missbrauch seien Augenwischerei, die Wirklichkeit in Wahrheit viel düsterer. Das »Planning familial« hatte sich zu Worte gemeldet und präsentierte eine andere Version der Geschichte, und zwar dass es wegen der Verjährungsfrist vielen Opfern nicht mehr möglich sei, die Täter anzuklagen. Und diese betreffende Statistik würde leider nur die Fälle erfassen, in denen tatsächlich Anzeige erstattet wurde. Doch alleine die fehlenden Erfolgsaussichten halten viele Misshandlungsopfer davon ab, Klage zu erstatten.

In vielen Foren konnte ich lesen, dass Fälle so lange ausgebremst werden, bis der Missbrauch verjährt ist. Ich las von vielen Fällen, die den folgenden Weg gingen: Der Missbrauch passierte, oft über Jahre hinweg. Das traumatische Erlebnis wurde vom Opfer verdrängt. Irgendwann kehrten die Erinnerungen zurück, oftmals ausgelöst durch ein Ereignis. Manchmal mit professioneller Hilfe, manchmal auch ohne jegliche Hilfe tastete sich das Opfer an die Zeit des Missbrauchs heran. Bis es dann so weit war, Anklage zu erheben, war es meist zu spät, der Missbrauch war längst verjährt. Koby, der den Mut gehabt hatte, Anzeige zu erstatten, wurde entmutigt und nicht ernst genommen. So wurde sein Fall wie hunderte ähnlich gelagerte Fälle nicht in einer Statistik erfasst. Gleich zu Anfang wurde eine Ermittlung mit allen zur Verfügung stehenden Mitteln im Keim erstickt.

In meinem Buch stand nur ein kleiner Teil all der schrecklichen Taten, die in dem Sportverein passiert sind, der sportliche, kulturelle und soziale Aktivitäten für junge Menschen mit physischen und psychischen Problemen anbot und anbietet. Es ging Koby nicht nur um die Anerkennung seines Leids, sondern darum, einem System aus Gewalt, sexueller Ausbeutung und hilfloser Abhängigkeit ein Ende zu bereiten. Es ging darum, Schuldige zu benennen, sie dingfest zu machen, sie für ihre Taten zur Verantwortung zu ziehen. Die Dinge laut auszusprechen, die viele Menschen noch immer nicht glauben. Doch Polizei und Justiz hatten es vorgezogen, Sexualverbrechern mehr Glauben zu schenken als dem Opfer, das den Mut gehabt hatte, zu sprechen. Alle Sportbegleiter in den betreffenden beiden Sportvereinigungen wurden gedeckt durch ihren Vorstand, bestehend aus Direktoren, Präsidenten und Sportdirektoren. Und diese wurden geschützt von der Politik. Und wäre es doch jemals zu einer Anhörung von Opfern oder Zeugen gekommen, hätten diese führenden Personen unweigerlich die Schuld auf die Sportbegleiter schieben können und sie wären aus der Schusslinie gewesen. Dabei gab es auch Leute in den Führungspositionen, die beteiligt gewesen waren an den Sexualverbrechen. Der Fisch stinkt bekanntlich vom Kopf. Und der Täterschutz steht über dem Opferschutz.

Maggy und ihr Geliebter

Ein Klingeln an der Haustür und schon zuckte ich zusammen. Vom Küchenfenster aus sah ich das gelbe Postauto auf der Straße stehen. Mein Gefühl sagte mir, dass der Briefträger ein Einschreiben für mich hat. Aber es war keine Überraschung für mich, ich hatte mich längst an die Einschreiben gewöhnt. Als Beweis, dass ich den Brief erhalten hatte, musste ich unterschreiben. Es war wieder einer dieser schönen, edlen Umschläge von der Luxemburger Justiz. Warten wollte ich diesmal nicht, ich wollte ihn gleich öffnen. Die Untersuchungen seien nun abgeschlossen und ich könnte Einsicht in meine Akte nehmen, so stand es da. Ein Datum war festgelegt worden, an dem ich mir meine Akte ansehen könnte in einem Gerichtssaal im Justizgebäude. Noch ganze drei Wochen musste ich mich gedulden. Ich hätte jetzt gern mit Maggy telefoniert, doch ich wusste, dass sie sich nicht im Land befand. Dreimal hatte ich versucht, sie zu erreichen, doch die Verbindung kam nicht zustande, ich hatte nur ein Besetztzeichen am Ohr. Ich versuchte es nun noch einmal. Und tatsächlich, endlich wurde abgehoben, doch ich vernahm nur ein Schluchzen. War sie es oder war jemand anders am Telefon? Doch, es war Maggy, und es brach aus ihr heraus. Sie musste in einer verzweifelten Lage sein, sonst hätte sie mir nicht erzählt, was dann folgte. Unter Tränen berichtete sie von ihrem Freund und Liebhaber. Dass er verheiratet war, wusste ich ja schon. Sie hatte nun vom ihm gefordert, sich wie versprochen endlich von seiner Frau zu trennen. Doch das hätte sie nicht tun sollen, jetzt tat es ihr auch leid, doch die Einsicht kam zu spät. Sie hatte vor Elend und Erniedrigung förmlich gebebt, als er gegangen war, Vorwürfe und Ultimaten hatte sie ihm an den Kopf geworfen. Nun zweifelte sie daran, ob er jemals vorgehabt hatte, seine Frau, seine Familie zu verlassen, er war immer wieder zu ihnen zurückgekehrt und sie war immer wieder allein gewesen. Und jetzt hatte sie ihn endgültig verjagt und er würde sicherlich nicht mehr zu ihr zurückkommen. Darum war sie so unglücklich.

Das alles hatte ich bis jetzt nicht gewusst, Leonie und ich hatten ja eigentlich gar nichts über ihren Freund gewusst. Ich ließ sie reden, unterbrach sie nicht. Ihr interessanter und abwechslungsreicher Beruf war für sie jetzt nur noch Nebensache. Und schließlich sagte sie: »Es tut mir nicht leid, dir das alles erzählt zu haben, im Gegenteil, ich fühle mich jetzt richtig erleichtert.«

Aber sie zu trösten, gelang mir dennoch nicht so recht. Trotz allem konnte ich das verstehen. Leonie und ich hatten immer gehört, dass er sie bei jeder Gelegenheit verwöhnte. Er hatte zum Beispiel sogar mal den Nachtflug von New York nach Frankfurt gebucht, nur um sie dort zu sehen. Das muss doch einfach die große Liebe sein, sagten wir uns beide. Und da Maggy glücklich zu sein schien, stellten wir keine weiteren Fragen. Doch Leonie und ich ahnten schon länger, dass diese Partnerschaft eher eine verbotene Liebesbeziehung war. Natürlich hätten wir ihn gerne mal zu Gesicht bekommen, diesen Mann, der Maggy so restlos glücklich machte. Heute sollte ich nun noch so einiges von ihm hören. Und mir wurde wieder mal klar: Jeder hat in seinem Innersten Dinge verborgen, die er einfach nicht preisgeben will und auch nicht kann. Bis zu einem bestimmten Zeitpunkt.

Maggy sagte nun: »Weißt du, eigentlich wollte ich jetzt bitten, Leonie nichts zu erzählen. Doch das würde auch nichts ändern, also sage ich nichts dergleichen. Ich werde dir jetzt einfach von meinem Schatz erzählen, der sich nicht zu mir bekennt. Du bist die Erste und Einzige, die von dieser Beziehung nun ein bisschen mehr weiß. Selbst meine Kinder ahnen nichts, und die Großmutter der Kinder schon gar nicht. Da ich oft auf Reisen bin, kann ich so einiges von meiner Familie fernhalten.«

Ich hörte zu. Von meinen Erlebnissen zu erzählen, brachte ich nicht übers Herz. Doch es war Maggy, die mir nun Mut machte am Telefon, sie wollte mich unbedingt bald sehen. Sie würde gleich nach meiner

Einsichtnahme in die Akte wieder in Luxemburg sein und mich dann treffen wollen.

»Was ist mit deinen Kindern?«, fragte ich. »Während deiner Abwesenheit sind sie alleine zu Hause. Doch ich kenne deine beiden Kinder und du brauchst dir um sie keine Sorgen zu machen. Sie sind es ja gewohnt, öfters alleine zu Hause zu sein, und die Kirche wird im Dorf bleiben, so sagt man ja. Und dein Ex-Mann und der Vater der Kinder kümmert sich ja auch.«

»Ja, ja, das weißt du doch. Das haben wir unter uns ziemlich gut geregelt. Im Moment sind sie nur die letzte von meinen drei Wochen Abwesenheit allein zu Hause. Und sie sind ja auch schon erwachsen, sie werden beide nächstes Jahr ein Studium im Ausland beginnen. Aber wenn du mal in dieser dritten Woche bei mir vorbeischauen würdest, wäre das toll.«

Ich freute mich über ihr Vertrauen und sagte: »Das werde ich natürlich gerne machen. Gib Ihnen dann aber Bescheid, dass sie nicht zu sehr erschrecken oder meinen, es wäre was mit dir passiert, wenn ich bei dir zu Hause auftauche.«

Damit verabschiedeten wir uns und freuten uns schon auf unser baldiges Wiedersehen.

Einsicht in die Akte

Kurz vor 14.00 Uhr ging ich über die unbequemen Pflastersteine, um zu dem kleinen Anbau des Justizgebäudes zu gelangen. Ein Justizbeamter in Uniform nahm meinen Pass in Augenschein und legte ihn in einen Aktenkasten mit vielen Trennblättern, der auf seinem Büro stand. Er gab mir ein Blatt mit Vorschriften, dort stand drauf, dass der Pass einbehalten wird bis zu dem Zeitpunkt, an dem ich das für die Einsichten in Akten vorgesehene Büro wieder verlasse. Bis 6.00 Uhr am Abend hatte ich Zeit, also vier Stunden, das sollte genügen, um die Akte durchzusehen. Keine Fotokopien, keine Fotos, kein Scannen, nur Lesen war erlaubt. Am Tag danach könnte ich nochmals wiederkommen, von 14.00 Uhr bis 18.00 Uhr, wenn heute die Zeit nicht reichen würde. Dann folgte ich dem Beamten in einen kleinen Raum, er legte eine dicke Akte auf einen langen Bürotisch und verließ den Raum. Kurz danach betrat ein junger Mann den Raum und setzte sich ans andere Ende des Bürotisches, der Beamte brachte ihm auch eine Akte.

Meine Akte bestand aus mehreren Plastikordnern mit diversen Überschriften. In diesen Ordnern befanden sich viele Seiten. Das Ganze war zu einem dicken Bündel zusammengefasst. Ich fragte mich, wieso diese Akte eigentlich so umfangreich war. Die Seiten, die ich kannte, die ich bei dem Kriminalbeamten gelesen hatte, überflog ich nur. Auf jeden Fall wollte ich die komplette Akte bis zum Schluss lesen, doch was würde in dieser umfangreichen Akte so alles stehen? Ich las und las. Unter anderem, dass Schrammen und andere Beschädigungen an diversen Autos vorgefunden worden waren. Welche Autos das gewesen waren, konnte ich zunächst nicht herausfinden. Nun gut, danach würde ich zum Schluss noch mal suchen. Zuerst wollte ich hier weitermachen, denn von vielen Aktionen wusste ich noch nichts. Die Geschichte mit der Eingangstür und mit einigen Türen des Gebäudes, das hatte mir der Kriminalbeamte schon mitgeteilt. Die Türschlösser waren zugeklebt worden mit Klebstoff, ein Türschlosser musste her und neue Schlösser anbringen. Mehr als 500 Mails waren bei der E-Mail-Adresse der Institution eingegangen. Es waren kommerzielle Mails von Geschäften, Nahrungsmittelketten und irgendwelchen Lieferfirmen. Dass ich nichts davon wusste und keine Mails verfasst und verschickt hatte, hatte ich ausgesagt, bei der Polizei und auch bei der Untersuchungsrichterin. Dann hatte ich angeblich nicht nur alle Mitglieder der Vereinigung zu Fuß, sondern auch mit dem Fahrrad und mit dem Auto immer wieder verfolgt, und das sogar nachts. Auch die Mitglieder des Sportvereins, die Koby nicht nur eingesperrt, sondern ihm wirklich viel Schlimmeres angetan hatten, hatte ich scheinbar verfolgt. Und – noch viel schlimmer – angeblich hatte ich diese jungen Menschen physisch angegriffen. Aber ich hätte doch wohl eher den Kürzeren gezogen, wenn ich das gewagt hätte. Das waren drei junge, sportliche Typen. Und das mit der Verfolgung war genau umgekehrt gewesen, ich war verfolgt worden spätabends mit einem Auto und hatte nicht erkennen können, wer in diesem Auto saß. Doch wie sollte ich das beweisen? Die Verfolger waren mehrere und ich war allein gewesen in meinem Auto. Und was hatte überhaupt dieser Sportverein in meiner Akte verloren? Das hatte ich mich schon bei dem Kriminalbeamten gefragt und keine Antwort gefunden. Ich war fassungslos über alle diese Taten, mit denen ich nichts am Hut hatte, aber derer ich beschuldigt wurde. Ich blätterte vor und zurück. Da mussten noch einige Lügen und Gemeinheiten stehen, sonst wäre wohl keine so gewaltige Akte zustande gekommen. Und ich vermutete abermals, dass die langjährige Berufserfahrung eines Polizisten, der jetzt in Rente war, für einigen Inhalt in dieser Akte gesorgt hatte: der Präsident der Vereinigung, der Hauptverantwortliche. Meine Fantasie würde niemals für so viele Lügen ausreichen.

Dort stand auch, dass Koby eine Schau abgezogen hätte an dem Abend, als die Polizeibeamten mein Auto auf der Straße kontrollierten. Wie kam man darauf? Hatten wir diese Einschätzung auch dem Präsidenten zu verdanken? Er war so unwissend, schrecklich und armselig. So wie er keine Ahnung vom Umgang mit Computern hat, hat er auch keine Ahnung von Trauma-Opfern, und auch kein echtes Interesse an ihnen. Wie konnte es sein, dass er sich so gegen ein Trauma-Opfer stellte? Das bewies doch null Empathie, oder? Dabei kannte er Koby, hatte ihn selbst schon erlebt mit Panikattacken. Wenn Menschen, die mir fremd sind, keine Empathie für gewisse Angelegenheiten an den Tag legen, dann ist mir das so ziemlich egal. Aber das hier, das konnte nicht sein, nein, das wollte ich nicht glauben. Und ich hatte noch nicht einmal die Hälfte dieser dicken Akte gelesen. Dafür war allerdings schon viel Zeit vergangen.

Die Korrespondenz zwischen Verlag und Polizei fand ich auch in der Akte. Darüber war ich erstaunt, denn eigentlich hatte ich dem Verlag ja nicht ganz abgenommen, dass die Kripo geschrieben hatte. Doch die Briefe lagen hier nun vor meinen Augen. Und es war alles so, wie der Verlag es mir mitgeteilt hatte.

Ich erfuhr nun auch, dass der Präsident den Sportverein zu einer Gesprächsrunde in der Vereinigung eingeladen hatte, und zwar die Präsidentin und einen Sportbegleiter. Die Präsidenten hatte ich mal in Begleitung einer der fünf Sexualverbrecher, die in meinem Buch »MEIN GANG DURCH DIE HÖLLE« sehr gut beschrieben sind, gesehen. Und dieser Sportbegleiter zeigte sich laut Akte nun entsetzt darüber, dass er sich an Sexualverbrechen beteiligt haben soll, das würde sein berufliches und privates Leben sehr beeinträchtigen. Hatte bis jetzt schon mal eine einzige Person an Koby gedacht, was der durchgemacht hatte all die Jahre, wie der sich fühlte all die Jahre bis zum heutigen Tag? Wie auch immer, die beiden wussten über mein privates und berufliches Leben zu berichten, Geschichten, die ich selbst noch nicht kannte. Ich erinnerte mich, dass ich mal bei einer Abschiedsfeier kein Abschiedsgeschenk haben wollte und dass es dann eine Spende für einen Wohltätigkeitsverein werden sollte, allerdings nicht für den Sportverein, den diese Frau repräsentierte. Hat sie deshalb ihre Krallen ausgefahren und lauter Lügen über mich erzählt? Das konnte doch nicht sein. Oder war es Eifersucht? Doch auf was? Sie hatte doch alles, lebte in Saus und Braus und war der Überzeugung, die ganze Welt wäre so wie sie mit einem goldenen Löffel im Mund geboren worden.

Mir wurde schwindlig. Das Schlimmste war aber, dass der Präsident der Vereinigung »Hilfe für Opfer von Verbrechen« mit diesem Sportverein gemeinsame Sache gemacht hatte. Warum bloß hatte er diese Organisation ins Boot geholt? Ein Trauma-Opfer hatte sich ihm anvertraut und der Präsident hatte die Präsidentin des Sportvereins eingeladen, so stand es da. Das war nicht nur Verrat, hinterhältig und taktlos, das war viel mehr, das war ein Verbrechen. Ich habe keine Worte für diesen elendigen Mann. Ich weiß heute nicht mehr, wie es dazu kommen konnte, doch ich fing laut an zu weinen, ich konnte nicht mehr weiterlesen, die Zeilen verschwammen vor meinen Augen. Es stellte sich heraus, dass der junge Mann, der kurz nach mir den Raum betreten hatte, ein Rechtsanwalt war, der Einsicht in verschiedene Akten nahm. Das erzählte er mir und er fragte mich erschrocken, ob ich Hilfe bräuchte. Ich schüttelte nur mit dem Kopf. Ich war nicht imstande, auch nur ein Wort über die Lippen zu bekommen.

Alles, was ich vor dieser Passage in der Akte gelesen hatte, erschien mir jetzt weniger schlimm. Das Allerschlimmste war der Vertrauensbruch. Das würde ich Koby niemals erzählen können, niemals. Danach könnte er sich möglicherweise zu einer Verzweiflungstat hinreißen lassen. Das wollte ich auf jeden Fall vermeiden, er durfte niemals zu einem Täter werden, nicht das auch noch.

Diese Akte mit all den unzähligen Lügen und Unverschämtheiten war bei der Kripo und dann sehr schnell bei der Untersuchungsrichterin angekommen. Doch Kobys Akte, die war ad acta gelegt worden, zuerst von der Luxemburger Justiz und dann von der belgischen Justiz. Und auf mich wartete ein Prozess. Doch auf die Sexualverbrecher aus der Schule, dem Internat und Sportverein wartete kein Prozess. Wie war das möglich? Was hatte ich falsch gemacht? Ich konnte nicht mehr klar denken. Keine Empathie für ein Trauma-Opfer, stattdessen heimtückischer Verrat. Wir sagten schon zu Schulzeiten: Das schlägt dem Fass den Boden aus. Zwei Drittel von dem, was ich bis jetzt in dieser Akte gelesen hatte, war einfach nur erfunden gewesen, hinzugefügt oder verdreht und viele Unwahrheiten waren in Vermutungen verpackt. Das hatte der Ex-Polizist gut hingekriegt! Keine einzige meiner Antworten bei meiner Anhörung bei der Kripo hatte ich bis zu diesem Moment in der dicken Akte vorgefunden. Einige hätten sie zu meiner Entlastung beigetragen, zumal sie alle der Wahrheit entsprachen. Die Zeit wollte ich mir jetzt doch noch nehmen, um die Zahl der Seiten festzustellen, die ich bisher durchgelesen hatte. Ich hörte bei Seite 120 auf zu zählen, ich war ungefähr bei der Hälfte der Seiten angekommen. Es galt nun, noch die restlichen Seiten zu lesen. Aber: Es war erst 16.00 Uhr und ich wollte nichts mehr lesen, ich konnte nichts mehr lesen, das Ganze lastete jetzt schon auf mir. Dann dachte ich an den nächsten Tag, an dem ich nochmals zurückkommen könnte. Doch ich wusste jetzt schon, dass ich nicht mehr ins Gerichtsgebäude zurückkehren würde. Ich würde die Akte nicht bis zum Ende lesen können, ich wollte das auch gar nicht. Das war mir einfach zu viel, das ging an meine Substanz. Ich musste raus, ich brauchte jetzt Luft zum Atmen, raus aus diesem Gebäude. Ich nahm die Akte und brachte sie zurück zu dem Beamten, der sie mir ausgehändigt hatte. Ich bekam meinen Pass zurück und verließ schleunigst das Gebäude.

Das Polizeirevier im Zentrum des Landes

Es war Vormittag, der Himmel war blau, eine Ahnung von Sommer lag in der Luft. In meinem früheren Leben hätte das Wetter mich aufgerichtet und ich hätte neue Kraft daraus gezogen. Aber heute war ich nur fix und fertig, ich fühlte mich von dem Schlafmangel völlig ausgelaugt. Bei kleinsten Problemen, über die ich sonst nur gelacht hätte, geriet ich nun in Panik. So stand ich an einem Tag vor meiner Wohnungstür und sah den gelben Postwagen beim nächsten Nachbarhaus stehen – der Postbote hat nicht geklingelt, das bedeutete: kein Einschreiben. Der Briefträger war auch schon da gewesen. Aus der Werbung stach jedoch der oberste Teil eines Umschlags mit der Aufschrift der Polizei aus dem Briefkasten hervor. Ich konnte es nicht fassen! Ich hoffte, dass es sich bei diesem Schreiben nur um einen Strafzettel wegen eines Vergehens im Straßenverkehr handelte. Doch das Schreiben enthielt wieder eine Vorladung zu einem Polizeirevier im Zentrum des Landes. Jemand fühlte sich zu Unrecht beschuldigt. Ich fragte mich, was ich denn damit zu tun habe.

Eine große Erleichterung war es, dass ich Maggy, die gerade in der Türkei war, am Telefon erreichen konnte. Zuvor hatte ich schon mit Leonie telefoniert. »Ich würde dir raten, wieder mit einem Rechtsanwalt zu diesem Termin zu gehen. Hast du schon in Erfahrung bringen können, wer der Klageführer ist?«, fragte Maggy.

»Ich habe bei diesem Polizeirevier angerufen, um nachzufragen. Ein diensthabender Polizeibeamte teilte mir mit, dass der Polizist, der für diese Klage zuständig wäre, im Moment abwesend sei, und außerdem würde man am Telefon keine weiteren Auskünfte hierüber geben können«, erzählte ich ihr.

»Eigentlich ist das in Ordnung, am Telefon kann die Polizei die Personalien nicht feststellen«, sagte Maggy.

Ich seufzte. »Okay, ich dachte, dass man mir nichts gesagt hat am

Telefon, damit ich mich in keinem Fall vorbereiten kann. Und ich habe keine Ahnung, wer sich zu Unrecht beschuldigt fühlt.« Ich merkte selbst, dass ich langsam paranoid wurde. Überall sah ich Fallen und Intrigen. Gut, nach all den Ereignissen war das vielleicht auch kein Wunder.

Nach Rücksprache mit meinem Rechtsanwalt nahm dieser Kontakt auf mit dem Polizeirevier und machte einen anderen Termin aus, der uns beiden passte. Mein erster Gedanke beim Betreten des Polizeibüros war: Wo ist die Überwachungskamera? Ich entdeckte sie gleich rechts oben an der Decke, ein winziges rundes Etwas hing dort. Vor dem Polizisten lag eine Akte auf dem Tisch, ich erblickte die erste Seite. Das war eines meiner Flugblätter, die ich hatte drucken lassen für mein erstes Buch »Mein Gang durch die Hölle«. Ich erkannte es gleich an der roten und schwarzen Farbe. Jetzt hielt der Polizist dieses Flugblatt hoch, es war eine Kopie. Er fragte, ob ich das schon mal gesehen hätte. Da konnte ich natürlich nur bejahen. Viele Umschläge, in denen sich jeweils ein Flugblatt befand, waren an die Belegschaft eines Betriebes verschickt worden. Und es war ein Hinweis in den jeweiligen Umschlägen, dass es in dem betreffenden Buch einen Mann gibt, der Martin genannt wird. Und die Anfangsbuchstaben seines echten Namens standen auf einem beigelegten Zettel. »Kennen Sie diesen jungen Mann?«, fragte der Polizist und nannte den wirklichen Namen des Mannes.

Ich starrte ihn an. War das eine Fangfrage? Ich konnte einfach nicht mehr anders denken. Kurz überlegte ich, was ich jetzt antworten sollte. »Diesen jungen Menschen habe ich mal gekannt. Er war Sportbegleiter in einem Sportverein«, sagte ich schließlich.

»Und ihr Sohn Koby, war der auch in diesem Sportverein?«, fragte der Polizist weiter.

»Ja, der war ein Sportler in diesem Sportverein«, bestätigte ich.

»Wissen Sie denn, wo dieser junge Mann aus dem Sportverein heute arbeitet?«, fragte der Polizist weiter.

Ich war irritiert. »Nein, keine Ahnung. Weiß ich nicht. Das mit dem Sportverein liegt ja auch schon Jahre zurück. Seinen Berufsweg und seinen Arbeitsweg habe ich nicht verfolgt, weil es mich nicht interessierte, er interessierte mich auch nicht. Bei all den Personen, die in diesem Buch vorkommen, habe ich keine Kenntnis, wo sie jetzt tätig sind. Und die wirklichen Namen kann ich Ihnen nicht mitteilen.« So antwortete ich wahrheitsgemäß.

Diese Antwort schien dem Polizisten gar nicht zu gefallen. Er nannte mir dann den Namen des Betriebes.

Ich antwortete: »Ich kenne diesen Betrieb vom Namen her, weiß aber nicht, wo der ansässig ist. Von der Belegschaft kenne ich niemanden.«

»Diese Angaben findet jeder im Internet«, entgegnete er mir.

Ich blieb ruhig. »Das kann sein, doch ich habe nichts mit diesem Betrieb zu tun«, sagte ich nur.

Er nickte und fragte nun: »Haben Sie diesen Flyer verschickt mit dem Hinweis auf den richtigen Namen?«

Ich schüttelte entschieden den Kopf. »Nein, ich habe keine Flyer an diese Firma geschickt. Viele meiner Flyer habe ich in Kliniken, Arztpraxen und Gemeindebüros ausgelegt. An mehreren Buchmessen habe ich teilgenommen, in Luxemburg und in Deutschland, auch dort lagen diese Flyer aus und wurden von Lesern mitgenommen. Verschickt habe ich auch welche an Vereinigungen und Organisationen. Die Flyer, die ich an den vorgesehenen Stellen in Supermärkten aufgehängt habe, wurden in der Vergangenheit immer wieder abgemacht, sei es, dass sie mitgenommen oder einfach nur weggeworfen wurden. Vielleicht hat jemand diese unzähligen verschwundenen Flyer an sich genommen, um sie weiterzureichen oder zu verschicken. Darüber habe ich keine Kenntnis, und ich habe auch keine Kontrolle darüber, wer Flyer mitnimmt. Dieses Buch ist anonymisiert auf den Markt gekommen und der Verlag, mit dem ich den Vertrag abgeschlossen habe, hat mir die jeweiligen Namen empfohlen, die ich dann auch in meinem Buch verwendet habe.«

Ob ich denn erstaunt gewesen wäre, dass dieser junge Mann eine Beschwerde eingereicht hätte, fragte der Beamte nun.

Was war das für eine Frage? Doch mittlerweile war ich es gewohnt, bei der Polizei auszusagen, ich hatte Übung darin bekommen. Das allererste Gebot war: absolute Ruhe bewahren, zu keinem Moment nervös werden. Zuerst überlegen und dann antworten. Und das tat ich auch. »Nein, ich habe nichts dergleichen erwartet«, antwortete ich wahrheitsgemäß.

Mein Anwalt, der mein Buch gelesen hatte, stand mir bei den Fragen und den jeweiligen Antworten bei. Das war für mich beruhigend. Auf jeden Fall hat sich der Polizist korrekt verhalten bei seinem Verhör, es gab keinen Druck und keine Einschüchterungen, er verhielt sich neutral. Ich war mir nicht vorgekommen wie eine Verbrecherin, die gerade noch auf ihr Urteil warten musste. Bei dieser Anhörung war ich wie ein normaler Bürger behandelt worden, der seine Aussage bei der Polizei vorbringt. Aber aus seinen Fragen konnte ich schon heraushören, dass er von meiner Anhörung damals bei der Kripo wusste. In den Augen der Justiz und der Polizei musste ich als sehr gefährlich gelten, ich stand ja auch nicht umsonst unter gerichtlicher Kontrolle. Kein einziger dieser Sexualverbrecher wurde unter Kontrolle gestellt, so konnten sie auch weiter ihr Unwesen treiben. Es schien die Polizei und die Justizbehörden nicht im Geringsten zu stören. Der Polizist erklärte schließlich, die Akte würde zur Justizbehörde geschickt, die Entscheidung, wie diese Sache weitergehen würde, liege in deren Händen. Ich dachte mir, dass eigentlich keine Anklage folgen könnte.

Als der Rechtsanwalt und ich das Polizeigebäude verließen, fand ich es an der Zeit, dem Anwalt nochmals mitzuteilen, dass es niemals eine Aufklärung im Fall »Koby« gegeben hat. Stattdessen war ich immer wieder bei der Polizei vorgeladen worden. Wir tranken eine Tasse Kaffee in einer Gaststätte, die ein bisschen entfernt war von diesem Polizeipräsidium, und ich erzählte ihm noch mal die ganze Geschichte aus meiner Sicht. Zuerst gab es die vielen Verbrechen in Form von jahrelangen sexuellen Übergriffen. Diese zahlreichen schwerwiegenden Fälle sind gerade mal im Archiv von zwei Justizbehörden gelandet, und das nach jahrelangem Schweigen vonseiten der Justiz. Dann gab es den Fall, als Koby angegriffen wurde an der Bushaltestelle von drei Jungen, die damals in derselben Arbeitsstätte waren wie er. Ihre Namen waren der Polizei bekannt, Koby kam in die Klinik, seine Wunden wurden versorgt. Der Anzeige bei der Polizei waren die Berichte des diensthabenden Arztes aus der Notaufnahme der Klinik hinzugefügt worden. Es folgte nichts nach der Anzeige, es gab keinen Pieps von Polizei und Staatsanwaltschaft. Und es gab die Fälle von den zahlreichen Verfolgungen: drei Anzeigen bei der Polizei, keine Folgen für die Täter: kein Mucks von Polizei und Staatsanwaltschaft.

Und der Fall im Großkaufhaus: Nach Kobys Anzeige und seinen genauen Angaben mit Namen der Täter und Fotos passierte ebenfalls – nichts. Kobys komplette Kleidung von diesem Tag befindet sich noch bis heute in Polizeigewahrsam zur Spurensicherung, aber – kein Pieps von der Kripo. Die Taten wurden verübt von Menschen in Führungspositionen und von solchen, die dort im Arbeitsverhältnis standen. Da durfte wohl nichts nach draußen gelangen. Klar ist auch, dass auch heute nichts an die Öffentlichkeit gelangen darf. Sollte es dann trotzdem mal vorkommen, dass ein Opfer sich traut zu reden, dann gilt es, es zum Schweigen zu bringen. Die Polizei und die Staatsanwaltschaft unterstützten diese Art und Weise, wie man mit Opfern umgehen soll. So sehe ich es zumindest. Das sind meine Erfahrungen. Die Täter hatten Angst, man würde ihnen an den Kragen gehen, und sie griffen an mit allem, was ihnen zur Verfügung stand. Alle Opfer waren irgendwie eingeschüchtert und davon abgehalten worden, zur Polizei zu gehen. Koby war der Einzige gewesen, der den Mund aufgemacht hatte. Doch er war als unglaubwürdig hingestellt, eingeschüchtert, bedroht und verfolgt worden. Und die Krönung des Ganzen war, dass er von der Vereinigung »Hilfe für Opfer von Verbrechen«, von deren Präsidenten höchstpersönlich, als Opfer hängen gelassen wurde.

Der Anwalt hörte zu, fand aber keine Antwort oder wollte mir keine Antwort geben. Und ich gab mir die Antwort selbst, die ich schon lange kannte. Und so trennten wir uns an diesem Tag vor der Gaststätte.

Diese letzte Anhörung war für mich der Beweis, dass mindestens eine Person sich als Sexualverbrecher in meinem Buch »Mein Gang durch die Hölle« erkannt hatte. Oder es hat ihn jemand im Buch erkannt, der auch ein Opfer war, irgendwann. Und derjenige, der sich ertappt fühlte, bekam es mit der Angst zu tun. Wäre es doch nur zu Anzeigen von anderen Opfern gekommen, dann hätte man diese Täter als unglaubwürdig dastehen lassen können, so wie man es mit Koby gemacht hatte. Doch so waren die Täter aus diesen Vereinigungen in der Überzahl und sie waren stark, sehr stark. Und der Anwalt, dieser Staranwalt einer dieser Organisationen, hätte es fertig gebracht, alle diese Beschuldigten vor Gericht straffrei zu bekommen. Dieser Staranwalt erhielt selbst mal drei Jahre Gefängnisstrafe auf Bewährung, dieser gewichtige Anwalt. Doch er legte Einspruch ein, denn er fühlte sich nicht schuldig und wollte nichts wissen von dem geheimen Geld, das er für eine amerikanische Kundin gegen Bezahlung gewaschen haben soll. Mein Fall hingegen würde ganz bestimmt nicht ad acta gelegt werden. Der Prozess würde kommen.

Liebesdramen

Leonie hatte von uns drei Freundinnen die meiste Freizeit, eigentlich. Doch nun war sie es, die am wenigsten Zeit hatte, wenn wir uns treffen wollten. Schon zweimal hatte sie abgesagt und immer wegen dem Bauernhof, den sie und ihr Mann erworben hatten. Die zusätzliche Arbeit machte ihr zwar Spaß, doch sie überforderte sie im Moment auch einfach. Wir hatten uns verabredet in »unserer« Bar und Leonie hatte sich tatsächlich freigemacht. Es war 7.00 Uhr an einem Mittwochabend, als ich die Bar betrat und von Wärme, Lärm, Licht und Gläserklirren empfangen wurde. Die Bar war schon fast voll. Kellner in dunklem Anzug schwebten über dem Boden und trugen Cocktails an die Tische. In der Ecke klimperte ein Pianist, was im allgemeinen Geplapper beinahe unterging. Eilig suchte ich die Gesichter an den Tischen ab, konnte jedoch weder Maggy noch Leonie finden. Da fragte Leonie ganz dicht an meinem Ohr: »Wollen wir uns schon etwas bestellen?« Sie hatte sich von hinten angeschlichen.

Ich lachte und umarmte sie. »Ja, wir können. Maggy ist ja jetzt Chefredakteurin bei ihrer Zeitschrift und hat heute Besprechungen im Büro, da kommt sie bestimmt etwas später. Dass du so wenig Zeit hast im Moment, kann nur mit deinem Bauernhof zu tun haben, stimmt's?«

Wir suchten uns einen Tisch und als wir saßen, antwortete sie: »Ja, so ist es. Ein idyllisches, ländliches Anwesen nennen wir nun unser Eigen. Ich habe einige Zeit gebraucht, um alles zu organisieren. Und meine beiden Kinder müssen nun auch anpacken. Mit 17 und 18 Jahren gehen sie ja noch aufs Gymnasium und nachmittags haben sie frei. Dann helfen sie ihrem Vater im Stall und füttern die Tiere. Als Lehrerin muss ich ja an den Nachmittagen den Unterricht vorbereiten und Aufgaben verbessern. Ich haben meinen Mann dann aber umstimmen können.«

»Wie? Was meinst du mit umstimmen? Ihr denkt doch nicht etwa daran, den Bauernhof wieder zu verkaufen, oder?«, hakte ich überrascht nach.

Leonie winkte ab. »Nein, überhaupt nicht. Ich habe Marc überreden können, dass wir uns einen Gärtner nehmen, um überhaupt mal den Garten anzulegen. Eine Gärtnerei aus der Nachbarstadt hat das Rennen gemacht, weil die gleich anfangen kann mit unserer Baustelle, die wir später hoffentlich Garten nennen können. Die Gärtnerei nennt sich ›Gartenzwerg‹ und besteht aus einem einzigen Mann, sein Kostenvoranschlag war ebenfalls überzeugend. Er fuhr vorgestern mit seinem Kleintransporter bei uns vor, auf dem steht: Gartenzwerg. Doch der Gärtner sieht eher aus wie ein Panzerknacker.« Leonie fing an zu lachen, sie konnte gar nicht mehr aufhören.

»Warum lachst du denn so? Habt ihr einen Tresor im Garten, und der wurde nun geknackt? Und was meinst du mit ›Panzerknacker‹?«, fragte ich.

»Hast du nicht als Kind Micky-Maus-Hefte gekauft und die Geschichte mit den Panzerknackern gelesen?«, fragte Leonie zurück.

Da fiel bei mir der Groschen. »Doch, habe ich. Jetzt, da du es sagst, klar, die Panzerknacker, dicke drollige Männer, sie trugen eine blaue Mütze, einen roten Pullover mit einer sehr großen schwarzen Nummer vorne, blaue Hosen und dicke Schuhe.« Ich nickte und lachte.

Leonie nickte. »Hab doch gewusst, dass du von der Panzerknackerbande aus Entenhausen gelesen hast. Also der Gärtner sieht aus wie so ein Panzerknacker, dick ist er, hat eine dicke Nase, trägt auch eine schwarze Brille, hat Bartstoppeln, kurzum: Er ist ein Panzerknacker. Doch er nennt sich Gartenzwerg, so steht es auf seinem Pullover und auf seinem Lieferwagen. Und ich bin gerade froh und erleichtert, dass ich dich trotz der ganzen schrecklichen Geschichte und der noch zu erwartenden Folgen zum Lachen gebracht habe.«

Heute Abend waren wenige Gäste in der Bar, überwiegend ältere Herren mit erheblich jüngerer weiblicher Begleitung. Der Barkeeper kam an unseren Tisch und gerade als wir bestellt hatten, stand Maggy im Eingang der Hotelbar. Ich winkte den Barkeeper zurück an unseren Tisch und bestellte auch für Maggy.

Wir saßen wieder an unserem runden kleinen Tisch in der Ecke und der Barkeeper brachte uns frisch gepresste Orangensäfte. »Auf uns«, prosteten wir und nahmen einen Schluck. Maggy legte dann gleich los und erzählte von ihrem Freund. Leonie machte große Augen, sie hatte ja bisher keine Ahnung gehabt. Maggy fing an mit ihrer Erinnerung an den Abend, an dem sie ihn kennengelernt hatte. Dieser Abend würde ihr stets als einer der magischsten Momente ihres Lebens in Erinnerung bleiben. Dass es Liebe auf den ersten Blick gewesen sei, auf beiden Seiten, sagte sie. Und dann erzählte sie vom Restaurant, vom Essen, vom Wein und von dem Luxushotel, wo sie die Nacht verbrachten. Leonie war entsetzt darüber, dass Maggy sich ausgerechnet in einen verheirateten Mann mit Familie verknallt hatte, wo es doch so viele unverheiratete Männer gab. »Das muss wohl Schicksal gewesen sein«, meinte Maggy.

Leonie fragte: »Wie seid ihr denn verblieben, nachdem ihr euch ausgesprochen hattet? Und was planst du für die nähere Zukunft?«

Maggy strahlte uns nun an: »Er will seiner Frau endlich sagen, dass er sich scheiden lassen wird, das hat er mir vor einer Stunde versprochen, als er mich am Flughafen mit einem Blumenstrauß überrascht hat«, sagte sie glücklich.

Hoffnung schien jetzt in ihr zu sprudeln wie Brausepulver in einem Glas Limonade. Doch als ich sah, dass heiße Tränen in ihre Augen traten, während sie an ihrer Weste herumzupfte und tief Luft holte, lenkte ich sie schnell auf ein anderes Thema. »Wie war denn deine Reise?«, fragte ich. »Erzähl uns von der Luxussuite, in der du wieder warst, wir wollen jedes Detail hören, damit wir dich ausgiebig beneiden können.«

Doch Maggy hörte gar nicht zu, sie fuhr fort: »Es muss ihm also doch ernst sein, er nahm meine beiden Hände und küsste mich wie schon lange nicht mehr und versicherte mir, dass er mich niemals verlieren wolle.«

»Das haben schon viele Männer zu vielen Frauen gesagt. Und wann wirst du endlich wissen, woran du bist?«, fragte Leonie mit einem skeptischen Ausdruck.

»Übermorgen ist der große Tag, an dem unser offizielles Leben zu zweit beginnen wird.« Den Satz von den vielen Männern und den Frauen hatte Maggy glatt überhört.

Leonie und ich schwiegen, wir wollten Maggy nicht entmutigen oder ihr wehtun. Doch wir hatten wohl beide im Gefühl, dass ihr Leiden nicht so bald beendet sein wird.

Wir drei waren uns einig, an diesem Abend keinen Alkohol zu trinken, heute wollten wir nicht feiern, wir hatten nichts zu feiern. Wir verbrachten kostbare Zeit miteinander, um uns auszutauschen und zu beraten, so wie es gute Freundinnen machen. »Ich habe euch heute etwas ganz Wichtiges mitzuteilen«, begann nun Leonie.

»Da bin ich aber gespannt«, antwortete Maggy geistesabwesend, sie war schon die ganze Zeit mit ihrem Handy beschäftigt.

Leonie guckte genervt. »Seitdem du bei uns bist, bimmelt dein Handy. Eine SMS nach der anderen, das stört. Kannst du damit nicht aufhören? Hat das mit Mr. Verheiratet zu tun?«, fragte sie ungehalten.

Maggy schaute auf. »Ja, hat es«, sagte sie ernüchtert. »Doch das mit Mr. Verheiratet hat sich jetzt erledigt. Meine Entscheidung. Das war gerade meine allerletzte SMS an ihn.« Sie sagte das so entschieden und verzog dabei in einer Art das Gesicht, dass Leonie und ich ganz bestürzt dreinschauten. Maggy seufzte. »Irgendwie hattet ihr beide schon recht, doch meine Einsicht kommt erst jetzt. Stellt euch mal vor, seine Frau erwartet das dritte Kind. Es soll ein Versöhnungskind sein. Der Umzug in ein größeres schöneres Haus steht sehr bald bevor. Nach der Geburt wäre seine Frau vollauf beschäftigt mit dem Baby und er könnte sich mir dann viel mehr widmen. Das hat er mir gerade einfach so per SMS geschrieben. Und gestern hat er mich bei meiner Rückkehr mit einem Rosenstrauß empfangen.«

»Geschmacklos, das Ganze. Wollte er dich mit dem Blumenstrauß nur ködern und weiter am Start halten? Geschmacklos! Du hast wirklich Besseres verdient«, sagte Leonie.

»Und übermorgen möchte er mich sehen«, fuhr Maggy fort. »Dieser arrogante Schwächling. Der ist sich seiner Sache so sicher, doch er wird mich nie mehr wiedersehen. Und ich sende ihm keine weitere SMS mehr, mein Handy bleibt jetzt ausgeschaltet, ich werde nie mehr unter dieser Telefonnummer zu erreichen sein. Meine Putzfrau wird sich freuen über diesen tollen Blumenstrauß. Morgen in aller Frühe bekommt ihr eine SMS mit meiner neuen Telefonnummer, die ihr gefälligst für euch behaltet. Am liebsten würde ich auf der Stelle zu ihm gehen und ihm in die Fresse hauen. Was ihn am meisten treffen würde, wäre ein Schaden an seiner Luxuskarosse, doch so etwas mache ich nicht. Und was würde das ändern? Überhaupt nichts, und der Hohlkopf wäre dann immer noch da.« So schimpfte Maggy. Dann sagte sie in die Runde: »Ich hätte jetzt Lust auf einen doppelten Whisky, doch ich verzichte darauf. Ich habe ganz plötzlich Angst, eigentlich nicht vor dem Alkohol, doch vor seiner Wirkung. So todunglücklich, wie ich im Moment bin, gewöhnen ich mich nachher daran. Nichts geht einfacher und schneller als eine Sucht und das wäre verkehrt.«

Also bestellten wir eine Runde Tee für alle. Dann wandte sich Leonie an Maggy: »Weißt du, Maggy, du wirst deine Zeit brauchen, so wie ich damals. Ich habe es euch noch nie erzählt, aber ich hatte auch mal ein Verhältnis mit einem Mr. Verheiratet, wie du ihn gerade genannt hast. Ich war noch jung, sehr jung, meinen Mann habe ich damals noch nicht gekannt und er weiß auch nichts davon. Mein Mr. Verheiratet war mein Chef und gerade ich, die immer Privates von Arbeit trennen wollte, hielt mich selbst nicht dran. Doch wenn man verliebt ist, wie ich es damals war, dann denkt man nicht mehr nach. Liebe macht nicht nur blind, sie macht einen auch dumm. Das sage ich heute, mehr als 20 Jahre später. Ich hatte mich also Hals über Kopf in meinen Chef verliebt.«

»Hallo«, unterbrach uns die junge Kellnerin, die zu dieser späten

Stunde ihren Dienst gerade angefangen hatte. Sie stellte unsere leeren Kännchen Tee auf ihr Tablett und wischte eilig den Tisch ab. »Möchtet ihr noch etwas trinken? Was kann ich euch noch bringen?«, fragte sie. »Wir sind alle drei fix und fertig, bringen Sie uns trotzdem nochmals drei Kännchen Tee. Wir haben viel Zeit mitgebracht und unser Tisch ist nicht weit weg von den Toiletten. Mir geben Sie dann die Rechnung«, sagte Maggy.

Als die Kellnerin wieder fort war, sagte ich zu Leonie: »Wir sind ganz Ohr, erzähl weiter. Irgendwie spüre ich, dass das deine ganz große Liebe war oder noch immer ist.«

Leonie seufzte. »Du sagst es, du kennst mich ziemlich gut. Ich hatte einfach ignoriert, dass er verheiratet war und drei Kinder hatte. Er war sehr lieb und zärtlich zu mir, noch nie in meinem Leben hat mir ein Mann solche Dinge gesagt, wie er es tat, bis heute nicht. Ich wäre für ihn eine begehrenswerte Frau, auf die er ein Leben lang gewartet hätte, dass er mich niemals verlieren wolle, dass er abends nur einschlafen könne, wenn er an mich denkt. Wenn er nicht verheiratet wäre, würde er mich auf der Stelle heiraten. Und er hörte nicht damit auf, mir zu sagen, dass niemand ihm in diesem Maße jemals Liebe gegeben hätte, wie ich es tat. Ich erzählte niemandem von unserer Affäre, um ihn nicht in Gefahr zu bringen. Wir hatten keine andere Gelegenheit, als uns im Büro und zu Bürozeiten zu sehen. Ich sei seine Nummer zwei, sagte er. Damals wusste ich noch nicht, dass Nummer zwei immer die Erste ist, die verliert. Hätte mir das jemand gesagt, hätte ich es einfach nicht geglaubt oder gemeint, man würde mir mein Glück nicht gönnen.

Er war ein Charmeur und ist es bestimmt noch heute. Als er und die Sekretärin auf seinem Bürotisch lagen, als ich unangemeldet hereinkam, um die Post zu bringen, übrigens im Glauben, das Büro sei leer und er würde an einer Sitzung außerhalb teilnehmen, war ich schockiert. Ich verließ das Büro und kehrte erst nach zwei Tagen zurück und gab keine Erklärungen für meine Abwesenheit. Als ich dann meine Kündigung einreichen wollte, hat er mich überzeugen können, doch zu bleiben, er wollte mich sicher nicht als Arbeitskraft verlieren. Da die Hoffnung zuletzt stirbt, redete ich mir ein, es wäre ein Ausrutscher gewesen. Ich wollte der Realität nicht ins Auge sehen. Er hätte mich bis zu seinem letzten Atemzug nicht verloren, wäre er nicht so ein infamer Lügner gewesen. Sah ich ihn wieder mit meinen eigenen Augen mit einer Sekretärin in einer eindeutigen Stellung, stritt er einfach alles ab. Das Schlimmste war für mich, dass er mich anlog, obwohl ich die Wahrheit kannte. Wie konnte ich nur immer wieder auf ihn hereinfallen? Er ließ mich im Glauben, meine Liebe würde erwidert, ohne mich könnte er nicht leben, dabei machte er rum mit vielen Frauen im Betrieb. Außer der Nummer zwei, die er angeblich mir zugedacht hatte, gab es noch mindestens fünf weitere Nummern. Ich war weiter nichts als eine Eroberung unter unzähligen Frauen.«

Ich litt mit Leonie und sagte tröstend: »Das war deine Verliebtheit, dein Gehirn hat nicht mehr funktioniert. Es stand nichts im Wege, um auf diesen Charmeur, wie du ihn selbst nanntest, hereinzufallen. Du bist sicher nicht die Erste und nicht die Letzte auf der Welt, die in diese Liebesfalle gestolpert ist. Ein ganzes Leben lang die zweite Geige spielen, das kann ich mir nicht vorstellen. Denk doch nur, was für ein Leben wäre das geworden? Wie kam es denn zur Trennung?«

Und Leonie erzählte: »Eine ganze Zeit wartete und hoffte ich auf einen einzigen zärtlichen Blick, eine Geste oder Umarmung von ihm, doch da kam nichts mehr. Es folgte ein Jahr voller Kränkungen, eine nach der anderen. Ich war mir bewusst, dass nur ich selbst dem Ganzen ein Ende bereiten könnte. Doch noch hatte ich nicht die Kraft dazu. Der Gedanke hatte sich dennoch festgesetzt. Doch warum bestrafte er mich so? Was war so verkehrt an meiner Liebe für ihn? Ich wartete weiter, in der Hoffnung, dass ein Wunder geschehen würde. Ich benahm mich wie ein Kind, das schon im Juni an die Bescherung zu Weihnachten dachte und hoffte, dass der Weihnachtsmann es nicht vergessen würde. Meine Kündigung war dann eine große

Überraschung für die ganze Belegschaft des Betriebes, vom Putzdienst bis zum Direktor. Drei Monate Kündigungsfrist, so war das Gesetz, doch noch drei Monate lang erniedrigt zu werden, das wollte und konnte ich nicht mehr ertragen. Am Tag nach der Kündigung ging ich einfach nicht mehr zur Arbeit. Ich nahm an, dass ich für diese drei Monate kein Gehalt bekommen würde, da ich mich nicht mehr blicken ließ. Nicht erleichtert, eigentlich erschrocken war ich, als ich feststellte, dass diese drei Monatsgehälter eine Woche später auf mein Bankkonto überwiesen wurden. Es gab keine Aussprache mit der Direktion der Firma, in der ich fünf Jahre gearbeitet hatte. Schon nach kurzer Zeit fand ich eine neue Arbeitsstelle und ich sah meinen Chef, meine damalige Liebe, nie wieder. Nur ihr zwei wisst jetzt von dieser Sache. Und ich will nie mehr ein Wort darüber verlieren und keine weiteren Fragen beantworten.«

Wir verstanden Leonie. Maggy konnte sich dann aber eine weitere Frage doch nicht verkneifen. »Ein winzig kleines, aber wesentliches Detail möchte ich noch von dir hören, du brauchst nur ein ehrliches ja oder nein zu sagen«, verlangte sie vorsichtig.

»Okay, was?« Bei ihrer Frage schaute Leonie ziemlich traurig drein.

»Könnte ich jetzt von deiner vergangenen Liebe sagen: Ein Quäntchen Hass würzt diese Liebe?«

Ohne eine Sekunde zu zögern, antwortete Leonie: »Nein, da ist kein Hass.«

»Also noch immer Liebe«, bemerkte Maggy.

Leonie aber hörte diesen Satz nicht mehr, sie wollte nichts mehr hören und schon gar nicht antworten. Sie war schon auf dem Weg nach draußen, blieb vor dem Eingang der Bar stehen, quatschte mit dem Portier, erst nach fünf Minuten kam sie zurück und setzte sich wieder zu uns.

Mit dem Strom schwimmen nur tote Fische

Damit ich es nicht vergesse, habt ihr euch die Fernsehsendung von RTL angeschaut, vor etwa zwei Wochen?«, fragte ich, um ein neues Thema zu starten.

Leonie schüttelte den Kopf. »Fernsehsendungen sehe ich mir ganz selten an, sei es bei RTL oder bei anderen Fernsehsendern. Ich bin überzeugt davon, dass im Fernsehen nur 10 bis 20 % Wahrheiten erzählt werden. Ich persönlich glaube außer dem Datum im Fernsehen und in Zeitschriften nichts, aber auch gar nichts. Und ich habe Wichtigeres zu tun, als mir Lügen anzuhören, und außerdem keine Zeit. Aber welche Fernsehsendung meinst du denn? Vor zwei Wochen? Das ist lange her.«

»Wir wissen beide, dass du Wichtigeres zu tun hast, dabei sind wir in Gedanken bei dir«, entgegnete Maggy bissig.

»Ich werde euch trotzdem von dieser Fernsehsendung erzählen«, unterbrach ich die zwei. »Der Präsident der Vereinigung, von der ich schon so viel erzählt habe, hat sich in dieser Fernsehsendung damit gebrüstet, dass seine Organisation schon Hunderte von Opfern betreut hat. Warum denn nicht Tausende und Abertausende von Opfern, fragte ich mich während der Sendung. Das wären ja nur einige Nullen mehr und die Nullen zählte er ja nicht. Es gibt niemanden, der ihm seine Zahlen widerlegen kann. Und er sagte auch, dass man sich um einen Fall schon seit mindestens zehn Jahren kümmern würde, und zwar um ein Eifersuchtsdrama, das mit einem Mord endete, das war schlimm. Er hörte nicht auf, von diesem Fall zu berichten. In dieser Fernsehsendung betonte er, noch heute würde die betroffene Familie finanzielle Hilfe von der Organisation bekommen. Das stimmt aber gar nicht. Eine Zeitlang habe ich mich selbst darum gekümmert, das Geld, das der Verurteilte als Strafe an die Familie zahlen musste, an die Familie weiterzuleiten. Es war also keine finanzielle Hilfe von der

Organisation, es war ganz einfach die Weiterleitung vom Konto des Verurteilten über das Konto der Stiftung an das Konto der betreffenden Familie. Er sagte auch, dass sich die Organisation regelmäßig vorstellen würde in Schulen, um die Kinder aufzuklären, auf welche Weise sie in das Auto eines Fremden gelockt werden könnten. Man müsste ihm selbst mal beibringen, auf welche Weise heute die Kinder in ein Auto gelockt werden, er hat doch davon gar keine Ahnung. Heute gibt es nämlich ganz andere Methoden als zu Großmutters Zeiten. Das hat dieser Mann noch gar nicht begriffen. Er zeigte sich immer betroffen, wenn ein Mord passierte und in der Presse stand. Ein Mord ist immer schlimm, egal, wer ermordet wird, das wissen wir alle und wir sind auch betroffen. Doch er brauchte diese Morde, um sich aufzuspielen. Hier wurde einem Mädchen die Kehle durchgeschnitten, was eine ganze Stadt in Angst, Wut und Trauer versetzt hat, alle waren im Schockzustand. Dann gab es schon wieder einen Raubmord. Auch Skandale, egal, welcher Art, nutzt er gern für sich. Das hat mich ins Grübeln gebracht und ich habe dann festgestellt, dass er am meisten an Fällen interessiert war, in denen Frauen betroffen waren. Gab es einen Fall, in dem eine Frau in der Partnerschaft Gewalt erlitten hat, dann verlor er keine Zeit, um mit ihr einen Termin auszumachen. Einmal war er auch der Meinung gewesen, seine Organisation müsste unbedingt der betroffenen Frau ein Zimmer zur Verfügung stellen für einige Tage. Dass es auch Männer gab, die Gewalt erlebten in der Partnerschaft, das ging nicht in seinen Schädel. Dass es nicht nur Frauenhäuser gab, sondern auch Unterkünfte für geschlagene Männer, darüber lachte er. Und wenn in der Presse stand, dass eine Prostituierte Gewalt erlebt hat, dann meinte er, Gewalt würde es in diesem Beruf nicht geben und wenn doch, dann wären diese Frauen selbst daran schuld. Diese Meinung teilte ich nicht, und ich sagte auch, dass auch Prostituierte Opfer von Gewalt werden könnten. Diese Frauen waren für ihn wie Abschaum, er redete oft sehr abwertend von ihnen.

Seine Organisation sollte immer unabhängig vom Staat funktionieren, also lehnte er auch ganz souverän finanzielle Subventionen des Luxemburger Staates ab. Doch die wenigen Hilfskräfte, die in Teilzeit oder Vollzeit über die Jahre in der Organisation tätig waren, kamen vom luxemburgischen Arbeitsamt. Das hatte den Vorteil, dass der Luxemburger Staat diese Gehälter vollständig finanzierte oder wenigstens einen Teil der Auslagen übernahm. Diese Vorteile, die er so vom Luxemburger Staat erhielt, lehnte er nicht ab und er tat alles Nötige, um sie zu nutzen. Nicht vom Staat abzuhängen, bedeutete für ihn aber auch, dass der Staat keinerlei Einsicht in das Innenleben der Organisation hatte. Auf diese Weise wollte er verhindern, dass der Staat die Nase in seine Konten stecken konnte. So konnte er tun und lassen, was er wollte.«

»Ich habe diese Fernsehsendung nicht gesehen«, sagte Leonie. »Aber da er der Präsident ist, kann er sicher auch nicht anders, als alles ins beste Licht zu rücken. Vor allem hat er Empathie für Frauen, die Gewalt erlebt haben, egal welcher Art. Vermutlich, weil er die trösten kann. Und du brauchst mich jetzt nicht so von der Seite her anzuschauen.« Leonie zupfte mich sanft am Arm. »Denn ich habe jemanden in meiner Familie, und mir wurden über diesen Mann an der Spitze dieser Organisation kuriose Geschichten erzählt. Und das bisschen, das ich erfahren habe, genügte mir vollends, um mir ein genaues Bild von ihm zu machen. Ihr werdet euch wundern, was meine Cousine alles zu erzählen wusste. Und wie wir alle wissen, ist das Luxemburger Land sehr klein, hier kennt fast jeder jeden und es weiß auch fast jeder von jedem etwas. Deshalb waren alle Vorkehrungen, die der Präsident getroffen hat, damit nur niemand etwas erfährt, umsonst. Wichtige Informationen, die ihn betreffen, wurden über die Schwelle der Organisation getragen. Also, eine meiner Cousinen hatte mal vor Jahren in dieser Institution einen Arbeitsvertrag …« Sie hielt inne. »Aber bevor ich anfange – ich werde Zeit brauchen –, möchte ich von dir noch hören, was du so alles erlebt hast in letzter Zeit? Was macht dein Buch ›Mein Gang durch die Hölle‹, auf das wir alle so sehnsüchtig warten?«

Leonie zwinkerte mir zu und lachte ziemlich laut, sodass sich einige Biertrinker an der Theke zu uns umdrehten.

Ich freute mich ehrlich über ihr Interesse, hatte aber auch nichts anderes erwartet und war vorbereitet. Ich griff in meine Tasche und zog zwei Bücher hervor. »Hier ist das Buch, ich habe euch jeder eines mitgebracht. Mit einiger Verspätung, und es hat mich so manche Träne und viel Geld gekostet. Doch was nichts kostet, ist nichts wert, und was lange währt, wird endlich gut.«

Der Barkeeper kam an unseren Tisch, er hatte die Flugblätter in meiner Hand gesehen und wollte wissen, über was wir drei uns so angeregt unterhielten. Als ich auch ihm ein Buch gab, winkte er ab, er verstünde kein Deutsch, nur Französisch. Ich musste ihm auf der Rückseite des Buches den kurzen Text über den Inhalt übersetzen. Dass es eine wahre Geschichte war, fand er schrecklich. Er meinte, er würde es nicht lesen können, doch wollte er das Buch verschenken und dass ich ihm eine Widmung schreibe. Meinen beiden Freundinnen schrieb ich auch eine Widmung ins Buch und alle beide wollten noch ein zusätzliches Buch zum Verschenken. Die Flugblätter nahm der Barkeeper mit zur Bar und legte sie auf die Theke.

Wieso diese Verspätung, wollten meine beiden Freundinnen wissen. Ich erzählte, dass der Verlag ein Schreiben von der Kripo bekommen hätte und das Buch besser anonymisiert werden musste, ansonsten hätte es nicht gedruckt werden dürfen.

Maggy nickte ernst. »Ich hätte dir auch abgeraten, das Buch nicht anonymisiert zu drucken. Ich hatte Angst um dich, und du selbst hattest doch auch deine Bedenken, wenn ich mich recht erinnere. Aber warum intervenierte die Kripo? Es sollte doch kein Buch über die Kripo werden, darum verstehe ich das nicht. Aber wie wir dich kennen, hast du dein Buch nicht aufgegeben. Das ist gut.«

»Auch ich hätte dir von der Veröffentlichung des Buches abgeraten«, sagte Leonie.

»Darum habe ich euch auch nicht gefragt. Doch was ich mal anfange, das bringe ich zu Ende. Ich habe mir einfach gesagt: jetzt oder nie. Nicht nur ihr beide hättet mir abgeraten, viele andere hätten mir auch abgeraten. Meinen Kindern habe ich auch nichts davon erzählt, die hätten auch Angst um mich bekommen. Aber als ich meinen Entschluss gefasst hatte, gab es kein Zurück mehr. Was die Staatsanwaltschaft in Zusammenarbeit mit der Kripo von mir erwartete, sollten sie nicht bekommen. Der Verlag verlangte noch eine anwaltliche Prüfung der Anonymisierungen. So habe ich mich selbst überlistet, indem ich mir vorgegaukelt habe, es wäre alles in Ordnung und bliebe auch so, ich müsste nur weitermachen, egal, was da kommt. Mir war ganz schön mulmig dabei. Aber jetzt, da ich das Buch in Händen halte, ist alles von mir abgefallen. Und ihr könnt mit mir eine Wette abschließen, dass ihr noch ein drittes Buch von mir bekommen werdet. Darauf trinken wir jetzt einen Tee.«

Leonie lehnte lachend ab. »Also ich wette nicht mit dir, denn alle Wetten, die ich bisher mit dir abgeschlossen habe, habe ich verloren. Und wie ich dich kenne, wirst du schon für die nötige Werbung sorgen, damit das Buch gelesen wird. Ich werde auch für Werbung sorgen. Aber damit hast du sicher die Staatsanwaltschaft in Aufruhr gebracht.«

»Nicht nur die, das ganze Land wird sich aufregen über das Tabuthema, das ich aufgegriffen habe. Und es entspricht ja alles der Wahrheit. Ihr könnt euch nicht vorstellen, was das für ein Tag war, an dem ich mein eigenes erstes Buch endlich in den Händen hielt. Das mit der Verspätung ist mir jetzt egal und die zusätzlichen Mehrausgaben habe ich längst verkraftet. Mit diesem Buch ›Mein Gang durch die Hölle‹ will ich die Menschen aufrütteln und sie dazu bringen, die Augen aufzumachen und zu erkennen, dass das Böse nicht nur in Filmen vorkommt, dass es real im ganz normalen Alltag existiert, gut versteckt, aber es ist da. Es kommt mir jetzt vor, als hätte ich in ein Wespennest gestochen. Ich sehe die Wespen nicht, doch ich höre sie um meine Ohren surren. Aber die werden sich wieder beruhigen. Wobei sie mir vielleicht noch eine Zeitlang folgen.«

»Es kann sich doch nur um eine Verschwörung handeln«, meinte Leonie, »es gab diese unzähligen Anzeigen von den Tätern und nach den zahlreichen Anzeigen des Trauma-Opfers war immer tote Hose. Das kann doch kein Zufall sein. Bei der Luxemburger Polizei und Justiz wird Täterschutz praktiziert, und man darf nicht vergessen, dass die Anweisungen immer von oben kommen. Gegen Vereinigungen wie diese wirst du nicht ankommen. Mit anderen Worten, die können machen, was sie wollen. Die Schuldigen sind nur die anderen, ihnen selbst passiert nichts.«

Ich nickte traurig. Da hatte Leonie wohl recht. »Mir tut kein Wort leid, das ich geschrieben habe«, sagte ich, »auch wenn niemand die Wahrheit hören will. Bestellen wir noch Tee, ich würde sagen, ein Kännchen für jede von uns.«

Der Barkeeper kam und Maggy bestellte: »Bitte drei Kännchen von diesem unattraktiven Tee, den Sie uns schon einmal vorgeschlagen haben.«

Der Barkeeper wunderte sich über diese Bestellung, fand es dann aber gut. Dann riet er uns, die Ruhe zu bewahren, er würde uns gerne den Tee bringen. Als er gegangen war, sagte ich: »Ich habe euch noch etwas zu erzählen, und zwar dass ich unter gerichtlicher Kontrolle stehe, eine Anordnung der Untersuchungsrichterin. Es wurden alle Polizeistationen im Land hierüber informiert und sollte ich mich den Polizeikräften widersetzen, hätten diese die Erlaubnis, mich festzuhalten und ins Gefängnis zu bringen, wenn es nötig sein sollte. Dabei kann ich noch von Glück sagen, dass ich nicht in Handschellen das Gerichtsgebäude verlassen habe.«

Maggy war entsetzt. »Das nenne ich Einschüchterung und Angstmacherei. Wenn ich richtig verstanden habe, bist du jetzt als gemeingefährlich eingestuft und die Allgemeinheit muss vor dir geschützt werden.«

»So in etwa ist es wohl.« Ich nickte resigniert. »Es stand in der Akte, dass ich viele Leute verfolgt habe, zu Fuß, mit dem Fahrrad, dem

Auto usw. Dieser Präsident leidet unter Verfolgungswahn und auch der Sportbegleiter, mit dem er sich zusammengetan hat, der Verräter. Doch als Koby verfolgt wurde auf der Straße, da hatte der Präsident dumme Vorschläge zur Hand und dumme Sprüche drauf. Wir werden ihn abholen und so weiter. Er müsste als ehemaliger Polizist doch eigentlich wissen, dass sich ein Verfolger immer vergewissert, dass niemand ihn beobachtet, wenn er seine Verfolgungen macht. Es wäre für ihn leicht gewesen, Koby zu beschützen oder beschützen zu lassen, wenn er es wirklich gewollt hätte. Als er vor die Untersuchungsrichterin trat, um als ehemaliger Polizeibeamter und als Präsident einer wohltätigen Organisation ohne Gewinnzweck angehört zu werden, hatte er schon halb gewonnen. Das waren zwei ausschlaggebende Punkte, über die ich nicht verfügte und niemals verfügen werde. Allein schon der Staatsbeamtenstatus mitsamt dem fetten monatlichen Gehalt ist eine der Ursachen, warum in fast jeder Luxemburger Familie sich jemand für den Beruf des Polizisten entscheidet. Schon komisch, dass in meiner Familie sich niemand für diesen Beruf entschieden hat. Und meine Familie ist nicht gerade klein. Warum gibt es in meiner Familie keinen Polizisten? Eigentlich bin ich glücklich darüber.«

Leonie hatte das Buch aufgeschlagen und überflog schon eine Weile meine Zeilen. »Manche deiner Bemerkungen regen zum Nachdenken an, gerade weil sie so sarkastisch sind. Die Wahrheit kommt in vielen deiner Sätze rüber, du hast Dinge angesprochen, die sich bis jetzt noch niemand getraut hat anzusprechen«, sagte sie anerkennend. »Und ich sage es noch einmal: Mit der Wahrheit eckst du an.«

»Ja, das war mir schon immer klar. Doch ich bin ein ehrlicher Mensch, schon immer gewesen, und ich kann nicht durchs Leben wackeln mit lauter Lügen«, entgegnete ich. »Ab und zu muss ich einfach die Wahrheit sagen, sonst drohe ich an den Lügen, die ich mir immer wieder anhören muss, zu ersticken. Es mag leichter sein, mit dem Strom zu schwimmen, sich so zu verhalten wie die Mehrheit, wegzuschauen. Nur nicht auffallen, so machen, wie es passt, sich ducken, feige nachgeben und immer mit dem Strom schwimmen. Das ist immer schon das Einfachste gewesen. Doch mit dem Strom schwimmen nur tote Fische. Komisch ist nur, dass sich kein Einziger aus diesem Verwaltungsausschuss über diese Schreiben beschwert hat. Die haben ja alle dasselbe wie der Präsident bekommen. Wäre schön gewesen, wenn sich wenigstens ein Einziger dazu geäußert hätte. Aber alle diese Feiglinge haben geschwiegen. Und wahrscheinlich haben sie sich heimlich halbtot gelacht über die Wahrheiten, die ich aufgeschrieben hatte und die ihnen auch schon auf der Zunge lagen.

Ich würde alles noch einmal so schreiben, vielleicht noch etwas detaillierter, es fehlen noch etliche Sachen, die ich vergessen habe. Das Schreiben war meine Art, um überhaupt das Ganze zu überstehen, um meinen Kopf irgendwie klar zu bekommen, um meinen Seelenschmerz ertragen zu können. Spätestens nach meinem ersten Schreiben hätte der Präsident mir zurückschreiben oder mich anrufen können, ich solle doch mal vorbeikommen. Nein, er sammelte schön säuberlich alle meine Schreiben und heftete sie eins nach dem anderen in seine Akte. Und dann traf er alle möglichen Vorkehrungen, um mich besser ans Messer liefern zu können.

Die Einsichtnahme in die Akte, von der ich euch ganz kurz erzählt habe, hat mich einfach fertiggemacht. Ich kam nicht bis zum Schluss der Akte, ungefähr die Hälfte habe ich durchgelesen, dann ließen mich meine Sinne im Stich, die Buchstaben schwammen davon und ich konnte keine Zeile mehr korrekt erfassen. Die Sache von dem beschädigten Kastenwagen und dann die mit dem Schraubenzieher, den ich immer dabei hätte, hätte ich doch so gerne noch gelesen.

In der Vorladung von der Justizbehörde stand, dass ich alleine in dem jeweiligen Büro der Justizbehörde zu erscheinen habe. Ich hätte aber eh niemanden mitnehmen wollen, ich wollte in Ruhe diese Akte lesen, das Ganze war mir einfach zu persönlich. Mein Rechtsanwalt bekommt diese Akte zugeschickt und er lässt sie mir zukommen. Dann muss ich mir die Zeit nehmen, alles bis zum Schluss zu lesen. Und wir werden uns dann die Zeit nehmen, uns zu treffen, um über meine kriminellen Aktivitäten zu sprechen.«

Maggy grinste. »Wenn ich mir dich und deinen Schraubenzieher vorstelle, kann ich nur grinsen. Dieser Präsident wird wohl nie einen Schraubenzieher mit sich herumtragen. Weiß der überhaupt, wie der aussieht? Diese Sache ist einfach nur lächerlich, so wie viele anderen Dinge, die wir hier von dir gehört haben. Du bist eindeutig unsere Lieblings-Kriminelle.« Damit umarmten mich Leonie und Maggy ganz herzlich.

»Und wenn ich an die Verfolgungen denke, die ich gemacht haben soll …« Ich schüttelte den Kopf. »Da stand in der Akte: zu Fuß, mit dem Fahrrad und mit dem Auto. ›Wenn ich mal mit dem Fahrrad vorbeifahre, winke ich euch zu und komme auf einen Kaffee vorbei‹, so einen Blödsinn habe ich geschrieben, und er macht prompt aus diesem Satz: ›Verfolgung mit dem Fahrrad‹. Mich wundert, dass da nicht noch stand: Verfolgung per Schiff, denn er wohnt ja direkt an der Sauer. Oder Verfolgung auf Skiern, ich müsste mir jetzt neue kaufen, denn die sind schon ganz glatt vom vielen Vorbeifahren an seinem Hause.«

Nun konnten meine Freundinnen nicht mehr an sich halten, sie lachten laut los und ich lachte trotz der ernsten Lage mit. Das tat einfach nur gut.

»Eigentlich ein armer Teufel. Er hat sich seine Geschichten so lange vorgesagt, bis er sie selber geglaubt hat. Er könnte einem leidtun, der Trottel«, schniefte Maggy und wischte sich Lachtränen von den Wangen. Dann fügte sie ernster hinzu: »Der Fuchs verliert wohl seinen Pelz, doch niemals seine Gewohnheiten, vergiss das nicht. Er wird weiterlügen, lügen müssen.«

»Bestimmt hat er nie zu einem anderen Opfer gesagt, dass es nicht in diese Institution passt«, bemerkte Leonie. »Doch Koby passte nicht in seinen Kram. Welche Ziele verfolgt diese Vereinigung? Sie ist auf jeden Fall undurchschaubar und suspekt. Aber welche Opfer passen denn nun in diese Organisation und welche passen dem Präsidenten?

Als ich mit meiner Cousine telefoniert habe, habe ich einen kleinen Einblick bekommen. Rein zufällig kam die Rede auf diese Vereinigung und sie konnte nicht mehr. Sie weinte nur noch wegen dem, was sie dort erlebt hat. Das liegt schon einige Jahre zurück, doch sie konnte es niemals vergessen. Und sie hat mir Dinge anvertraut, die sie sonst noch niemandem erzählt hat.«

»Denkst du denn, dass seine Majestät vor dir bei dieser Untersuchungsrichterin war?«, fragte Maggy dazwischen.

»Ganz bestimmt«, antwortete ich. »Normalerweise kommt der Kläger zuerst zu Worte und nach ihm dann der Angeklagte. Ich kann mir ihn so richtig vorstellen, wie er sich vor der Untersuchungsrichterin ins Zeug gelegt hat. Von den Tausenden Opfern, die seine Organisation schon betreut hat, wird er wohl erzählt haben. Eigentlich mag er Frauen nicht, die berufstätig sind. Doch in diesem Falle war das ja was anderes. Es gibt etwas, was die beiden verbindet, und zwar die Eiseskälte, die von beiden ausgeht. Zu seinem Termin hat er bestimmt seine Ehefrau mitgenommen, denn sie begleitete ihn immer und überall.«

»Der Mann hat viel mehr als einen schweren Dachschaden. Doch das Schlimmste an der Sache ist, dass man ihm mehr Glauben geschenkt hat als dir. Er hat diese Akte angelegt, aber auch seine Erfahrung bei Gerichtsverhandlungen, die er in seinem ursprünglichen Beruf sammeln konnte, werden ihm vor Gericht sicher genutzt haben«, meinte Maggy.

»Ich bin froh, dass ihr da seid und dass ich euch so viel erzählen kann. Das Ganze zehrt noch jetzt an meinen Kräften und Nerven, und ich bin erleichtert, wenn ich das alles überstanden habe. Nur diese lange Zeit, die das alles braucht ... die Gerichte sind so langsam! Ich war schon so kummervoll, als ich heute Abend hier ankam. Und ich bin zwar sehr bedrückt über das, was euch beiden widerfahren ist, ganz besonders die schlechten Erfahrungen, die ihr mit Männern gemacht habt, doch ich bin auch stolz und glücklich über unsere echte

Freundschaft, die uns drei schon immer verbunden hat. Das, was einen nicht umbringt, macht einen stärker, das können wir alle drei sagen.«

Maggy nickte, war aber noch bei der Sache und sagte: »Ich frage mich, warum ihm seine Ehefrau auf Schritt und Tritt folgt, das muss doch einen Grund haben. Es ist zu hoffen, dass er überhaupt alleine auf die Toilette gehen darf. Dieser Frau ist höchstwahrscheinlich früher manches entgangen, was ihr Mann so getrieben hat, und heute lässt sie ihn nicht mehr los. Da kann doch kein Vertrauen herrschen zwischen den beiden Eheleuten.«

Unser erneutes lautes Lachen erschreckte die Gäste am Nachbarstisch. Doch ich hatte das Gefühl, dass diese Gäste, ein älteres Paar, uns belauschten. Die Frau lehnte sich gerade zurück in ihren Sessel und der Mann las schon eine ganze Weile die Cocktailkarte.

»Und ich bin mittlerweile überzeugt davon, dass diese Ehefrau noch nie irgendetwas mitgekriegt hat oder nicht mitkriegen wollte«, sagte Leonie laut und lachte erneut. Auch sie hatte das ältere Ehepaar neben uns bemerkt. »Und ich will euch mit der Geschichte von meiner Cousine weiter auf die Folter spannen, denn in dieser Bar haben die Tische und Stühle Ohren. Ab der nächsten Woche hat Astrid, meine Cousine, ein bisschen Freizeit. Wenn ihr nichts dagegen habt, werden wir uns mit ihr treffen, bei mir zu Hause.«

Maggy und ich stimmten freudig zu. »Und ich möchte unbedingt meine ganze Akte bis dahin gelesen haben«, kündigte ich an. »Es wird noch mindestens zwei Wochen dauern, ehe ich sie in den Händen haben werde.«

»Das wäre gut«, sagte Leonie. »Ich bin gespannt auf dieses umfangreiche Schriftstück, bring es auf jeden Fall mit. Ich werde Kontakt aufnehmen mit Astrid. Sie war gerade im Krankenhaus und ist im Moment noch in einem Genesungsurlaub.«

Es war sehr spät geworden, ich war die Einzige, die mit dem Auto da war. Also setzte ich meine beiden Freundinnen jeweils zu Hause ab. In zwei Tagen musste Maggy schon wieder weg, ich hatte ganz vergessen, wohin die Reise diesmal gehen soll. Als Leonie vor ihrem Gehöft in einer ruhigen Seitenstraße aus dem Auto stieg, kam ihr Mann Marc gerade aus dem Stall. Er hatte sich Sorgen gemacht wegen der späten Stunde. Ich fand es ganz normal, dass er sich ärgerte, weil seine Frau nicht das Telefon zur Hand genommen hatte, um Bescheid zu sagen. Er schimpfte. »Weißt du«, unterbrach ihn Leonie da mitten im Satz, »wir hatten uns so viel zu erzählen.«

»Na und, Bescheid geben kann man doch immer, sonst telefoniert ihr doch auch immer miteinander und erzählt euch lauter Weibergeschichten«, entgegnete er.

»Auch andere Geschichten«, sagte Leonie und lächelte schuldbewusst. »Ein schlechtes Gewissen habe ich schon, denn ich mag es eigentlich auch nicht, wenn man mir nicht Bescheid gibt«, gestand sie dann. »Nächstes Mal treffen wir uns bei uns hier und du kannst meinen beiden Freundinnen unser neues Zuhause ganz in Ruhe zeigen. Wo sind denn unsere beiden Jugendlichen abgeblieben?«

»Gerade nach Hause gekommen, aber die hatten beide eine Nachricht auf dem AB hinterlassen, dass sie etwas später nach Hause kommen würden. Beim nächsten Mal werde ich den ehrenwerten Damen einen Imbiss auftischen. Dürfte ich dir vielleicht noch eine Tasse Tee anbieten vor der Heimfahrt?«, fragte mich Marc.

Ich lehnte lächelnd ab. »Wir hatten heute Abend genügend Tee. Vielen Dank, ich muss jetzt auch wirklich nach Hause. Außer meinen beiden Kindern, warten auch meine beiden Kläffer auf mich und ihren täglichen Abendspaziergang. Ich freue mich schon jetzt auf den nächsten Abend bei euch zu Hause«, sagte ich, und weg war ich.

Die komplette Akte

Mittlerweile waren fast drei Wochen vergangen. Ich hatte gerade das Frühstück vorbereitet, einige Artikel in der Morgenzeitung, die mir wichtig erschienen, überflogen und den Garten draußen vor dem Fenster bewundert. Als ich danach zur Tür ging, stellte ich fest, dass ich einen Zettel vom Postboten bekommen hatte. Ich hatte vorhin in der Badewanne gelegen und wohl nicht gehört, dass der Briefträger an der Haustür geklingelt hatte. Es musste einer von diesen jungen neuen Briefträgerlehrlingen gewesen sein, der den typischen Postzettel unter die Eingangstür geschoben hatte. Da stand drauf, dass ein Einschreiben für mich im Postamt liegt. Hätte ich doch bloß das Klingeln gehört, dann hätte ich jetzt schon diesen verdammten Brief in den Händen. Ich ärgerte mich über mich selbst. Mit einem Becher Kaffee in der Hand lief ich nach draußen, doch der Briefträger war weg. Es stand zum Glück ein Absender auf dem Postzettel und als ich sah, dass es der Name des Rechtsanwaltes war, war ich erleichtert. Ich ging wieder ins Haus, nahm die Kaffeekanne, setzte mich auf die Terrasse in den Sonnenschein, brach ein Croissant auseinander und nahm einen ordentlichen Bissen. Dann noch ein Schluck köstlichen Kaffees und die innere Ruhe war wiederhergestellt.

Am Nachmittag begab ich mich zum Postamt, weil erst ab einer bestimmten Uhrzeit Einschreiben vom selben Tag in Empfang genommen werden können. Ich musste unbedingt noch heute dieses Einschreiben lesen. Es war die komplette Akte, die der Anwalt mir zugeschickt hatte. Auf der Gartenterrasse im Licht der letzten Sonnenstrahlen begann ich zu lesen, später ging ich in die Küche zum Weiterlesen. Dort kochte ich mir eine weitere Kanne Kaffee, so stark, dass der Löffel darin hätte stehen können. Den würde ich brauchen, wenn ich diese Akte bis zur letzten Seite lesen wollte. Am Küchentisch saß ich und trank eine Tasse Kaffee nach der anderen. Mittlerweilen war es Mitternacht und ich war ein bisschen weiter als über die Hälfte gekommen. Das war das, was ich schon gelesen hatte plus einige zusätzliche Seiten. Nochmals alle diese vielen Hirngespinste, Lügen und die Anschuldigungen im Detail und bis zum Schluss zu lesen, brachten mich an meine Grenzen. Im Justizgebäude bei meiner ersten Akteneinsicht hatte ich viele Dinge überflogen, weil ich dachte, sie seien eher nicht so wichtig. Aneinandergereiht konnte man sie aber nicht mehr als Lappalien ansehen, diese weiteren zahlreichen gemeinen und heimtückischen Kleinigkeiten, die ich in dieser Nacht zum ersten Mal las. Dort stand auch, dass ich mich während meiner Zeit als Ehrenamtliche in der Organisation mit niemandem vertragen hätte, es hätte immer Streit gegeben. Das empfand ich als eine infame Lüge. Ich hatte mich mit niemandem gestritten, mit dem Präsidenten war ich nicht immer einverstanden gewesen, das stimmte wohl. Aber mit den ständig Abwesenden hatte ich doch überhaupt keine Gelegenheit gehabt zu streiten, man sah sich fast nur zwischen Tür und Angel.

Und ich musste mich wirklich fragen, was für eine Rolle diese Putzfrau damals gespielt hat. Ausgerechnet dieser Frau hatte ich geholfen bei Übersetzungen von privaten Texten, weil sie nicht die französische Sprache beherrschte. Wenn sie während ihrer Arbeitszeit zum Einkaufen gewesen war, vermerkte ich das nie, so wurde ihr auch keine Zeit abgezogen. Vorgeschlagen hatte ich auch, dass ich ihr bei Amtsgängen behilflich sein könnte. Warum stand da, dass ich mich mit ihr sehr oft gestritten hätte? In Gedanken sah ich mich draußen den Schnee schippen. Ich erinnerte mich auch, dass meine Aktion nicht gut angekommen war, ganz besonders bei der Putzfrau. Sie sah es als Vorwurf an, denn so war aufgefallen, dass sie diese Arbeit nicht erledigte. Niemand hatte explizit die Aufgabe, Schnee vor der Tür zu schippen. Ich hatte das einfach aus Hilfsbereitschaft getan, ich war diejenige, die als Erste an diesem Schneetag ankam, und hatte dann den Schnee zur Seite geräumt, damit die nachfolgenden Autos besser durch die Einfahrt fahren konnten. Was war daran verkehrt gewesen?

Bei meiner Ankunft hatte ich auch ein offenes Fenster an der Rückseite des Gebäudes vorgefunden und hatte es geschlossen. Als ich ihr das ganz normal sagte, wegen der Sicherheit, tat sie so, als hätte sie es nicht gehört. Da war absolut kein Streit zwischen uns gewesen, das Ganze war falsch interpretiert worden.

Auf der nachfolgenden Seite eines anderen Berichts fragte sich der Präsident, warum ich denn ein Schreiben von der Luxemburger Gerichtsbehörde in Kobys Akte eingeheftet hatte, in dem stand, dass sein Fall ad acta gelegt wurde. Das erschien mir ganz normal, dieses Schreiben der Akte zuzufügen. Dieses Schreiben gehörte in diese Akte. Wenn er dieses Schreiben nicht in der Akte haben wollte, hätte er mir das sagen müssen. Es wurde doch immer so gehandhabt mit allen Akten, dass die gesamte Korrespondenz in die Akten eingefügt wurde. Ich schlussfolgerte jetzt, dass er eigentlich nicht damit einverstanden gewesen war, dass eben diese Akte an die belgische Justiz weitergeleitet wurde. Warum hatte er mir das denn damals nicht gesagt? Er hatte nie mit offenen Karten gespielt, was man doch eigentlich von ihm in seiner Stellung erwarten müsste.

Mein Schreiben an die Opferschutzorganisation in Deutschland wurde als Beschwerdebrief in dieser Akte dargestellt, obschon dieser ein Informationsbrief war. Außerdem hatte ich um Rat und Beistand angefragt. Wie konnte der Präsident aus meinem Schreiben einen Beschwerdebrief machen? Er war nicht beigefügt, aber ich hatte ihn noch immer bei mir zu Hause. Er hatte ihn nicht gelesen, doch er erlaubte sich, einen Brief daraus zu machen, der gegen mich sprach. Die positive Antwort, die ich von der Muttergesellschaft aus Deutschland erhalten hatte, dass man froh wäre, dass ich mich auch in Zukunft nicht wegen der erlittenen Enttäuschungen von der ehrenamtlichen Arbeit abhalten ließe, war nicht in dieser Akte zu finden. Diesen Brief hatte der Kripobeamte zwar in Händen, aber wohl »vergessen« ihn der Akte beizufügen. Es wäre ein Beweis dafür gewesen, dass ich keinen Beschwerdebrief geschrieben hätte.

Eine Leistungssportlerin wäre ich gewesen, hätte ich alle diese Verfolgungen geschafft. Sogar bei Nacht und Nebel und bis zu seinem privaten Wohnsitz soll ich ihn verfolgt haben. In einem meiner Briefe hatte ich mal geschrieben, dass ich, wenn ich einmal an seinem Haus mit meinem Fahrrad vorbeifahren würde, bei ihm klingeln würde, um dann eine Tasse Kaffee mit der Familie zu trinken. Und er hatte aus meinen kindischen und zugleich sarkastischen Überlegungen tatsächlich eine Verfolgung per Fahrrad gemacht.

Förderlich hatte ich das nicht gefunden und der Zusammenarbeit zwischen Mitarbeitern war es in meinen Augen auch nicht dienlich, wenn der Präsident alle Ausschussmitglieder zu sich nach Hause einlud und nur eine davon ausnahm, nämlich mich. Doch es gab jemanden, der war so erfreut über diese Einladung, dass er den Mund nicht halten konnte. Auf diese Weise kam diese Einladung auf Umwegen bis zu meinen Ohren. Da ich nicht eingeladen war, fühlte ich mich ausgeschlossen, ich war ein wenig gekränkt, das hatte ich auch so geschrieben. Das wäre wohl jeder in dieser Situation gewesen.

Außerdem hätte ich Personen vom Sportverein physisch angegriffen. Ich hätte mich nie in meinem Leben getraut, diese Leute anzugreifen, denn es hätte Gefahr für mich bestanden, aus dieser Auseinandersetzung verletzt hervorzugehen. Ich habe mich noch nie in meinem Leben mit jemandem geprügelt und mit Verbrechern würde ich es nicht aufnehmen. Ich las weiter, ein Sportfahrrad sei aus einem Keller des Sportvereins entwendet und Schäden seien an verschiedenen Autos festgestellt worden. Stand ich auch im Verdacht für das alles? Doch von dem Schaden an meinem Auto, der mir nicht erstattet worden ist, konnte ich nichts lesen in der ganzen Akte. Das war sicher als nicht wichtig eingestuft und auch ad acta gelegt worden.

Im Gebäude der Organisation soll ich außerdem diverse Apparate beschädigt haben. Dabei hatte ich doch gar keinen Schlüssel mehr. Und warum sollte ich denn bitte Apparate kaputtmachen? Und was für Apparate überhaupt? Dieser verdammte Wäschetrockner, den ich ihnen mal abkaufen wollte, wurde auch beschädigt. Ja, ich hatte mich in einem meiner Briefe lustig gemacht über die Wäschetrockner-Geschichte, ich habe mich bedankt für den Wäschetrockner, der noch immer am selben Platz im Keller stand, ich habe geschrieben, dass die Putzfrau ihn sicherlich besser gebrauchen kann als ich, nämlich für den unheimlichen Berg an Wäsche, den die Organisation ja »nicht« hat. Der Präsident wollte damals diesen Wäschetrockner ja nicht an mich verkaufen. Warum auch immer. Vielleicht habe ich vor lauter Wut darüber den Wäschetrockner auch noch auf meinem Rücken zur Eingangstür herausgetragen. Und in der Sache der Eintrittskarten für die Frühjahrsmesse stand dort, dass ich erbost gewesen wäre, keine bekommen zu haben. Ich hatte aber nur eine witzige Bemerkung niedergeschrieben, dass ich lieber diese Eintrittskarten gehabt hätte, als welche von einer anderen Firma. Es war wohl niemandem bewusst, dass ich nicht auf Messen mit dem üblichen Menschenandrang stehe. Der Präsident zeigte sich beleidigt über meinen Scherz. Er schien nur seine eigenen Scherze zu verstehen, sonst keine, doch seine Scherze hat ja auch nie irgendjemand verstanden.

Eine einzige von der Organisation bezahlte Rechnung von einem Psychologen, den Koby als Opfer aufgesucht hatte, fand ich in der Akte. Jetzt erinnerte ich mich, dass nur eine einzige dieser Rechnungen von der Vereinigung bezahlt wurde. Der Präsident behauptete, der Therapeut wäre ein Schwarzarbeiter. Das führte dazu, dass ich keine Rechnungen des Therapeuten mehr unterbreitete. Ich hatte es damals einfach satt, dass es sich der Präsident anmaßte, über einen Therapeuten so abwertend zu reden. Er selbst vertrug keine Kritik, doch er kritisierte alle und jeden.

Nun brauchte ich eine Pause, es war kurz vor 2.00 Uhr morgens. Ich fragte mich, ob ich eingenickt war, weil es schon so spät war. Die Dose mit den nicht mehr ganz frischen Keksen war fast leer, die Kaffeekanne auch. Da ich sowieso nicht zum Einschlafen kommen würde in dieser Nacht, kochte ich nochmals eine Kanne starken Kaffees. Da war von draußen ein Rascheln zu hören. Als ich durch das Küchenfenster sah, war ich richtig erleichtert und erfreut zugleich, dem geheimnisvollen Rascheln, das ich schon öfter gehört hatte, auf die Spur gekommen zu sein. Die helle Straßenlaterne erlaubte es mir, ein Eichhörnchen zu sehen, das auf der Küchenbank saß und dann schnell über die Eingangsfliesen wetzte, um dann über das Scheunendach des Nachbarn zu verschwinden. Von so nahe hatte ich noch nie ein Eichhörnchen sehen können. Ich war also nicht allein in dieser Nacht des belastenden und zugleich beängstigenden Lesens. Das liebe Tierchen hatte mich beim Lesen beobachtet.

Nun kam ich zu folgender Stelle: Auf meinem Computer seien Bilder von 100 Opfern abgespeichert gewesen, zu welchem Zweck auch immer ... Sie seien gefunden worden, so stand es in diesem Bericht. Obschon ich diese Passage schon einmal gelesen hatte, schockierte sie mich nicht einmal mehr. Es sah so aus, als hätte ich mit Absicht Bilder von Menschen, die Opfer geworden waren, abgespeichert, um damit an die Öffentlichkeit zu gehen. Aber ich hatte niemanden, kein Opfer und keinen Familienangehörigen, fotografiert, weder beim Betreten des Gebäudes noch im Gespräch. Ich konnte mich genau erinnern, dass ich Bilder geknipst hatte auf der letzten Weihnachtsfeier, an der ich teilgenommen hatte. Und dafür hatte ich mir die Erlaubnis eingeholt vom Präsidenten höchstpersönlich. Aber das waren ganz normale Fotos beim Aperitif, beim Essen, bei der Geschenkeverteilung. Beim Betrachten dieser Fotos konnte kein Außenstehender wissen, wer Opfer oder Begleiter, wer ein Familienmitglied oder ein Freund war. So bewusst die Unwahrheit gesagt zu haben in einer solch wichtigen Sache, die meine Arbeit mit Opfern betraf, fand ich nach wie vor erbärmlich und niederträchtig. Dies könnte von einem Richter als Indiskretion und als ein Vertrauensbruch angesehen werden und ist strafbar.

Ich kam nun noch einmal zu dem Passus mit der Begegnung auf der Straße. Dieser Präsident litt doch unter akutem Verfolgungswahn, als er damals die Polizei alarmierte. Seine Selbstsucht hinderte diesen Egoisten daran, auf den Gedanken zu kommen, dass ich nicht wegen ihm durch die Straße fuhr und dass er mit seiner Aktion ein Trauma-Opfer in Panik und Angst versetzen könnte. Als ich diesen verlogenen und verdrehten Passus nochmals gelesen hatte, musste ich eine längere Pause einlegen. Wie gefühlskalt und herzlos musste dieser Mann sein, Einfühlungsvermögen war ihm fremd. Es widerstrebte mir, weiterzulesen, doch ich musste endlich zum Schluss dieser Akte gelangen. Also machte ich nach der Pause doch weiter. Sehr interessant war die Berichterstattung einer Tischrunde, die der Akte beilag. Ausnahmslos alle Teilnehmer dieser extra wegen meiner Person einberufenen Versammlungsrunde waren der Meinung, dass ich als Mutter einen schlechten Einfluss auf meinen Sohn hätte. Und alle Mitglieder der Vereinigung, die das aussagten, waren kinderlos, außer dem Präsidenten selbst. Da er selbst dieser Meinung war, hielt er sich bestimmt für einen perfekten Vater mit gutem Einfluss auf seine Kinder. Das war einfach Ignoranz, Dummheit und Unwissenheit. Das waren eigentlich alles immer Mitläufer gewesen, dumme Mitläufer, die nachplapperten, was der Präsident ihnen böswillig vorsagte.

Der Präsident hatte auch die Präsidentin des Sportvereins eingeladen, die in der Verantwortung stand für die Gewalt, die Koby in diesem Sportverein angetan worden war. Das war eine ungeheuerliche Unverschämtheit, es war Verrat. Das las ich jetzt noch einmal und noch einmal – nein, ich hatte mich nicht geirrt. Das war ein Schock für mich, es schmerzte. Der Präsident wusste doch von den Gewalttaten. Wie konnte er nur ein Trauma-Opfer auf diese Weise verleumden? Es gab nur zwei Gründe dafür: Entweder schenkte er dem Opfer kein Vertrauen oder aber er glaubte ihm wohl, aber es war ihm egal. Beide Möglichkeiten waren schlimm und für mich inakzeptabel. Niemals könnte ich Koby in Kenntnis setzen von dem, was sein angeblicher »Freund« ihm angetan hatte.

Präsident und Präsidentin waren sich auch einig, dass ich viele Mitglieder beider Vereinigungen verfolgt hätte. Bestimmt litten nicht alle diese Leute unter Verfolgungswahn, doch es war einfacher so. Wenn alle das Gleiche behaupteten, würde man ihnen glauben. Mitläufer können sehr gefährlich sein. Die Präsidentin erlaubte sich dann noch, private und persönliche Geschichten über mich zu erzählen, die ich selbst noch nicht kannte. Alle diese Menschen hatten sich an einen Tisch gesetzt und waren über mich hergezogen, taktlos, verlogen, böse. Und diese Berichterstattung war von Madame Castafiore aufgesetzt und vorbereitet worden, ich kannte ihre Schreibweise. Getippt hatte sie diesen Bericht allerdings nicht, denn sie schrieb ja nur mit der Hand. Anhand der Teilnehmerliste konnte ich mir denken, wer diesen verlogenen Text abgetippt hatte. Nun verstand ich auch, warum der Kripobeamte bei meiner Anhörung gesagt hatte, bei dieser Versammlung sei kein gutes Haar an mir gelassen worden. Um welche Versammlung es da ging, konnte ich damals noch nicht wissen. Nun wusste ich mehr. Ich war bei der Anhörung darüber schockiert gewesen, hätte gerne gewusst, wer mich denn schlecht gemacht hat und über was da geredet worden war. Nach meinem Abgang hatten alle sich die Mäuler über mich zerrissen. Und in den drei Jahren vorher hat niemand mit dem anderen geredet. Meine drei Jahre freiwillige Arbeit im Dienste der Opfer von Gewaltverbrechen war einfach in den Dreck gezogen worden.

Nichts hatte der Präsident dem Zufall überlassen. Seiner Boshaftigkeit schien keine Grenze gesetzt. Alles Mögliche hatte er getan und sicherlich bis ins kleinste Detail über alles nachgedacht, um jedes Wort, jede Geste so passend wie möglich aussehen zu lassen und so zu verdrehen, dass alles gegen mich verwendet werden könnte. Zusätzlich zu den zahlreichen Lügen standen viele böswillige Andeutungen in dieser Akte. Und viele positive Begebenheiten standen nicht da.

In meinem Gehirn drehte sich alles. Ich hörte ein Schrillen und zuckte unweigerlich zusammen. Was war das? Nichts, überhaupt nichts. Ich war einfach nur eingeschlafen über der Akte am Küchentisch.

Ausgerechnet ich war immer der Überzeugung gewesen, über Menschenkenntnis zu verfügen. Nun gut, es hat zwar lange gedauert, doch ich war ihm auf die Schliche gekommen. In meinem ganzen Leben war ich noch keinem solchen Menschen begegnet. Kürzlich hatte ich einen interessanten Artikel gelesen, ich musste die Zeitschrift unbedingt wiederfinden. Fieberhaft suchte ich in dem Stapel abgelegter Zeitschriften, die ich immer nur dann aufbewahrte, wenn sie Informationen enthielten, die mich nachhaltig interessierten. Ich würde erst ins Bett gehen, wenn ich fündig geworden wäre. In einem zweiten Stapel Zeitschriften fand ich ihn, der Titel lautete: »Wie kann man einen Soziopathen entlarven?« Im Text ging es dann darum, dass ein Soziopath ein Mensch mit einer antisozialen Persönlichkeitsstörung ist. Diese Störung äußere sich durch Missachtung der Gefühle anderer, dem Fehlen von Reue oder Scham, in manipulativem Verhalten, ungehemmter Egozentrik und Lügen, um die eigenen Ziele zu erreichen. Die meisten dieser Menschen wären nicht nur in Kirchen, Schulen, Hilfsorganisationen und Arbeitsplätzen aktiv, sondern würden sie wahrscheinlich leiten, eben dank ihrer Natur. Es sei ein Wesensmerkmal des Soziopathen, sich selbst in Einflusspositionen zu bringen, nicht um des Dienstes, sondern um der Macht willen.

Mehr brauchte ich nicht zu lesen. Ich fühlte mich erleichtert, endlich eine Antwort auf meine unzähligen Fragen bekommen zu haben. Doch es war eine physisch extrem belastende Situation für mich, die dazu führte, dass ich in der darauffolgenden Woche einen Nervenkollaps erlitt, von dem ich mich zum Glück schnell wieder erholte. Ich konnte noch nie aufgeben, nicht in diesem Moment, nicht heute. Mindestens einmal drüber schlafen und dann mal sehen. Dieser Spruch, dem ich schon unzählige Male in meinem Leben gefolgt war, half mir weiterzumachen.

Das Treffen mit der Cousine

Wir drei Freundinnen saßen auf dem Sofa und lauschten leiser Jazz-musik. Ich vernahm außerdem die Geräusche, die Marc beim Ko-chen in der Küche machte. Er wollte sich heute um das Abendessen kümmern, weil er Spaß am Kochen hatte. Nicht nur ein Snack sollte es werden, der Koch wollte uns einige seiner Kochkünste vorführen. Das Wetter erlaubte keine Grillparty im Garten, deshalb saßen wir in der gemütlichen Stube beim Ofen beisammen. Ehe es angefangen hatte zu regnen, hatten wir noch die Gelegenheit genutzt und waren bis zum äußersten Ende des Grundstücks gegangen, um von dort das ganze Anwesen betrachten zu können. Leonie und Marc hatten in der kurzen Zeit, die sie nun in ihrem idyllischen Landhaus lebten, schon manche kleine Arbeiten und Verschönerungen fertiggestellt. Ein tiefes Loch gab es allerdings noch, das ein Bagger ausgehoben hatte. Das sollte der Swimmingpool werden und im nächsten Monat würde er fertiggestellt sein. So hatte es Marc seiner Frau versprochen.

Leonie war mit einem winzigen Garten aufgewachsen, ihr hier er-worbenes Bauernhaus kam ihr deshalb wie ein Gutshof vor und sie fühlte sich wie die Gutsherrin. Der selbstgebaute Hühnerstall war in Erwartung einer Schar Hühner, die morgen ankommen würde. Leonie erwähnte, ein Pferd kaufen zu wollen. Mit wenigstens einem Pferd bekam das Leben auf dem Lande für sie einen Sinn.

Nun plauderten wir vor dem Kamin über das schöne Stück Land, das Leonie und Marc erworben hatten. Und Marc rief aus der Küche: »Auf dem Lande zu leben, ist für Kinder gesünder als in der Stadt.«

»Das ist absolut wahr«, rief ich zurück, »doch in der Stadt woh-nen hat auch seine Vorteile. Man ist näher an allem dran, Kliniken, Veranstaltungen, Einkaufszentren, öffentlichen Transportmitteln und vielem mehr. Das hat auch seine Vorteile.«

»Na ja«, sagte Leonie, »das stimmt ja. Doch auch du wohnst selbst auf dem Lande mit deinen Kindern und deinen Hunden. Es ist bewiesen, dass die Städte voll kerngesunder Kinder sind und dass man in den Parks sicherer Rad fahren kann als auf einer Landstraße und dass es auch in den Städten Natur gibt.«

»Ich habe nur die Vorteile aufgezählt, die man in einer Stadt hat, wenn man da lebt. Doch eigentlich lebe ich gerne auf dem Lande. Hat auch seinen Charme.«

»Sie warten schon auf dich«, hörten wir Marc nun sagen. Wir hatten scheinbar die Klingel nicht gehört, Astrid war angekommen. »Du kommst gerade richtig, die Freundinnen sind beim hauseigenen Aperitif, den ich extra für euch Frauen gemixt habe«, rief der Koch nun schon wieder aus der Küche.

Begrüßt wurde die Cousine von Leonie. Da war sie also, die uns so viel zu erzählen hatte. Es gab viele Küsschen rechts und links auf die Wangen, wie das bei Frauen so üblich ist. Marc brachte uns allen mehr von seinem vorzüglichen Aperitif. »Prost auf uns alle«, sagte Leonie und hob ihr Glas. »Danke, dass du dich bereit erklärt hast, Klarheit zu bringen über jemand, der uns nicht am Herzen liegt. Mein innigster Wunsch wäre es, dass alle die Menschen, die je mit diesem Mann zu tun hatten, heute hier anwesend sein könnten, um alles mit anzuhören, was Astrid uns zu berichten hat. Doch wir kennen nur einige dieser Menschen und die sind heute dabei.«

Astrid war eigentlich noch immer im Genesungsurlaub. Sie erzählte uns von ihrem chirurgischen Eingriff, der gut verlaufen war, und von ihrem Zuhause mit den beiden Kindern. Zwei Wochen würden noch vergehen und dann würde sie wieder zur Arbeit gehen können. Sie wollte uns unbedingt erzählen, wie es dazu kam, dass sie eine Arbeitsstelle in dieser Institution angenommen hatte. Jetzt war es schon ein paar Jahre her, dass sie arbeitslos gewesen war, leider über einen längeren Zeitraum. Sie war beim Arbeitsamt gemeldet und ihr wurde monatelang kein Arbeitsplatz angeboten. Dann bekam sie einen Halbtagsjob, doch nur für zwei Monate. Alles, was sie wollte und was sie unbedingt brauchte, war ein unbefristeter Arbeitsvertrag, denn sie brauchte das Geld, wie eigentlich jeder Mensch, der für sein Leben selbst aufkommen muss. Dann wurde ihr ein Arbeitsplatz angeboten, den sie ohne ein eigenes Auto nicht antreten konnte. Und sie besaß damals kein Auto. Und dann bot ihr das Arbeitsamt eine Arbeitsstelle in dieser Organisation an. Als sie den Namen der Institution vom Arbeitsamt mitgeteilt bekam, konnte sie sich eigentlich nichts darunter vorstellen, sie hatte noch nie etwas von ihr gehört. Aber: Endlich ein Ganztagsjob, den sie dringend brauchte, denn sie war alleinstehend mit zwei Kindern. Und am Monatsende ein ganzes Monatsgehalt auf dem Konto zu haben, das hatte sie schon lange nicht mehr gehabt, das Geld war knapp geworden. Den Arbeitsweg konnte sie bequem per Bus fahren, alles schien perfekt.

»Der Präsident selbst empfing mich an meinem ersten Arbeitstag, er kam nett und liebenswürdig rüber. Außer ihm war an diesem Tag niemand da. Erst nach einer Woche lernte ich die Mitarbeiter kennen, die damals dort ehrenamtlich tätig waren. Was meine finanzielle, eher glimpfliche Situation anging, war der Präsident verständnisvoll.«

Ich unterbrach sie mit einem entschuldigendem Blick: »Dabei hat er viele Vorurteile, vor allem gegenüber Frauen, die arbeiten gehen und Kinder zu Hause haben. Aber nicht alle Ehefrauen haben das ›Glück‹, vielleicht könnte man auch sagen das ›Unglück‹, mit einem gut bezahlten Staatsbediensteten verheiratet zu sein, auch damals nicht. Es gab auch schon immer Männer, die ihren Frauen verbieten, zur Arbeit zu gehen. Vielleicht betrifft das auch seine Ehefrau. Doch die meisten Frauen gehen ja heute einer bezahlten Tätigkeit nach. Wer will schon auf eigenes Geld verzichten und sich vom Mann freiwillig abhängig machen? Und nicht zu vergessen sind die Frauen, die ihren Job nicht aufgeben wollen, weil sie einfach keine Hausfrau sein wollen. Das entscheidet doch jede Frau für sich.«

Über meine Zeit in derselben Institution als ehrenamtliche Mitarbeiterin hatte sie sich schon mit Leonie unterhalten. Die komplette Akte hatte ich dabei, doch wir alle hatten an diesem Abend keine Lust zum Lesen mitgebracht. Wir wollten uns austauschen über die wichtigsten Einzelheiten der Akte, die Astrid allerdings noch gar nicht kannte. Als dann Maggy vom schlechten Einfluss sprach, den ich wohl auf meinen Sohn gehabt haben soll, wurden wir alle lauter. »Nach all den schrecklichen und bösen Erlebnissen, die er in den vergangenen Jahren über sich ergehen lassen musste, bist du es gewesen, die ihm immer wieder beigestanden hat: Du hast ihn ständig begleitet, du hast nie aufgegeben, du hast ihm den Mut zum Leben wiedergegeben. Und was haben diese jahrelangen Therapien dich an Kraft, Einsatz, Mut und zuletzt an Geld gekostet. Denn die Therapien, die ihm etwas gebracht haben, wurden alle nicht von der Krankenkasse erstattet. Du hast dein Möglichstes getan, ihm Lebensqualität zu ermöglichen, seinen heutigen Job, den er über alles liebt, und seine Eigenständigkeit überhaupt, dazu hast du beigetragen. Es grenzt an Boshaftigkeit und Unwissen, dich so zu diskreditieren«, rief Maggy. Dann musste sie kurz Luft holen und fügte noch einen Satz hinzu, den ich nicht mehr vergessen werde. Sie sagte: »Zeige denen, die dich fallen sehen wollen, dass du fliegen kannst.«

Ich fühlte mich verstanden und sagte: »Für mich ist das alles ein Verrat ausgerechnet von der Person, die die höchste Stellung in dieser Institution hat. Nun gut, er muss alle diese Lügen mit sich und seinem Gewissen vereinbaren, wenn er denn eins hat, woran ich ernsthaft zweifle. Doch ein Trauma-Opfer so zu erniedrigen, einfach vor die Tür zu setzen, das traf mich tief ins Herz. Ich halte meine komplette Akte unter Verschluss, im Moment kann ich Koby nicht zutrauen, darin zu lesen. Doch ich habe große Lust, die Akte der Öffentlichkeit zugänglich zu machen.

Dieser Mann hat sich eigentlich nur für die Fälle interessiert, in denen Frauen Opfer geworden waren, durch häusliche Gewalt, Gewalt auf der Straße oder andere Gewalt. An einige dieser Fälle kann ich mich heute noch ganz genau erinnern, er unterhielt sich mit diesen

Frauen stundenlang. Da er bei diesen Unterhaltungen in einem Nebenraum stets alleine mit ihnen war, kann ich nicht sagen, über was er sich so lange mit ihnen unterhalten hat. Er war wohl ihr Tröster in der Not. Zu den jährlichen Weihnachtsfeiern erhielten alle diese Frauen eine Einladung, Männer wurden weniger mit einer Einladung bedacht. Aber er lud auch Männer ein, ja. Wobei Männer, die Gewalt von Frauen erlebt haben, so gut wie nie zur Polizei gehen, um eine Anzeige zu machen. Deshalb kommt es sehr selten zu einer Anzeige. In meinen drei Jahren dort gab es keinen einzigen solchen Fall. Aber es kann natürlich auch sein, dass er diese Männer am Telefon entmutigt hat, sodass sich keiner traute, in die Institution zu kommen. Ich kann mir vorstellen, dass er in seinem früheren Beruf die Männer wegen einer solchen Anzeige ausgelacht hätte. Und es gibt natürlich auch Fälle, in denen Männer im Nachtleben oder auf der Straße Gewalt erleben. Mit diesen Männern unterhielt er sich aber nicht, es waren dann andere Mitarbeiter, die sich um sie kümmern mussten.«

Nach mir war wieder Astrid dran, sie erzählte weiter ihre Geschichte. »Dann kam der Tag, an dem er mich in den Keller schickte, ich sollte Akten aus einem länger zurückliegenden Jahr aus dem Archiv holen. Doch plötzlich stand er hinter mir, ich hatte ihn nicht kommen gehört, und er drückte mich an eine Kellerwand.« Astrid konnte nicht weiterreden, ihr Gesicht war ganz heiß geworden. Nach einer kurzen Pause fuhr sie aber doch fort: »Mir bleibt heute nichts anderes, als mit meiner ständigen Scham zu leben. Ich hasste die langen Freitagabende, da ging es oft bis nach 20.00 Uhr. Er kam erst abends nach seinem Polizeidienst zum Sitz der Organisation und holte sich dann das, was er von seiner Frau wohl nicht bekam.«

Maggy unterbrach sie vorsichtig: »Entschuldige, wenn ich dich das frage, aber hast du dich nicht gewehrt?«

Astrid verzog das Gesicht. »Sicher habe ich mich gewehrt, ich sagte klar und deutlich nein. Doch er sagte zu mir, er sei doch mein Chef, mein Arbeitgeber, mein Brotgeber. Und ich brauchte das Geld, das wusste er ganz genau. Bei meiner Einstellung hat er mich ausgefragt über meine persönliche Situation, er hat so viel Mitgefühl gezeigt. In meinem ganzen Leben hatte ich noch nie einen Chef, der so verständnisvoll schien. Doch er hatte keinerlei Skrupel, seine Machtposition auszunutzen. Und wer hätte mir geglaubt? Ein einziges Mal erlaubte ich mir, ihm zu sagen, ich würde ihn bei der Polizei anzeigen wegen Nötigung und Missbrauch. Er hat nur gelacht, er hat mich einfach nur ausgelacht – er würde dann sagen, ich hätte es so gewollt. Und er hätte immer etwas finden können, um mich zu entlassen. Denn er hätte ja das Sagen. Die Mitarbeiter und Ausschussmitglieder konnten nicht wissen, was regelmäßig im Keller abging. War ein Mitarbeiter auch mal im Keller, dann hielt ich den Betreffenden am Arm fest und sagte, ich hätte Angst im Keller und er solle bleiben. So passierte dann nichts und ich kam unversehrt wieder aus dem Keller hoch.«

»Hinter dicken Kellermauern lässt sich jede Schandtat verbergen«, sagte Maggy.

»Dass ich mit meinem Gehalt rechnen musste und kein Geld für einen Anwalt hatte, das wusste er sehr wohl. Mein Gehalt reichte nicht für Designer-Klamotten, weder für mich noch für meine Kinder, und einen Urlaub konnten wir uns auch nicht leisten. Die ersten drei Monate verliefen prima, das Gehalt erlaubte es mir und meinen Kindern, ein genügsames Leben zu führen. Erst später begann die schlimme Zeit. Doch ich liebte meine Arbeit, ich konnte selbständig arbeiten und ich verstand mich gut mit der ganzen Belegschaft. Und ich hatte immer Hoffnung und wartete darauf, dass die schlimme Zeit vorübergehen würde.«

»Weißt du, ob es noch andere Frauen gab, die von ihm genötigt wurden? Oder denkst du, du warst die Einzige?«, fragte Leonie.

Astrid schüttelte entschieden den Kopf. »Nein, ich bin ganz bestimmt nicht die Einzige gewesen. Die damalige Putzfrau saß eines Tages heulend in der Küche und erzählte mir ihre Geschichte, die meiner eigenen sehr ähnlich war. Genötigt würde sie von einem Mann, sie weigerte sich, seinen Namen zu nennen. Doch wir kennen diesen Namen, es war immer der gleiche Mann. Alles passierte im Keller, in den sie regelmäßig runtermusste. Sie war sich bewusst, dass man eher dem Präsidenten einer solchen Organisation glauben würde als ihr. Sie dachte nicht daran, zur Polizei zu gehen, war er doch selbst ein Polizist und damals auch noch im Dienst. Auch sie war auf das Geld angewiesen, das sie verdienen musste. Sie war verheiratet, doch ihr Mann gab sein Gehalt allein aus. Sie musste für sich und die Kinder sorgen, während ihr Ehemann jeden Tag in den Bars herumhing und sein Gehalt in Alkohol umsetzte. Sie hatte Angst, ihr Mann könnte davon erfahren und würde ihr dann nicht glauben, vor Letzterem hatte sie am meisten Angst. Doch eines Tages kam sie nicht mehr wieder, sie hatte keine Kündigung eingereicht. Sie hatte einfach eine neue Arbeit als Reinigungskraft in einer Klinik angenommen und entkam so ihrem Leid.

Vor ihr hat es einige weitere Reinigungskräfte gegeben, das hat sie mir noch erzählen können. Eine kam und ging schon wenig später wieder und dann war wieder eine andere da, alle nur für kurze Zeit. Es mussten zwei oder drei gewesen sein, doch die Frauen kannten sich untereinander nicht. Aber sie waren alle alleinstehend. Ob sie auch Kinder hatten, weiß ich nicht mehr. Eine von ihnen war entlassen worden. Der Präsident hatte in der damaligen Belegschaft das Gerücht verbreitet, sie sei Alkoholikerin, man hätte leere Alkoholflaschen in einer Ablage gefunden. Ich glaube eher, dass die Frau ihn zurückgewiesen hat. Immer nach dem gleichen Muster verfuhr er, es hatte ja auch immer gut geklappt. Er verging sich nur an Frauen, von denen er keine Anklage zu befürchten hatte.«

Maggy warf ein: »Ihr hättet euch als Frauen zusammentun müssen. Seid ihr gar nicht auf diese Idee gekommen?«

Astrid nickte. »Ja, es tut mir heute echt leid, wenn ich daran zurückdenke, dass die damalige Putzfrau und ich das nicht getan haben. Er hatte ja keine Ahnung, dass wir über diese schreckliche, elendige Sache im Keller redeten. Dann gab es eine Zeit, wo Ruhe war, als er im Urlaub war. Wir trauten uns aber nicht, waren beide sehr eingeschüchtert. Wir wussten ja, dass dieser Mann ein Polizist ist und sich mit Klagen und der Justiz bestens auskannte und wir kaum eine Chance hatten.«

Alle weiteren betroffenen Frauen waren nie zur selben Zeit in der Organisation tätig gewesen. Es kam eine nach der anderen, keine traute sich, etwas gegen den Präsidenten zu unternehmen. Der sexuelle Missbrauch hatte eine verkehrte Scham bei Astrid hervorgerufen, die sie lange Jahre nicht ablegen konnte. Sie war damals, wie so viele Missbrauchsopfer, gelähmt und nicht mehr fähig gewesen, sich zu wehren.

»Ausgerechnet ein Polizist müsste doch eigentlich wissen, was Nötigung ist und dass Nötigung kriminell und daher strafbar ist«, sagte Leonie.

»Eben weil er das wusste, wusste er auch, wie er es zu machen hat«, warf ich nun ein. »In den USA hat gerade ein Prozess begonnen gegen einen weltberühmten Schauspieler. Er soll mehr als 50 Frauen genötigt und vergewaltigt haben. Viele dieser Frauen haben schon einmal gegen ihn Klage geführt, aber es war nie zu einem Prozess gekommen. Nur ein einziger Fall von einer Frau ist noch nicht verjährt und nur dieser Fall wird jetzt verhandelt. Wer hätte denn geglaubt, dass dieser Mann imstande wäre, so etwas zu tun? Eben gerade weil er so weltberühmt war durch seine Filme, die sich so viele Familien abends am Bildschirm anschauten, hatte niemand gesehen, was er in Wirklichkeit für ein Mensch ist. Dieser Fall in den USA ist ähnlich gelagert wie die Fälle in der Organisation. Alle diese Fälle sind ähnlich gelagert. Auch dieser Schauspieler hat sich Schwächere gesucht und sie unter Druck gesetzt, genötigt und vergewaltigt. Aber nicht nur seine Ehefrau, auch viele seiner Fans hielten am Glauben an seine Fassade fest. Auch diese Organisation hat eine extra dicke Fassade um sich herum aufgebaut, die jetzt aber anfängt zu bröckeln. Die Brocken könnten bald die Betroffenen erschlagen, wenn sie fallen und nicht mehr aufhören zu fallen.«

»Dazu muss ich euch etwas sagen«, unterbrach mich Leonie. »Heute stand in der Presse, dass dieses Verfahren in den USA eingestellt wurde und der Prozess geplatzt ist. Der Schauspieler ist davongekommen, er verließ als freier Mann den Gerichtssaal. Wenn sich eine einzige Frau damals getraut hätte, ein Gerichtsverfahren gegen den Präsidenten der Organisation anzustrengen, dann hätte wie in diesem Fall Aussage gegen Aussage gestanden. Und alle betroffenen Frauen wussten das und machten keine Anzeige, sie blieben zurück mit ihrer Angst, ihrer Scham und dem Leid.«

»Immer dieser Keller. Ich möchte unbedingt mal diesen Keller sehen, der scheint wirklich interessant zu sein«, sagte Maggy.

Astrid winkte ab. »Das ist ein uninteressanter Keller, er ist wie jeder andere auch, viel Gerümpel, viele uralte Akten und Ausstellungsmaterialien für die jährliche Frühjahrsmesse. Hinter allen diesen Sachen lässt es sich gut Versteck spielen, wenn ihr versteht, was ich meine. Ich möchte diesen Keller nie wiedersehen.«

»Und seine Ehegattin hat nichts gewusst von seinen Flausen im Keller?«, fragte Leonie ungläubig.

Astrid lachte leise. »Das Wort ›Flausen‹ gefällt mir. Wir waren mal zu viert im Keller, um aufzuräumen, da stand sie plötzlich vor uns, niemand hatte sie kommen gehört. Vielleicht hatte sie Zweifel gehabt. Da wir schon einige Zeit im Keller waren, hatten wir nicht mitgekriegt, dass sie im Haus angekommen war. Sie hatte höchstwahrscheinlich Verdacht geschöpft, doch außer ihrem Mann waren noch zwei männliche Kollegen mit mir im Keller. Sie ging dann schnell wieder die Treppen hoch.

Sie war eine von diesen Ehefrauen, die zu Hause blieben und von morgens bis abends putzten, die keiner Arbeit nachgingen, das vielleicht auch nicht durften und es auch nicht brauchten. Wenn man Kinder hat, blieb man zu Hause, und abends musste zu einer bestimmten Zeit das Essen auf dem Tisch stehen, wenn der Mann nach Hause kam. Ohne Führerschein und ohne Auto konnte sie ihrem Mann nicht hinterherfahren. Aber anscheinend hat sie dann mal jemanden damit beauftragt, ihrem Ehemann hinterherzufahren, wenn er spätabends nach Hause kam. Ob die Privat-Detektei Aufklärung gebracht hat, ist mir nicht bekannt. Einen glücklichen Eindruck machte sie auf mich zumindest nicht. Ich habe sie nie lachen sehen. Immer zog sie eine Fresse, wie man so schön sagt. Angezogen war sie wie eine Putzkraft. Und sie traute ihm nicht bis vor die Haustür, das konnte ich fühlen. Dazu hatte sie ja auch guten Grund, wie wir wissen. Sie ist aber auch eine von den Ehefrauen, die sich selbst nichts eingestehen wollen, damit ihre Scheinwelt nicht wie ein Kartenhaus zusammenbricht. Man beißt eben nicht die Hand, die einen füttert.«

»Durfte er denn allein zur Toilette gehen?«, spottete Maggy.

Wir lachten und Astrid sagte: »Bis zur Toilette hatte sie vermutlich noch Vertrauen zu ihm. Ich persönlich jedoch traute ihm nicht vom Verlassen des Büros bis zur Toilette und der Weg bis dahin war nicht weit. Es war keine Frau vor ihm sicher, die nicht bei drei auf dem Baum war. Und wenn diese Frau dann einen Rock anhatte, gnade ihr Gott.«

Trotz der ernsten Sache, von der Astrid erzählte, mussten wir wieder alle lachen und das tat gut.

Sie fuhr fort: »Dann habe ich eines Tages gekündigt, ich habe das am Ende eines Monats gemacht, so erhielt ich mein letztes Gehalt, hielt allerdings keine Kündigungsfrist ein. Ich fand erst Monate später wieder eine Arbeit, über diese schwierige Zeit ohne Einkommen half mir ein früherer guter Freund hinweg.«

Astrids Bericht gab mir zu denken. »Solchen Sachen bin ich entkommen, vielleicht weil ich immer Hosen trug, als ich dort gearbeitet habe«, sagte ich und konnte erleichtert lachen.

»Dann meinst du also, die Hosen hätten dich gerettet?«, rief Marc aus der Küche. »Und wer hat in diesem Haus die Hosen an? Trinkt euren Aperitif, das hebt die Laune.« Er war so vertieft in seine Vorbereitungen in der Küche, dass er noch nicht viel von unserem Weibergeschwätz mitbekommen hat, wie er es nannte.

»Wir möchten ein Glas Wein trinken mit dir, ehe du wieder in deine

Töpfe abtauchst. Du kriegst doch nur die Hälfte mit von unserem Geschwätz, wenn du immer am Herd stehst«, rief Leonie zurück.

»Einer muss sich doch ums Essen kümmern«, rief er nun, und wir hörten es in der Küche klappern und scheppern.

Astrid erzählte nun weiter: »Seine Frau parierte, so wie er es von ihr verlangte, doch seine Kinder nicht unbedingt, und das war auch gut so. Am liebsten hätte er seine ganze Familie bei der Polizeibehörde untergebracht, doch das ging knapp daneben. An vielen Begräbnissen nahm er teil, er hatte das Bedürfnis, sich in der Kirche zu zeigen. Bestimmt ging er auch immer zur Beichte. Eine clevere Einrichtung, diese Beichte. ›Ich spreche dich los von deinen Sünden‹, so heißt es am Ende, und schon kann es erneut mit dem Sündigen weitergehen.«

Marc rief von hinten: »Bei uns zu Hause ist es genau umkehrt. Die Kinder und ich springen immer gleich, wie es meine Frau diktiert.«

Leonie schüttelte grinsend den Kopf. Und ich sagte: »Das glaubt dir niemand. Prost auf dich und deine Kinder, die nicht zugegen sind. Und nun spring mal zu uns, damit wir zusammen prosten können.«

»Und vergiss die Flasche Rotwein nicht, bitte mit Gläsern, und setz dich endlich zu uns«, ergänzte Leonie.

Marc kam aus der Küche und balancierte geschickt das Tablett mit den Rotweingläsern.

Ich hob als Erste mein Glas und sagte in Richtung Astrid: »Astrid, wir schätzen uns glücklich, dich bei uns zu haben. Lass uns zusammen das Glas erheben auf uns und darauf, dass du dich endlich lösen konntest von deiner Scham, die du schon so lange mit dir herumgetragen hast. Schuld hast du nie gehabt, nur dein Pflichtbewusstsein gegenüber deinen Kindern hat dich lange festgehalten, aber dann hast du dich endlich befreien können. Und heute Abend werden wir gemeinsam diesen vorzüglichen Rotwein in Gesellschaft guter Freunde genießen.«

»Und darauf, dass du nicht aufgibst mit deiner Suche nach Gerechtigkeit und dass du sie endlich findest und zur Ruhe kommst«, fügte Astrid hinzu.

»Auf uns alle und auf unsere Kinder, die heute nicht dabei sind«, sagte Marc.

Bisher hatten wir alle je zwei Gläser von Marcs hervorragend gemixten Cocktails getrunken und es durfte auch noch ein Glas Wein sein, ausnahmsweise. Keiner von uns hatte in seinem Leben jemals ein Problem mit Alkohol gehabt. Doch so vielen Menschen war ich schon in meinem Leben begegnet, die nach einem Schicksalsschlag zu Alkohol gegriffen hatten und nicht bemerkten, dass die Sucht sie in den Händen hatte. Man darf die Wirkung von Alkohol nie unterschätzen und den Respekt davor nicht verlieren.

Marc fuhr fort: »Unser Sohn, der sich mittlerweile für den Militärdienst entschieden hat, spielte übrigens mit dem Gedanken, Polizist zu werden. Wenn er wirklich doch noch vorhaben sollte, diesen Beruf auszuüben, muss er, sobald er in die Polizeischule eingetreten ist, unser Haus verlassen. Ich möchte keinen Polizisten in meinem Hause haben. Es gibt genug andere Berufe. Ich will damit nicht sagen, dass er gleich kriminell wird. Aber wer als Polizist für den Staat arbeitet, muss sich entscheiden, ob er seine Empathie abstellt oder in der Psychotherapie landet. Die meisten Polizisten im Dienst des Staates tun alles, was man von ihnen verlangt. Wie sollen sie auch sonst in der Hierarchie aufsteigen und Gehaltserhöhungen erhalten? Polizist zu sein, bedeutet auch, keine Freunde mehr zu haben, denn die Freunde, die sie mal hatten, wollen meistens nichts mehr von ihnen wissen.«

Wir waren alle erschrocken über seine Äußerungen, Leonie ganz besonders. »Das kannst du doch nicht machen«, sagte sie ungehalten. »Ich werde nicht dulden, dass du unserem Sohn sein Zuhause verbietest. Auch dann nicht, wenn er Polizist werden möchte.«

Marc hob die Hände wie zur Kapitulation und sagte: »Vergiss es einfach wieder. Es ist noch nicht so weit. Hoffentlich kommt es nicht dazu. Du selbst hattest bis jetzt keine Ahnung von den Berufsträumen deines Sohnes, oder? Lassen wir im Moment einfach Träume Träume sein. Aber dass unsere Tochter in letzter Zeit früh ins Bett geht, um alle Bücher zu lesen, in denen etwas mit Liebe vorkommt, das wusstest du ganz bestimmt.«

Leonie lächelte. »Das ist normal in ihrem Alter. Das haben wir alle gemacht. Frag mal in der Runde.«

»Nein, mache ich nicht, denn ihr seid sowieso alle der gleichen Meinung und also gegen mich, ihr Weiber. Die Kalbspastete mit den leckeren Zutaten wartet in der Küche darauf, dass jemand sie auf den Tisch bringt. Und beim Essen wird nicht geredet, das hat schon meine Mutter immer gesagt«, entgegnete Marc mit einem Zwinkern und sprang auf, um aufzutischen.

Das Essen war köstlich. Ich erlebte Marc das erste Mal als Koch und nahm gleich die Gelegenheit wahr, ihn zu loben. Nach dem Essen schlürften wir einen Cappuccino und durften wieder reden, obschon wir eigentlich keinen Augenblick aufgehört hatten, uns zu unterhalten. Ich sagte zu Astrid: »Es ist doch wirklich erstaunlich, wie klein das Luxemburger Land ist. Hier kennt fast jeder jeden. Doch dass ich durch eine meiner Freundinnen dich kennengelernt habe, ist erstens erstaunlich und freut mich zweitens sehr. Welch ein Zufall, dass wir beide zu unterschiedlichen Zeiten in dieser Organisation tätig waren. Das hilft mir, besser mit der Lage klarzukommen, mit dem Warten auf den Prozess, der mich noch erwartet. Ich würde gern mit dir in Kontakt bleiben.«

»Ich auch mit dir«, antwortete Astrid. »Ich bin zu dem Schluss gekommen, dass dieser Mann überhaupt keine Emotionen hat, vermutlich noch nie besessen hat. Kürzlich war im Fernsehen ein Psychologe, der über emotionale Funktionsstörungen berichtet hat. Ich glaube, dass dieser Mann auch so ein Problem hat, man nennt diese Menschen Soziopathen, bei ihnen liegt eine antisoziale Persönlichkeitsstörung vor. Diese äußert sich unter anderem in einem übersteigerten Selbstwert sowie dem Bedürfnis nach vollkommener Macht und der Herrschaft über andere …«

»Du sprichst mir aus dem Herzen«, unterbrach ich Astrid. »Ich habe in einer Zeitschrift etwas über Soziopathen gelesen. Ich weiß jetzt, dass ihr freundliches und gepflegtes Auftreten im Wesentlichen eine Maske ist. Sie landen nie in Gefängnissen oder psychiatrische Kliniken, weil sie geschickt einen stabilen Anschein von Normalität aufrechterhalten. Ihr familiärer Hintergrund, soziales Geschick sowie entsprechende Umstände erlauben es ihnen, eine Fassade der Normalität zu konstruieren. Sie lieben es, Macht und Kontrolle über andere zu haben. Ich aber war irgendwie und irgendwann seiner Kontrolle entglitten und Macht hatte er auch nie über mich haben können. Darum musste er mich loswerden und das hat er geschafft, indem er den Ausschussmitgliedern nur Unwahrheiten über mich erzählt hat. Es ist ja auch bewiesen, dass Soziopathen vollkommen aufrichtig erscheinen, während sie unverhohlen eine Lüge erzählen.«

Maggy mischte sich nun ein: »Ich sehe mir gerade die Online-Enzyklopädie auf meinem iPhone an und ich denke, dass diese Ausführung zutrifft: Soziopathen sind darin geübt, ihren Charme sowie ihre chamäleonartigen Fähigkeiten zu nutzen, um eine breite Schneise durch die Gesellschaft zu schlagen und einen Sog an ruinierten Leben hinter sich zu lassen. Trifft zu, bei denen, die wir kennen, da ist Astrid, bei dir, bei den Reinigungskräften und bei Koby. Und die berühmte geheime Zahl derer, bei denen dies auch noch zutreffen mag, ist uns nicht bekannt.«

Der damalige Vizepräsident

Was den Mann angeht, von dem du auch noch berichtet hast«, fuhr Astrid fort, »der damalige Vizepräsident, an den kann ich mich noch ganz genau erinnern. Er war auch schon bei dieser Organisation, als ich meinen Dienst damals antrat. Schon mehr als zehn Jahre muss er dort tätig gewesen sein. Ein komischer Typ dieser Mann, er kam immer verlottert und zerlumpt daher. Man hörte ihn nicht, wenn er ankam, es gab kein Geräusch an der Eingangstür, plötzlich stand er da. Mich hörte man immer, ich machte Lärm, man durfte mich ja auch hören, wenn ich ankam. Sein Bürotisch sah aus wie er selbst, unaufgeräumt und schmutzig. Die Büroschubladen waren voll mit allem möglichen Kram. Er kümmerte sich um die Bestellung von diversen Sachen. Büromaterial kaufte er grundsätzlich nur in Geschäften, bei denen er selbst irgendetwas umsonst bekam. Er freundete sich an mit den Geschäftsführern und mit dem Lagerpersonal, holte auch selbst das bestellte Büromaterial ab und stapelte in seinen Schubläden alle diese kleinen Dinge, die kleine Geschenke waren. Kugelschreiber, Bleistifte, Kalender über die vergangenen Jahre, kleine Rechner, Mousepads und vieles mehr lagen da rum. Immer wenn er etwas umsonst haben konnte, nahm er es mit. Keine einzige kostenlose Weinverkostung in den Kellereien und in den Supermärkten ließ er sich entgehen, ein Schnorrer war er.

Ich selbst hatte keinen Schreibtisch mit Schubläden, er hatte sogar einen mit abschließbaren Schubläden. Einmal hatte er vergessen, die Schubläden abzuschließen. Sie waren auch so voll, dass ein Teil des Krams nicht mehr hineinpasste und auf den Boden gefallen war. Ich hob alles auf und legte es in die Schubläden zurück. So habe ich festgestellt, welchen Ramsch und Unrat er dort sammelte.

Einmal hatte ich mich angeboten, ihn zu Hause abzuholen, weil sein Auto in der Werkstatt war. Auch dieses Auto war stets voll mit Müll, er als Fahrer hatte gerade genug Platz, sonst gab es keinen Platz mehr für jemanden. Er wohnte zur Miete in einem möblierten Zimmer im ersten Stock eines Gasthauses. Um dorthin zu gelangen, musste er über eine Treppe hochsteigen, das hatte er mir gesagt. Da ich unten keine Klingel fand, stieg ich die schmutzige Treppe hoch, vorbei an elektrischen Drähten, die frei in der Luft hingen, und einer nagelneuen Fernsehantenne. Auch hier war keine Klingel, ich klopfte an die Tür. Nur einen Spalt breit wurde sie geöffnet, er schaute heraus und sagte, er käme gleich. Die Tür weiter zu öffnen, wäre nicht möglich gewesen, weil ihn so viele Sachen, die im Zimmer herumstanden, daran hinderten. Doch der eine Blick, den ich ins Innere warf, genügte mir, um das Chaos zu sehen. Ein Bett stand da, voll bepackt bis zur Decke mit allerlei Zeug. Eigentlich musste er ein Messi sein, das soll ja eine ganz schlimme und bedauernswerte Sache sein.

Wie so oft schon hatte er eines Tages unter Alkoholeinfluss seinen Wagen nach Hause gefahren und war in eine Polizeikontrolle geraten. Wenn er nicht die nötigen und richtigen Kontakte gehabt hätte, wäre der Lappen weg gewesen. Sein Argument vor Gericht war, dass er seinen Führerschein bräuchte, um weiter bei der Organisation ehrenamtlich aktiv zu bleiben. Doch das mit der Pädophilie ist mir nie zu Ohren gekommen. Dass er Frauen hasste, das spürte ich eher. Er selbst hatte weder Frau noch Kinder. Er blieb abends sehr lange im Büro, niemand wusste, wann er eigentlich nach Hause ging und ob er vielleicht im Büro schlief. Auf jeden Fall waren die Büros geheizt und eine Toilette gab es auch, alles Nötige wäre da gewesen. Und er hatte es dort höchstwahrscheinlich gemütlicher als bei sich zu Hause.

Als ich zufällig eines Abends am Gebäude vorbeifuhr, sah ich ihn in eine Gaststätte einkehren, so um 22.00 Uhr. Das war nicht verboten, doch auf der Präsenzliste von diesem Tag hatte er 24.00 Uhr eingetragen. Sollten wir jetzt alle glauben, dass er bis Mitternacht im Büro geblieben war? Und wenn ja, was machte er noch um diese Zeit dort, der Bereitschaftsdienst war ja längst zu Ende? Von diesem Tag an glaubte ich ihm gar nichts mehr, was die Präsenz anbelangte. Die anderen konnte er anlügen, doch mich nicht mehr.

Er machte sich eine Gewohnheit daraus, bei den Mitgliedern zu Hause aufzukreuzen, und bekam des Öfteren das Geld für die Mitgliedschaft. Es dauerte Wochen, ehe er dann mit dem Geld herausrückte. Tickets für sportliche Veranstaltungen, für die Militärmusik, für Rundfahrten per Fahrrad verkaufte er. Es war ein Hansdampf in allen Gassen. Dass er in so vielen Wohltätigkeitsvereinen tätig war, das war schon komisch. Doch wenn ich zurückdenke, dann kann ich mir heute vorstellen, dass er genauestens Bescheid wusste, was im Keller alles passierte. Jetzt erst schlussfolgere ich, dass diese beiden Männer, Präsident und Vizepräsident, vieles voneinander wussten, was sie so trieben, jeder für sich, und keiner verriet den anderen. Nur als diese Sache mit der vermeintlichen Pädophilie-Affäre drohte aufzufliegen, bekam der Präsident wohl Angst um sein eigenes Image. Vergesst nicht, dass ein Soziopath ein riesiges Ego hat, der ist so mit sich selbst beschäftigt, dass er sich nicht um andere kümmert.«

»Du hast ihn ganz gut beschrieben, diesen Mann. Vieles habe ich gewusst, doch so im Detail nicht.« Ich seufzte und sah in die Runde. »Vergesst bitte nicht, dass in drei Wochen mein Gerichtsprozess stattfindet. Ich möchte nicht, dass ihr mich begleitet, doch gleich danach müssen wir uns sehen«, bat ich.

In der Zwischenzeit war es schon sehr spät geworden. Marc brachte uns allen noch einen starken Cappuccino, den wir mit Genuss schlürften. Als es klingelte, wurde Astrid abgeholt. Wir umarmten uns und wir wollten uns auch in Zukunft nicht aus den Augen verlieren.

Das Justizgebäude

Das imposante Justizgebäude mit seiner Marzipanfassade wirkte erdrückend. Der Grundstein zum neuen Justizgebäude, das den Namen Cité Judiciaire tragen sollte und heute auch so heißt, wurde am 7. Oktober 2003 gelegt. Der damalige Luxemburger Bautenminister verteidigte das von zwei Architektenbrüdern vorgelegte Projekt zur Cité Judiciaire und gab seiner Errichtung auf dem Heilig-Geist-Plateau in Luxemburg den Vorzug. Der Bautenminister wollte mit dieser Auswahl den zwei international bekannten Architekten eine Chance geben, ihr Talent auch einmal in Luxemburg unter Beweis zu stellen. Außerdem war er der Meinung, die Cité Judiciaire sei ein gutes Konzept: erstens weil sie sich besser in das Stadtbild einfügte als ein riesengroßer Palast, zweitens weil sie in seinen Augen eine offenere, transparentere Justiz symbolisiere. Inspirieren ließen sich die beiden Architekten von einem zu Kriegszeiten lebenden Generalbauinspektor, der unter anderem gigantomanische architektonische Konzepte für den Umbau Berlins nach römischem Vorbild entwickelte. Ein Kollege in Berlin stellte den Kontakt zu diesem Mann her und im gleichen Jahr waren die beiden Architekten bei ihm in seinem Haus im Allgäu.

Sie distanzierten sich später von seinen Bauten, die pompös gewesen seien, eine Unterdrückungsarchitektur. Sie wussten auch, dass er beteiligt war am Bau von Konzentrations- und Massenvernichtungslagern, und dass er zahlreiche Monumentalbauvorhaben zu Kriegszeiten leitete. Auch sollten die Bauten dieses Architekten die Macht sichtbar werden lassen. Die »Große Halle«, das Architekturprojekt des damaligen Generalbauinspektors, sollte die Macht des Großdeutschen Reiches für alle anderen Nationen sichtbar werden lassen und die Macht des NS-Staates gegenüber der eigenen Bevölkerung demonstrieren.

Die beiden jungen Architekten sahen in diesem Mann ein architektonisches und städtebauliches Genie. Trotzdem war es für die beiden jungen Architekten unvorstellbar, dass dieser würdige Herr, der Architekt und Stadtplaner im Zweiten Weltkrieg, einer der brutalsten Massenmörder der Geschichte war.

Nahm man die Unterdrückung weg, waren alle seine Bauten als fantastische Touristenattraktionen, als Weltwunder zu sehen. Noch bevor das neue Gerichtsgebäude in Luxemburg fertiggestellt war, wurde es damals von vielen Menschen »Gerichtsfestung« oder »Verwaltungsghetto« genannt.

Warum ich das erzähle? Weil ich schon bald vor genau diesem Gebäude stehen sollte. Drei Wochen waren vergangen, da brachte der Briefträger mal wieder ein Einschreiben, es war von der Justizbehörde in Luxemburg und es war die Vorladung zu meinem Gerichtsprozess. Also brauchte ich nicht nachzufragen, um welche Angelegenheit es sich handelte. Maggy hatte ich am Telefon erreichen können und sie konnte mir Mut zusprechen. Nach 30 Minuten Telefongespräch sah ich der ganzen Sache gelassener entgegen. Und ich würde in Begleitung meines Anwalts vor Gericht erscheinen. Doch als ich dann vor diesem imposanten Justizgebäude mit seiner Marzipanfassade stand, beschlich mich ein komisches Gefühl. Dieses Gebäude war doch erst in jüngster Zeit erbaut worden und trotzdem sah ich mich plötzlich in eine Kriegszeit versetzt, in der ich zum Glück nicht gelebt hatte. Ich sagte mir, dass in einem Justizgebäude, das so aussieht wie Bauten aus dieser Zeit, vielleicht auch ein Justizwesen wie aus dieser Zeit arbeitet. Das Gefühl, dass dieses Gebäude mich erdrückt, ließ mich auch später nie mehr los, Macht und Unterdrückung waren hier sehr präsent.

Der Innenhof war voller Menschen, die herumstanden und glotzten. Sie schienen voller Erwartung auf irgendetwas. Parolen wurden gerufen und laute Zurufe hallten durch den Innenhof. Ich blickte in unzählige Kameras, an denen ich bekannte Namen von inländischen sowie ausländischen Radio- und Fernsehsendern sehen konnte. Ich bahnte mir einen Weg durch diesen Menschenauflauf. Fernsehteams und Reporter aus aller Welt waren da, aber ich kannte den Anlass nicht. Dann blieb ich vor der Mauer des Gerichtsgebäudes stehen, es blieb mir nichts anderes übrig zwischen all diesen Schaulustigen, die sich hier eingefunden hatten. Es blieb kaum Platz zum Stehen. Du glaubst doch wohl nicht, dass diese Kameras dir gelten, fuhr es mir durch den Kopf und im selben Augenblick konnte ich nicht mehr vor lauter Lachen. Aber nein, natürlich nicht, es war der erste Tag des Luxleaks-Prozesses. Die Enthüller standen heute vor Gericht. Wochenlang hatten die lokalen Zeitungen über diesen bevorstehenden Prozess berichtet. Heute wurde nun den drei Schlüsselfiguren der »Luxleaks«-Veröffentlichungen über legale, aber sehr fragwürdige Steuerdeals die Rechnung präsentiert. Vor drei Richtern des Luxemburger Bezirksgerichtes mussten sich ehemalige Mitarbeiter einer Steuerberatungsfirma verantworten. Viele Menschen waren zu ihrer Unterstützung vor dem Justizgebäude erschienen. Und auch viele Politiker, die auf der europäischen Bühne bekannt waren, hatten diesen drei ihre Unterstützung ausgesprochen.

Nun wusste ich auch, warum ich so lange herumfahren musste, um eine Parklücke zu erhaschen. Die Menschheit brauchte ja immer wieder Skandale, um sich darüber unterhalten zu können, dieser Menschenandrang zeugte davon. Eine Unterstützung von so vielen Menschen hatte ich in meinem Fall nicht erwartet und die würde es wohl auch nicht geben für mich.

Erster Tag meines Gerichtsprozesses

Da ich frühzeitig am Justizgebäude angekommen war, blieb mir noch Zeit, um im Lokal nebenan einen Espresso zu trinken. Und noch immer strömten Menschen in den Innenhof des Justizgebäudes. Alle waren zu Fuß gekommen, es blieb ihnen auch nichts anderes übrig, denn es gab keine Buslinie zu dieser Adresse. Während ich dem bunten und lauten Treiben draußen zuschaute und an der Fensterscheibe des Lokals die Leute mit großen Schildern und Spruchbändern vorbeizogen, sah ich den Präsidenten mit seiner Gattin vorbeigehen. Sogar zum Gerichtsprozess begleitete sie ihn, sie wollte heute alles mitkriegen. Die beiden wollten doch bestimmt nicht zum Luxleaks-Prozess.

Sicherheitskontrollen in Justizgebäuden gibt es in vielen Ländern. Luxemburg hat sich schwergetan damit, doch es gibt sie auch hier seit geraumer Zeit. Das wurde aber auch höchste Zeit, denn wie oft gab es schon Schießereien in Justizsälen nach einem Urteilsspruch. Ich betrat das Gerichtsgebäude, mein Anwalt war noch nicht eingetroffen. Direkt hinter dem Eingang des Justizgebäudes stand ich in einer kleinen Warteschlange, die sich gebildet hatte, weil zwei Männer nicht damit einverstanden waren, die Sicherheitskontrolle zu passieren. Bis zum heutigen Tag hatten die wohl noch nie eine Flughafen-Sicherheitskontrolle passiert. Ein Sicherheitsbeamter klärte die beiden auf, dass das Handgepäck auf das Laufband gelegt werden müsse und dass sie selbst durch die Sicherheitskontrolle gehen müssten.

Nachdem ich die Treppen hochgestiegen war, um zu dem auf meiner Vorladung angegebenen Gerichtssaal zu gelangen, ging ich an einer Sitzbank vorbei. Da saßen sie, die beiden, hatten schon vor dem Gerichtssaal Platz genommen. Sie wollten wohl auf keinen Fall zu spät sein, und so wusste ich gleich, in welchen Gerichtssaal ich mich begeben sollte. Dass er sehr oft Frauen zum Justizgebäude begleitete, um ihnen die Gelegenheit zu geben, den Gerichtssaal in Augenschein zu nehmen, um ihnen die Angst zu nehmen, daran konnte ich mich auch erinnern. Auch ich wurde heute von ihm begleitet, nur allerdings auf eine weniger schöne Art. Was hatte diesen Mann geritten, mich so herabzuwürdigen, zu verleumden und zu beleidigen? Heute würde es die Krönung vom Ganzen geben.

Den langen Gang mit den Holzbänken vor den Gerichtssälen ging ich auf und ab. Nun erkannte ich den Mann, der ein bisschen abseits stand. Das war doch der Kripobeamte, bei dem ich die Anhörung hatte. Alle drei schauten in eine andere Richtung, keiner hob den Blick. War auch gut so, denn meinem Blick hätten sie bestimmt nicht standgehalten.

Dann kam sie. Mein Puls raste, das Blut pochte in den Schläfen und ich hatte die Befürchtung, dass mein Herz einfach stehen bleiben würde, während in meinem Kopf ein einziger Gedanke zu explodieren drohte: Das war einfach unmöglich, ich muss mich irren. Doch sie war es, die Präsidentin des Sportvereins kam die Treppe des Gerichtsgebäudes herauf. Von oben sah ich sie kommen, sie sah mich an, spöttisch, und ich wich ihrem Blick nicht aus. Fassungslos drehte ich mich um, mein Herz pochte bis in die Stirn, in meinen Ohren dröhnte es. Wie betäubt stand ich da, ich vernahm nichts um mich herum. In mir war nur ein Gedanke: Nicht nur, dass sie zu dieser Versammlung eingeladen worden war und über mich und Koby böse Lügen in die Welt setzen würde. Sogar über meine Familie hatte einiges in der Berichterstattung gestanden, und nur bitterböse, unwahre Geschichten. Nein, sie kam zum Gerichtsprozess, was wollte sie hier, was machte sie hier? War sie als Zeugin geladen und wenn, warum und wozu? Während mir diese Gedanken durch den Kopf gingen, sah ich, wie sie zum Präsidenten trat. Sie begrüßte das Präsidentenpaar, dann unterhielten sie sich intensiv.

Ich fuhr zusammen, als jemand mich am Arm berührte, es war mein Anwalt. Ich hatte nicht bemerkt, dass er angekommen war. Ich war auch noch immer wie betäubt, unfähig zu hören, was er mir sagen wollte. Ich sah nur seine Lippen, die sich bewegten. Mein Herz hörte nicht auf zu pochen, ich musste mich setzen. Das war schlimmer als ein Schlag ins Gesicht. Ich fühlte mich klein, hilflos, da waren zwei Organisationen gegen mich, das konnte nichts Gutes bedeuten. Ich sah, dass die Präsidentin des Sportvereins und der Präsident der Vereinigung sich noch immer unterhielten. Sie hatten sich viel zu erzählen, dann betrat ich den Gerichtssaal mit dem Rechtsanwalt. Mein Zeuge war gerade eingetroffen und der Kripobeamte saß schon da. Ich setzte mich so, dass ich den Präsidenten ansehen konnte, er schaute natürlich nicht in meine Richtung. Ich nahm ein Buch aus meiner Handtasche und begann zu lesen. Mein Rechtsanwalt hatte mir gerade gesagt, er würde noch mit meinem Zeugen draußen auf dem Gang sprechen. Es saßen noch einige Personen im Gerichtssaal, es fanden wohl mehrere Prozesse in diesem Saal statt. Alle warteten in diesem hohen Gerichtssaal mit den vielen grauen Stühlen, auf denen es sich recht unbequem saß, auf das, was kommt.

An den Bänken vor uns waren Mikros angebracht. Ich nahm an, dass diese Plätze für die Presse vorgesehen waren. Auf jeden Fall waren sie leer. Ganz oben war das Richterpult aus Holz, außerdem gab es drei Stühle, der mittlere Stuhl sah schöner aus und war höher. Hinten an der Mauer war eine Tür, da mussten die Richter wohl reinkommen. Es gab hohe Fenster bis zur Decke, doch man konnte keinen Blick nach draußen werfen. Es war kein sehr großer imposanter Saal, die Wände waren schlicht weiß. Ich warf einen Blick zur Decke, die sehr hoch war, der Raum war, Gott sei Dank, gut gekühlt.

Ein Gerichtsdiener beugte sich zu einem Polizisten, der auf der rechten Seite des Gerichtssaals saß. Er teilte diesem etwas mit, und mein Anwalt winkte mich zu sich und wir verließen den Gerichtssaal. Die Luxemburger Justiz war Opfer geworden der Verkehrsstaus. Für einmal fehlten nicht nur kranke Angeklagte, abwesende Zeugen und verspätete Anwälte, sondern auch zwei Richter waren nicht pünktlich erschienen. Und so konnten unsere Magistraten einmal am eigenen

Leib erfahren, was es für den armen »Justiciable« bedeutete, wenn er mit den Grenzgängern aus allen Himmelsrichtungen morgens versuchen musste, pünktlich vor dem Kadi zu stehen, um ja nur nicht verdonnert oder sogar in Abwesenheit abgehandelt zu werden. So konnte die Gerichtsverhandlung erst später beginnen.

Es tat gut, mit dem Anwalt noch einige Wörter zu wechseln, obschon mir der Kopf dröhnte. Ich hatte auch nicht genügend Zeit, um ihm die nötigen Erklärungen zur Anwesenheit der Präsidentin des Sportvereins zu geben. Ich bat ihn nur, mich zurückzuhalten, falls irgendein Zeuge auftauchte, um auszusagen über irgendwelche Verfolgungen, Beschädigungen von Autos, Objekten oder andere Sachen. Denn dann wäre klar, dass dieser Zeuge gekauft worden wäre, und zwar vom Präsidenten höchstpersönlich. Dann könnte ich nicht mehr an mich halten und würde zur Mörderin werden, dazu bräuchte ich auch keine Waffe. Aufgewühlt betrat ich mit dem Anwalt den Gerichtssaal und gleich danach betraten die Richter den Gerichtssaal. Alle Anwesenden standen auf, das ist eine Respektbekundung für die Richter, wie es üblich ist seit ewigen Zeiten. Die Richter konnten meine Gedanken nicht lesen, meine Gedanken waren frei und gehörten mir. Sollte ich irgendeine Strafe bekommen in diesem Saal von dieser Vorsitzenden Richterin, dann würde ich mein Leben lang nicht mehr aufstehen in einem Gerichtssaal, selbst nicht beim Eintreten aller Richter der Welt.

Es gab die Vorsitzende Richterin und zwei junge Richterinnen sowie eine weitere Frau, das musste die Protokollführerin sein, auf der rechten Seite. Die drei Richterinnen trugen einen weiten schwarzen Umhang, darunter konnten sie ihre Figur gut verstecken. Links saß ein Mann, ebenfalls in einem schwarzen Gewand. Nach dem Personencheck fragte mich die Vorsitzende Richterin nach der Höhe meines Ruhegeldes. Als ich zur Antwort gab, dass ich das nicht genau wüsste, sah ich, dass die junge Richterin zu ihrer Rechten verächtlich und halblaut anfing zu lachen. Das fand ich sehr unpassend. Der Staatsanwalt, der auf der linken Seite saß, fing an zu reden und ich verstand ihn nicht und fragte nach, was er wissen möchte. In diesem Moment wusste ich noch nicht, dass er der Staatsanwalt war. Es war das erste Mal, dass ich vor Gericht erschien, und ich wusste nicht, wie die Plätze hinter diesem hohen Holzpult vergeben waren. Die Richterin klärte mich auf, wer der Mann sei; und ich sagte mir: Wenn dieser affektierte, arrogante Bubi mit den kurzen schwarzen Haaren der Staatsanwalt ist, dann kann es ja heiter werden. Ich wusste auch noch immer nicht, was er denn gesagt oder gefragt hatte. Höchstwahrscheinlich führte er ein Selbstgespräch. Was die Höhe meines Ruhegeldes anginge, sagte ich dann, ich würde dem Gericht dies schriftlich mitteilen. Ich wurde von der Richterin angewiesen, auf der linken Seite des Raumes auf einer Bank Platz zu nehmen.

Alle Zeugen mussten den Raum verlassen, eine Zeugin blieb. Das war die Psychiaterin, die Richterin rief sie in den Zeugenstand. Ich hatte sie nicht gesehen, als sie den Gerichtssaal betreten hatte. Wie das so üblich ist, musste sie die rechte Hand heben für den Eid. Sie berichtete über das psychiatrische Gutachten, das sie über mich erstellt hatte. Ich wäre voll verantwortlich für meine Taten. Ich hätte zugegeben, diese Schreiben verfasst zu haben, und auch, dass ich ein bisschen übertrieben hatte mit dem Schreiben. Doch ich hätte den anonymen Brief über den Präsidenten und die Putzfrau nicht geschrieben. Ich müsste mich in Zukunft darum kümmern, dass die mir zugefügten Wunden verheilen. Das könnte im Rahmen einer psychologischen oder psychiatrischen Behandlung passieren. Hätte die Psychiaterin vor Gericht ausgesagt, ich wäre nicht verantwortlich gewesen für meine geschriebene Post, dann hätte mich der Weg womöglich in eine geschlossene Psychiatrie geführt. Ihr wurden nur einige Fragen gestellt und sie verließ dann den Zeugenstand und den Gerichtssaal.

Der diensthabende Polizist ging nach draußen und der nächste Zeuge trat in den Saal. Es war der Kripobeamte, bei dem meine Anhörung gewesen war. Die Richterin sagte, dass er schwören solle, die Wahrheit zu sagen und nichts zu verschweigen, was zur Wahrheit beitragen könnte. Er hob die rechte Hand und sagte: »Ich schwöre.« Dann begann er über das ganze Dossier zu berichten. Von meinen »vielen« Schreiben berichtete er und las vor, was ihm am wichtigsten war. Dass ich mit meinen Schreiben aufmerksam machen wollte auf die Führung einer Organisation, in der allein nur der Präsident die Entscheidungen trifft und dumme Mitläufer immer nur nickten, außer mir, kam nicht zur Sprache. Auch Details, die in meinen Augen positiv waren, ließ er einfach weg. Von dem Antwortschreiben der Muttergesellschaft aus Deutschland, das eigentlich nur zu meinen Gunsten hätte ausgelegt werden können und müssen, sagte er nichts.

Der Bericht dauerte ganze zwei Stunden, sodass ich mich fragte, ob er den Richtern die komplette Akte vorlesen musste. Die Vorsitzende Richterin unterbrach ihn ein einziges Mal, um zu sagen, dass das Gericht sich glücklich schätzte, dass die Kripobeamten so gute Arbeit leisten und dem Gericht damit zur Seite stehen würden.

Das Mineralwasser, das ich dabeihatte, hatte ich bereits getrunken, aber ich hatte plötzlich furchtbaren Durst. Ich versuchte mich abzulenken, denn ich hatte außerdem ein Bedürfnis, dass es überall in meinem Körper nur so kribbelte. Und zwar das Bedürfnis, diesem Kripobeamten mit voller Wucht eine runterzuhauen. Ich sagte mir immer wieder: Nein, das machst du nicht, auf gar keinen Fall.

Während der Kripobeamte las und las, konnte ich mir die Zeit nehmen, die Wände des Gerichtssaales zu inspizieren. Kameras konnte ich keine sehen, doch es mussten welche da sein. Ich konnte mir vorstellen, dass hinter dem Holzpult, hinter dem die Richter saßen, sodass die im Saal sitzenden Personen nur ihre Köpfe und einen Teil ihres schwarzen Umhanges sahen, Kameras angebracht waren. Eigentlich sahen sie da oben alle aus wie Gespenster, nur in Schwarz. Die Kameras dort oben waren bestimmt nur für die Richter gedacht, sodass sie die Personen, die vor Gericht erschienen, von ganz nahe sehen konnten. Meinen Blick, meine Reaktionen, meine Nervosität, alles konnten die da oben von ganz nahe verfolgen. Aber es mussten noch weitere Kameras angebracht sein. Die Decke war so hoch, da konnte man von unten nichts feststellen. Doch der Justiz entging in diesem Raum nichts.

Irgendwann schrieb ich trotzdem eine SMS, um meinen Freundinnen mitzuteilen, dass es eine lange Sitzung werden würde. Das dürften die Kameras wohl aufgenommen haben. Warum dachte ich wieder so negativ? Dann schaute ich auf – waren da nicht Worte gefallen, die ich kannte? Ich hörte den Titel meines Buches: »Mein Gang durch die Hölle«. Von meinem ersten Buch war nun die Rede, auch vom Verlag, und dann wurde Kobys Name erwähnt. Da wurde ich hellwach und war wieder bei der Sache. Der Staatsanwalt hielt einen Zettel in die Höhe, ich erkannte den Flyer an der roten Farbe, der Flyer zu meinem Buch. Er sagte irgendetwas über das Buch. Ich konnte ihn wieder nicht verstehen, sprach er neben sein Mikro oder funktionierte es nicht? Wer hatte ihm den Flyer gegeben? Der Kläger, wer denn sonst? Und was hatte der Flyer in diesem Gerichtssaal zu tun?

Der Kripobeamte sagte weiter, dass in diesem Buch viele Absurditäten stünden, die es einfach nicht gegeben hätte. Aber wie konnte er das wissen, war er dabei? Er sprach weiter vom Inhalt des Buches. Unter anderem wäre dort zu lesen, dass Jugendliche, darunter Koby, eingesperrt gewesen wären in einem Kühlhaus und man hätte sie an Fleischhaken in der Kühlzelle aufgehängt. Mir stockte der Atem, ein stechender Schmerz durchzuckte meinen Kopf. Und plötzlich sagte ich laut: »Das stimmt doch gar nicht, so steht das nicht im Buch.«

Der Kripobeamte schaute spöttisch zu mir herüber und fuhr einfach fort mit einer anderen Stelle im Buch, die er so verdrehte, dass sie zu seinem Urteil über mich passte. Ging es nun darum, Koby und mich vor Gericht lächerlich zu machen? Zwei Fliegen mit einer Klappe, das war ja immer gut. Dabei hatte dieser Kripobeamte bei meiner Anhörung gesagt, dass man Koby nicht in diese Gerichtssache einbringen würde. Dann ging es auf einmal lauter weiter. Die Richterin fragte, was das denn für ein Buch sei; und der Beamte sagte, dass in diesem Buch stünde, dass es sich um eine wahre Geschichte handeln würde.

»Eine wahre Geschichte«, wiederholte die Richterin sichtlich erstaunt. »Haben Sie denn das Buch gekauft?«, fragte sie den Kripobeamten. »Ich habe es mir ausgeborgt von jemandem«, antwortete er. Hatte er das Buch wirklich gelesen? Und wenn er es gelesen hatte, dann kann er doch in keinem Fall gelesen haben von Jugendlichen, die an Fleischhaken hingen. Dieses Detail muss er erfunden haben, um das Buch als nicht glaubwürdig hinzustellen, und ich als Autorin sollte aussehen, als hätte ich meiner Fantasie freien Lauf gelassen. Komisch war, dass er nur von dieser einen Sache redete, über alle anderen Begebenheiten im Buch verlor er kein einziges Wort. Er war sich irgendwie sicher, dass die Richterin das Buch nicht gelesen hatte. Hätte sie doch nur das Buch gelesen, sagte ich mir, dann würde sie feststellen können, dass seine Geschichte nicht stimmte.

Der Kripobeamte stand unter Eid und hatte gerade seine erste Lüge aufgetischt. Und verschwiegen hatte er überhaupt alles, was zu meiner Entlastung beigetragen hätte. Und das soll eine faire Wahrheitsfindung sein? Und dann kam noch eine Lüge über seine Lippen, als er sagte, ich hätte unbedingt eine Kopie dieses anonymen Briefes gewollt, doch man hätte mir diese nicht gegeben, da ich doch den Brief zu Hause hätte. Ich hatte diesen Brief niemals in den Händen, er wurde vorgelesen, das war alles.

Und jetzt mischte sich die Präsidentin des Sportvereins in das Gespräch mit dem Kripobeamten ein, einfach so und sehr laut. Warum ergriff diese Frau das Wort? Sie war doch nicht als Zeugin geladen, oder? Warum wurde ihr nicht von der Richterin gesagt, sie solle den Mund halten? Niemand hatte sie etwas gefragt. »Diese Sache ist zur Untersuchung bei einer Polizeibehörde«, sagte sie. »Das Buch kann man übrigens in allen Buchhandlungen erwerben.«

Das hast du schon rausgekriegt, dachte ich, du bist doch sehr klug. Dann dachte ich an meine Werbung, die ich so oft schon an offiziellen Stellen ausgehängt hatte. Immer wieder verschwanden die Flyer, die ich an verschiedenen Aushängeplätzen, die für so etwas vorgesehen waren, angeklebt, angenagelt oder angetuckert hatte. Vielleicht war sie das gewesen, die meine Werbeflyer immer abriss und in den Müll warf. Aber wohl eher nicht, denn sie machte sich die Hände nicht schmutzig, dafür hatte sie ihr Fußvolk. Ich hatte eine solche Lust, laut in den Gerichtssaal zu schreien, doch ich hielt mich weiter zurück. Man wollte mich heute nur herausfordern, das stand fest. Doch ich war ziemlich am Ende meiner Kraft und mein Wille, irgendetwas machen zu müssen, um dem Ganzen ein Ende zu setzen, nahm zu. Doch man würde meinem Gesicht nichts von meiner Pein ansehen, die mich innerlich lähmte.

Sie wandte sich weiter dem Kripobeamten zu, beide schienen genau zu wissen, um was es sich jetzt handelte, doch ich wusste es nicht. War schon wieder eine Anzeige, eine Klage gegen mich losgetreten worden? Das war mein erster Gedanke. Hatte sich die Präsidentin des Sportvereins auch das Buch ausgeliehen oder hatte sie es gekauft? Hatte ihr Geld vielleicht gerade noch dafür gereicht? Ich lenkte mich ab mit diesem spöttischen Gedanken, denn mir war bewusst, dass sie mit ihrem Vermögen das ganze Gerichtsgebäude hätte kaufen können, noch heute, hier und auf der Stelle.

Je mehr die beiden diskutierten über das Buch und über Koby, über den es doch in diesem Prozess nicht gehen sollte, desto schriller wurden die Töne von der Präsidentin des Sportclubs. Wer hatte sie vor Gericht geladen? War es der Polizist im Dienst oder der Polizist im Ruhestand gewesen? Es waren beide gewesen, die Justiz war es mit Bestimmtheit nicht, sonst wäre sie als Zeugin geladen gewesen. Auf jeden Fall schienen die Präsidentin und der Kripobeamte Verbündete zu sein. Das spürte ich einfach und die vielsagenden Blicke sagten mir alles. Es war mir auch nicht entgangen, dass der Kripobeamte den Präsidenten nun duzte, die beiden kannten sich also. Es wäre seine Pflicht gewesen, sachlich und neutral zu sein und zu bleiben. Und die Vorsitzende Richterin sagte nun, man wäre nicht in diesem Saal, um über dieses Buch zu urteilen, sondern in einer ganz anderen Sache.

Der Kripobeamte hatte das Vorlesen der Akte beendet und die Richterin wies den an der Tür sitzenden Polizeibeamten an, den nächsten Zeugen in den Zeugenstand zu rufen.

Es war der Kläger selbst, der jetzt den Gerichtssaal betrat. Vor dem Richterpult hob er die rechte Hand und leistete einen Eid vor der Vorsitzenden Richterin. Ich würde später meine Freundinnen fragen, ob es diese Richterin war, die hier am Richterpult saß, die vor Jahren als »Luxemburgerin des Jahres« gewählt wurde. Sie musste diese Richterin aus diesem berühmten Jahrhundertprozess sein, der seit 30 Jahren andauerte und noch immer nicht zu einem Ende gekommen war. Die wahren Schuldigen waren noch nicht gefunden. Doch in diesem Prozess würde sie einen Schuldigen finden, das stand für mich fest, sobald ich vor ihr stand.

Der Kläger fing damit an, dass er schwer krank gewesen sei. Von meinem Platz aus konnte ich ihn sehr schlecht verstehen und er sprach sehr leise. Eine Piepsstimme hatte er aufgesetzt, der Arme. Wollte er vor Gericht Mitleid erregen? Er hätte Probleme mit dem Herzen, von den Ohren sagte er auch etwas. Hatte er doch schon immer gehabt, diese Probleme mit den Ohren. Das war mir nicht neu. Er hatte schon immer nur gehört, was er eigentlich hören wollte. Wenn er irgendetwas nicht hören wollte, wies er immer auf sein schlechtes Gehör hin. Endlich, er hatte es geschafft, ich entdeckte ein Hörgerät an seinem Ohr. Er schien mir sehr gealtert, wie ein Greis kam er mir vor. Um ein Jahrhundert gealtert, hätten meine Freundinnen spöttisch bemerkt, hätten sie ihn gekannt. Die Richterin stellte dem Kläger Fragen zu meiner Arbeit, die ich in der Organisation geleistet hatte. Dass ich doch auf Antwort gewartet hätte auf meine Briefe, sagte sie und fügte spöttisch hinzu: »Hiermit haben Sie ja nun geantwortet.« Sie hielt die Akte hoch.

»Sie hat viel gearbeitet. Sie war Tag und Nacht präsent«, sagte der Präsident.

Tag und Nacht? Das stimmte nicht. Ich war in der Nacht nie präsent gewesen, nicht ein einziges Mal. Und dass ich gute Arbeit geleistet hätte, sagte er nicht. Das hatte er sich gut überlegt. Aber hier ging es ja auch nicht darum, mich zu loben für meine getane Arbeit. Wie auch immer, es blieb bei dieser einzigen wahren Antwort, die er von sich gab vor der Richterin.

Die nächste Frage lautete: »Kennen Sie Koby?«

Ja, den kannte er. Was sollte diese Frage? Es geht doch um mich, heute vor Gericht, Frau Richterin. Sie haben es selbst gesagt.

Dann die erste Lüge, als sich die Richterin nach der Putzfrau erkundigt. Er sagt: »Sie hat sich nie mit dieser Frau, die als Putzfrau in der Organisation arbeitete, verstanden. Die beiden waren immer im Streit miteinander.«

Die Antwort der Richterin: »Das hat man manchmal. Das gibt es überall.«

Dass die Richterin in dieser Sache eher auf meiner Seite war, stellte ich in dem Moment fest. Doch es war eine Lüge. Er selbst hatte immer mit dieser Putzfrau gestritten. Er hatte dann auch einmal zu mir gesagt, wir müssten sie so nehmen, wie sie halt ist. Sie solle doch arbeiten, wie sie möchte, sie würde sowieso tun, was sie wollte. Er war überhaupt nicht zufrieden mit ihrem Saubermachen. So hatte er mir das erzählt, mehr als einmal.

Die Richterin sagte weiter, was im Keller passiert wäre, das ginge nur ihn selbst etwas an. Wenn noch jemand das Recht hätte, dies zu wissen, dann wäre das wohl seine Frau. Er nickte bejahend, doch ihm war dabei bestimmt nicht gut zumute. Dann kam die Geschichte mit dem Kastenwagen der Vereinigung, den ich beschädigt haben soll. Das Mitglied, das in der Nähe wohnte, hatte die Schramme am Wagen entdeckt, und zwar in dem Moment, als ich meine SMS versendet hatte: »Einen schönen Gruß vom Wagen«. Dieses Mitglied des Ausschusses war in der Zwischenzeit auch weggegangen von der Vereinigung, wahrscheinlich auch im Streit, so wie alle vorher.

Die Richterin fuhr fort: »Das Auto hätte doch einer offiziellen Angelegenheit gedient, einer Fahrt zur Justizbehörde in Lüttich. Warum gaben Sie denn nicht die Einwilligung für die Nutzung des Wagens?«

»In welchem Zustand hätte ich dann diesen Wagen zurückbekommen?«, antwortete er in einem aufbrausenden Ton und behauptete dann, ich hätte das Auto vermutlich zu Schrott gefahren, wenn ich es gefahren hätte.

Wie bösartig und gemein war das jetzt? Das einzige Mal, als ich dieses Auto für dienstliche Zwecke gefahren bin, brachte ich es unversehrt zurück. Ausgerechnet ich bin es immer gewesen, die alle Geräte der Institution behandelt hatte, als wären sie mein eigenes Gut. Ausgerechnet ich bin es gewesen, die den Fotokopierer und die drei Drucker instand gehalten hatte, damit wir nicht immer auf Techniker zugreifen mussten.

»Und was den Schaden an dem Auto der Angeklagten anbelangt, der in der Einfahrt gemacht wurde, so hätte sie doch zur damaligen Polizeistation gegenüber gehen können, die sich damals noch dort befand, um diesen Schaden zu melden«, sagte der Ankläger.

»Das sagen Sie, aber nicht jeder geht gleich zur nächsten Polizeidienststelle und macht eine Klage. Sie hätten das vielleicht getan«, sagte die Richterin.

Und ich dachte: Wieder scheint die Richterin auf meiner Seite zu sein, doch ich hatte den Eindruck, dass sie das einfach nur so sagte. Du Scheinheiliger, deine Reaktion hätte ich gerne mal erlebt, wenn ich das zur Anzeige gebracht hätte. Und Gott sei Dank sagte die vermutlich verantwortliche Frau hier vor Gericht nicht aus. Denn ich war mir sicher, dass sie dann ausgesagt hätte, wie es ihr Chef von ihr verlangt hätte. Er hätte sie unter Druck gesetzt, wie er es schon mit vielen vorherigen Putzkräften getan hat. Das wäre einfach für ihn gewesen, denn sie war auf ihren Lohn am Ende des Monats angewiesen. Ich dachte an diese Putzfrau, die nie ihre nackten Unterarme zeigen wollte, auch zeigte sie nie ein Dekolleté, ihre Pullis und Blusen gingen immer bis zum Hals. Sie hatte sich sehr prüde gegeben, zu sehr eigentlich. Ich verglich sie mit einer ehemaligen Arbeitskollegin, die hatte mal im Büro erzählt, dass sie in der Sauna nie ihre Unterwäsche auszog. In eine Sauna geht man doch nackt, so sagte ich mir. Sie war die einzige Frau, von der ich wusste, dass sie sich nie nackt in der Sauna auszog. War sie so prüde? Doch dann hörte ich, dass diese Kollegin, die verheiratet war, mit ihrem Chef, ebenfalls verheiratet, ein Verhältnis hatte, und zwar über Jahre.

Zurück zum Prozess: Sogar E-Mails von der Satire-Zeitung aus Luxemburg habe er bekommen, so der Präsident. Es sollte negativ rüberkommen. Ohne jeglichen Sinn und Verstand prügelte er auf diese besagte Zeitschrift ein. Sagte über das Luxemburger Boulevardblatt: »Wir wissen ja, was das für eine Zeitung ist.« Doch er selbst kaufte diese Satire-Zeitung jeden Freitag, das wusste ich. Wenn er im Urlaub war, beauftragte er jemanden, sie für ihn zu kaufen. Er wollte immer alle Ausgaben lesen. Abonnieren wollte er sie aber nicht, denn dann hätte sein Name ja in einer Kartei gestanden. Offiziell sollte niemand wissen, dass er ein regelmäßiger Leser dieser Satire-Zeitschrift war.

Wenn ich richtig verstand, hatte Madame Castafiore damals wegen der Beschädigungen an den Türschlössern am Eingang lange vor verschlossenen Türen gestanden, und das bei strömendem Regen. Hätte ich das gewusst, dann wäre ich ihr zu Hilfe gekommen mit einem XXL-Regenschirm. Dann kam die Sache, dass ich alle verfolgt hätte, abends beim Sitz der Vereinigung. Das war die zweite Lüge, die war in meinen Augen schlimmer als die erste. Ich hatte nach einer Parklücke gesucht. Aber der Soziopath konnte an niemand anderen denken als an sich selbst. Und so hatte er einem Trauma-Opfer einen großen Schmerz zugefügt, sodass dieser noch Jahre danach nicht aufhören kann, daran zu denken, und das Erlebnis als eine enorme Enttäuschung und Belastung noch immer spürt.

Nun zur dritten Lüge: Dass er, der Präsident, und die Ausschussmitglieder mir in einer Versammlung den Grund mitgeteilt hätten, warum ich gehen musste. Niemand hat mir je gesagt, warum ich ausgeschlossen wurde. Niemand. Ich bin bis heute noch immer ohne Antwort.

Die Richterin fragte: »Haben Sie das Buch ›Mein Gang durch die Hölle‹ gelesen?«

Seine Antwort: Jemand hätte es ihm besorgt, dieses Buch. Also zu feige, es sich selbst zu beschaffen, dachte ich mir. Und dann: Ich verdiene an jedem Buch, egal wer es wo kauft. Das hätte ich fast in den Saal gerufen.

Aber er schien es gelesen zu haben, sein Kommentar: »Wie kann es sein, dass ein Junge in so vielen Schulen Gewalt erlebt hat? Das kann es doch nicht geben?« Emotionslos sagte er das, er gehört zu denen, die keine Reue fühlen und sich nicht schämen, wenn sie andere verletzen. Wie konnte er so etwas sagen oder auch nur denken? Er war nicht dabei gewesen und normalerweise passieren Sexualverbrechen nur zwischen Opfer und Täter, ohne Zeugen. Das musste er doch wissen, der Ex-Chefkommissar. Und überhaupt, was sollte dieses ganze Gespräch? Es ging doch nicht ums Buch, so hatte sie gesagt, die Richterin. Sollte ich aussagen, alles sei erfunden? Sollte ich sagen, dass es nie Missbrauch gegeben hat? Sollte ich zu Protokoll geben, dass das Buch eine reine Fantasie ist? Und Kobys Posttraumatische Belastungsstörung war dann wohl auch nur ein Hirngespinst. Ein Gedanke, der nicht mehr aus meinem Kopf verschwand, war jetzt wieder sehr präsent, nämlich dass mein Gerichtsurteil schon gefällt war in dem Moment, als ich hier erschien.

Der Ankläger stand da wie ein Häufchen Elend, eigentlich jämmerlich, ich hatte fast Mitleid mit ihm, fast. Ich vermutete, dass er das mit Absicht machte, man sollte sich seiner erbarmen, dem armen Kerl, der hier vor Gericht erscheinen musste wegen mir. Ich musste fast lachen, fast. Er musste längst wissen, dass ich ihn entlarvt hatte, und ich fühlte mich richtig erleichtert. Seine eigene Frau hatte ihn noch nicht erkannt so wie ich, oder doch? Und wenn, würde sie es wohl nie zugeben, sie musste zu ihm halten, es blieb ihr nichts anderes übrig. Es hat schon so manche berühmte Frau gegeben, die zu ihrem Mann halten musste, zum Beispiel die Frau eines amerikanischen Präsidenten. Sie zog nicht aus dem Weißen Haus aus, sie nahm sich ihre Revanche auf andere Weise, so wie viele Frauen in einem solchen Fall, hoffentlich auch diese Ehefrau. Mir fiel nun wieder ein, dass ich auch gelesen hatte, dass es einem Soziopathen oder Narzissten besonders zu schaffen macht, wenn sein lebenslang aufgebautes Image als hilfsbereiter, vertrauensvoller, verlässlicher und liebenswerter Mann vor den Augen der Öffentlichkeit (im Kreis seiner Familie, Bekannten, Freunde) zusammenbricht und er entblößt mit allen seinen charakterlichen Defiziten dasteht. Es ist keine Seltenheit, dass die Betroffenen in solchen Situationen krank werden, Herzprobleme bekommen oder eine Depression entwickeln. Ja, so sagte ich mir, das ist es. Ich habe ihn entlarvt, ich habe es geschafft und niemand anders. Die Entlarvung durch mich musste zu seinen gesundheitlichen Problemen geführt haben. Wenn er überhaupt tatsächlich welche hat. Es ist wohl eher selten, dass diese Menschen entlarvt werden, da sie regelrechte Künstler der Täuschung sind.

Er sagte nun, dass Koby in einem Holzhaus im Wald eingesperrt gewesen wäre, was es aber gar nicht gab, und das mehrere Male. Das hätte er in der Satire-Zeitung gelesen.

Doch, das Holzhaus gibt es, mein Herr, dachte ich. Ich habe mir nämlich Zugang dazu verschafft und war natürlich nicht allein bei der Besichtigung. Wäre ich allein dorthin gegangen, dann stünde ich heute vielleicht nicht vor Gericht, weil ich dann nämlich möglicherweise als vermisst gelten würde. Der Eingang zum Container, der sich unter dem Holzhaus befand, war so zuzementiert worden, sodass man nicht mehr hineinsteigen konnte. Und warum erzählte er überhaupt von diesem Haus im Wald? Die Richterin hatte nicht danach gefragt, doch sie ließ ihn reden. Er wollte Koby und mich als unglaubwürdig dastehen lassen. Das war sein Ziel. Und wie konnte er gelesen haben von mehreren Schulen? In meinem Buch war von einer einzigen Schule die Rede. Keiner meiner Leser hat von mehr als einer einzigen Schule im Buch gelesen. Und die vielen Reaktionen auf Facebook, die positiven Rezensionen auf Amazon zeugen von sehr viel Empathie, weitaus mehr, als dieser Mann jemals gehabt hat. Seine Lüge glich der Lüge des Kripobeamten, der angeblich von den aufgehängten Jungen im Schlachthaus gelesen hatte. Kein einziger Leser hat von aufgehängten Jungen gelesen, kein einziger. Wäre es so gewesen, hätte ich davon gehört. Ich kannte den Inhalt meines Buches auswendig und ich wusste: So etwas steht da nicht drin. Diese zwei ähnlichen Lügen kamen von Polizisten, die genauestens wussten, wie sie jemanden unglaubwürdig erscheinen lassen konnten vor Gericht. Und sie kannten sich, die beiden, immerhin hatte der Kripobeamte den Kläger sehr vertraulich angeredet und ihn geduzt. Das war die vierte Lüge des Präsidenten der Vereinigung »Hilfe für Opfer von Verbrechen«. Und der Eid, den er geleistet hatte, was bedeutete dieser Eid? Man schwört vor Gericht, dass man die Wahrheit sagt. Wenn wir als Kinder in der Schule einen Schwur geleistet haben, indem wir die Hand auf die Brust legten, dann haben wir das sehr ernst genommen. Ich kannte kein Schulkind, das so einen Schwur nicht ernst nahm. Doch dieser Soziopath hatte bei diesen Eidbrüchen vor Gericht keinerlei Bedenken.

Dass ich Fotos von Opfern gemacht hätte, das kam nicht zur Sprache. Das wäre die fünfte Lüge gewesen. Sie stand nur im Bericht und Papier ist geduldig. In meiner Tasche tastete ich nach meinem Handy. Hoffentlich hatte ich auf stumm geschaltet. Es galt, mich auf irgendetwas zu konzentrieren, um nur nicht auf den Kläger loszugehen. In meinem Kopf hämmerte es und der Durst war kaum noch auszuhalten. Tief einatmen, an etwas anderes denken. Ich musste das schaffen, ich hatte schon ganz andere Sachen geschafft, aber nichts Schlimmeres als das hier, so sagte ich mir.

Als letzter Zeuge trat mein Zeuge vor die Richterin. Er hatte über drei Stunden auf dem Gang warten müssen, ehe er in den Zeugenstand gerufen wurde. Als Psychologe hatte er alle seine Termine für den Nachmittag abgesagt. So wie die zwei Zeugen vorher, leistete auch er einen Eid und keine einzige Lüge kam über seine Lippen. Die Richterin wollte Einzelheiten wissen, was Koby betraf, ob er ihn kennen würde. Was sollte diese Frage? Man wollte doch diesen Jungen aus der Akte lassen. Doch an beiden Prozesstagen sprach man wirklich viel von ihm. Mein Zeuge antwortete, er würde ihn sehr wohl kennen, doch er sei nicht befugt, über ihn zu sprechen. Der Junge hätte ihm keine Erlaubnis dafür erteilt. Gute Antwort, doch der Richterin schien sie nicht zu gefallen. Von mir sagte er, er halte mich für sehr ehrlich, aber auch sehr sensibel, was Gerechtigkeit und Ungerechtigkeit betreffe. Ich würde zu den Briefen stehen, die ich geschrieben hätte, und sonst hätte ich nichts geschrieben. Außerdem wäre ich in seinen Augen als unschuldig anzusehen.

Der Staatsanwalt mit den kurzen Haaren, der aussah wie ein Student, fing an zu gestikulieren und rief laut: »Vor Gericht scheint es nur Unschuldige zu geben. Doch es gibt vor Gericht niemanden, der unschuldig ist.«

Richtig war das ganz bestimmt nicht. Objektiv schon gar nicht, aber richtig bissig, Herr Staatsanwalt. Ich hätte mir von einem Staatsanwalt zumindest einen sachlichen Umgangston erwartet.

Mit meinen Schreiben hatte ich damals nach Klarheit und nach Dialog gestrebt. Ich hatte nun das Gefühl, dass das, was mein Zeuge aussagte, den Staatsanwalt nicht interessierte, und auch nicht die Richterin. Diese wenigen Minuten, in denen er angehört wurde, hätten auch gleich am Anfang des Nachmittags sein können. Man behandelte ihn wie ein Nichts. Was er sagte, gefiel der Richterin nicht, und sie unterbrach ihn andauernd. Sein Auftritt vor Gericht dauerte nur einige Minuten.

Nun lenkte ich mich ab, indem ich mir Gedanken machte über die Zeugen, die alle eine Entschädigung bekamen für ihre Zeugenaussage heute. Vom Gericht bekommt man als Zeuge ein sogenanntes »Pizzageld« zugesprochen. Dieses Geld nennt man so, weil man sich dafür gerade mal eine Pizza kaufen kann, mehr scheint nicht drin zu sein.

Das bekam sicher auch der Kripobeamte, zusätzlich zu seinem kompletten Staatsgehalt, das weiterlief. Aber hat der Ankläger auch Anspruch auf dieses Pizzageld, so fragte ich mich. Die Psychiaterin hatte den besten Deal gemacht. Der Preis eines psychiatrischen Gutachtens, das ihr von der Justiz bezahlt würde, war bestimmt weitaus höher als das Pizzageld, und ihre Patienten mussten sich nur ein bisschen im Warteraum der Arztpraxis gedulden, doch kein Patient ging verloren. So war ihr kein einziger Euro durch die Lappen gegangen, sie hatte viel Geld heute verdient. Meine Freundinnen hätten jetzt zu mir gesagt: »Wärst du doch auch Psychiaterin geworden.« Denn kein Psychiater wird in diesem Jahrhundert wohl jemals Hunger leiden müssen.

Die Vorsitzende Richterin schaute auf ihre Armbanduhr und sagte so beiläufig wie möglich: »Wir müssen auch noch die Angeklagte anhören.«

Das wäre doch gut, dachte ich. Der Staatsanwalt legte das Datum fest für meine Anhörung. Eine Last fiel von mir ab, aber nur für heute, denn die Nerven würden strapaziert bleiben bis zum Schluss. Hätte ich das Geld meiner Spende an die Organisation wieder, hätte ich mir locker diese zusätzlichen Anwaltskosten leisten können. Der Kläger hatte keine Anwaltskosten zu bezahlen, die Organisation bezahlte seinen Anwalt. Mich erinnerte sein Anwalt an diese Männer im Seidenkostüm aus diesen amerikanischen Soaps, die immer wieder über unsere Bildschirme flimmern. Die waren genauso schick und schön angezogen und auch so arrogant wie dieser Anwalt.

Zweiter Tag meines Gerichtsprozesses

Meine beiden Freundinnen hatte ich treffen können und ihnen das Datum mitgeteilt, an dem ich endlich vor dem Richterpult stehen würde. Ich sah diesem Tag voller Zuversicht entgegen, da nicht nur ich, sondern auch meine Freundinnen sich nicht ernsthaft vorstellen konnten, dass es einen Schuldspruch für mich geben würde. Wäre da nur nicht mein ungutes Gefühl gewesen … Zwei Wochen später war der Tag da, der Rechtsanwalt betrat mit mir erneut das Gerichtsgebäude. Der Kläger und seine Gemahlin standen wieder vor dem Gerichtssaal, vertieft in ein Gespräch mit der Vizepräsidentin des Sportclubs. Die Präsidentin war wohl verhindert gewesen und man wollte dabei sein bei meinem Prozess, nichts durfte ihnen entgehen, dieser fiesen Bande.

Wenig später saßen wir wieder im Gerichtssaal. Kurz darauf betraten die Richter den Saal und setzten sich wieder an dieselben Plätzen wie am ersten Tag des Prozesses. Ich stand vor der Richterin, die mich fragte, was ich denn bei dieser Organisation gearbeitet hätte, was meine Aufgaben gewesen wären. Ich begann zu antworten, mitten im Satz unterbrach sie mich aber und sagte: »Wir wissen, dass Sie viel gearbeitet haben, aber was ist denn damals passiert?« Ich war gerade dabei gewesen, zu erklären, dass ich die Vereinigung verlassen musste und dass mir niemand gesagt hatte, warum, und dass ich bis heute auf eine Erklärung warten würde. Ich versuchte es noch einmal, doch auch diesen Satz ließ sie mich nicht zu Ende bringen. »Was haben Sie denn mit der Putzfrau angestellt? Hatten Sie Streit?«, fragte die Richterin nun.

»Ich will heute nicht negativ von einer Person reden, die nicht mehr unter uns weilt. Das finde ich unfair, denn diese Person kann sich heute und hier nicht verantworten«, antwortete ich.

Die Richterin fuhr fort: »Was hat sie denn gemacht?« Jetzt bedrängte sie mich förmlich, da ich nicht gleich antwortete: »Was hat sie denn gemacht außer dieser Schramme?«

»Nichts Besonderes, mir fällt jetzt nichts mehr ein«, sagte ich knapp.

»Ihnen fällt nichts ein«, wiederholte sie. »Es war also nichts, alles nur Kindereien«, schlussfolgerte sie laut. Dass ich der Putzfrau oft geholfen hatte bei ihren schriftlichen Angelegenheiten, dass ich sie verteidigte, als der Schlüssel des Briefkastens verloren ging und der Präsident sie beschuldigte, dass ich keine Notizen machte über die Stunden, in denen sie einkaufen war und die eigentlich nicht zu den Arbeitsstunden gehörten, dass sich der Kläger selbst mit ihr gestritten hatte, da er mit ihrer Arbeit nicht zufrieden war, all das wollte ich nicht sagen. Es fiel mir auch nicht gleich alles ein und sie ließ mir keine Zeit, zu überlegen, und schon gar nicht, um zu antworten.

»Was war denn im Keller los?«, fragte sie nun.

»Keine Ahnung. Mein Platz war im Büro, ich durfte das Büro nicht verlassen. Mir war der Keller egal und auch die Personen, die sich immer im Keller aufhielten«, sagte ich.

»Das war Ihnen gar nicht egal«, widersprach die Richterin.

»Doch, es war mir egal«, beharrte ich. »Die Schlüssel hob dieser Herr dort vorsorglich immer in seiner Tasche auf. Niemand sonst hatte ein Recht auf diesen Schlüssel, insbesondere nicht, seitdem die vielen Flaschen Rotwein im Keller lagerten.« Darauf gab es keine Reaktion der Richterin. Nicht nur Leichen lagerte der Präsident im Keller, auch viele Flaschen Wein.

Warum ich denn an dem besagten Tag gleich dreimal kurz hintereinander bei der Organisation angerufen hätte, obschon ich nicht mehr dort tätig war, fragte sie mich nun. »Um eine Person, die Hilfe suchte, in Kontakt zu bringen mit der Vereinigung. Ich war auf einem Messegelände, es gab viel Lärm und ich konnte nicht hören, ob das Telefon abgehoben wurde oder nicht. Dann versuchte ich es noch einmal«, antwortete ich wahrheitsgemäß.

»Und beim dritten Versuch haben Sie einfach das Gespräch beendet, warum?«

»Ich hörte eine Stimme, die ich nicht kannte, und dachte, ich hätte mich verwählt und habe vor Schreck aufgelegt.«

Sie erklärte: »Das war der Kripobeamte, der in dem Moment in der Organisation war und das Telefon abgehoben hatte.«

»Kann sein«, antwortete ich, »ich sagte doch, ich kannte die Stimme nicht und legte einfach auf. Auf dem Display war doch sicher meine Handynummer zu sehen. Ich habe darin kein Problem gesehen, auch heute vor Gericht sehe ich das so.« Das hatte ich alles ganz schnell gesagt, damit sie es nicht schaffte, mich wieder zu unterbrechen.

»Und dieser anonyme Brief, wann haben Sie den verschickt?«, fragte sie.

»Ich habe weder einen anonymen Brief geschrieben noch habe ich einen versendet. Die Schreiben, die ich verfasst habe, sind in dieser Akte enthalten und tragen alle meine Unterschrift. Ich habe doch selbst einen ähnlichen Brief bekommen, anonym …« Sie unterbrach mich wieder, ich konnte den Satz wieder nicht beenden.

»Das ist ja ganz was Neues. Davon weiß noch niemand etwas«, stellte sie fest.

»Der Kripobeamte, der hier anwesend ist, hat mich unter Druck gesetzt …«, begann ich und schon wieder unterbrach sie mich und sagte irgendetwas, sodass ich durcheinanderkam. Ich sollte vielleicht einfach gar nichts mehr sagen. Fertig. »Er sagte zu mir, ich solle gut aufpassen, denn die Organisation hätte beste Kontakte zur Justiz. Und das könnte mich teuer zu stehen kommen.« Ich hatte meinen Satz zu Ende gebracht. Dann zeigte ich auf den Kripobeamten, der auch an diesem zweiten Tag im Gerichtssaal anwesend war und wie alle anderen hinten im Saal saß.

»Haben Sie das gesagt?«, fragte sie und schaute zum Kripobeamten hinüber.

»Nein, habe ich nicht«, antwortete er prompt. Die dritte Lüge unter Eid.

Und die Richterin sagte: »Ich glaube dem, der unter Eid steht.«

Wie schön! Wie gerne hätte ich diesem verdammten Polizisten eine runtergehauen, er saß auch gar nicht so weit weg. Also einem Polizisten unter Eid, dem schenkte sie Glauben, und ich bekam keine Chance, das Gegenteil zu beweisen. Du musst dich bezähmen, denk an die Kameras und die vielen Zeugen, so waren meine Gedanken. Ich hätte die beiden am liebsten arbeitsunfähig gemacht für einige Tage, ganz schnell hätte ich das gemacht. Doch man hätte mich dann sicher gleich ins Gefängnis abtransportiert. Meine Nerven lagen blank und ich hatte den Faden verloren.

Auf ihre Frage, warum ich denn so viele Schreiben verfasst hätte, sagte ich, ich wollte aufklären über Koby, wie er handelte, wie er sich gab. Und ich hoffte auf einen Dialog. Und ich wagte schnell hinzuzufügen: »In unserer Tageszeitung ist vor Kurzem ein Bericht veröffentlicht worden, in dem stand, dass es Probleme zwischen dem Präsidenten und den Mitgliedern des Verwaltungsausschusses gäbe. Es wurde ein Streit während der Generalversammlung vor allen Beitragsmitgliedern öffentlich ausgetragen. Mit der Kontenführung und der dazugehörigen Offenlegung war der Ausschuss nicht einverstanden. Es fehlt scheinbar auch in diesem neuen Ausschuss wieder an Dialog, und mit der Aufgabenverteilung waren die Mitglieder nicht einverstanden.«

»Wer hat denn diesen Artikel geschrieben?«, fauchte sie.

»Ein Journalist, der bei dieser Tageszeitung arbeitet, so denke ich doch«, antwortete ich. Meinte sie, ich hätte den Artikel geschrieben? Da irrte sie sich gewaltig, denn meine Artikel würde diese Tageszeitung, der wir insgeheim den Namen gegeben hatten »Für die Wahrheit zu schlecht«, bestimmt nicht drucken. »Alle sind sie doch weg aus dieser Organisation. Es gibt nur noch den Präsidenten, wie schon so oft, sogar die, die gegen mich gestimmt haben im Verwaltungsausschuss, sind gegangen«, sagte ich.

Ihr Blick ging in den Saal nach hinten und in Richtung Kläger, einfühlsam sagte sie laut: »Das hat man in vielen Vereinigungen, das kommt immer mal vor.«

Wie verständnisvoll, Frau Richterin, dachte ich und dann: Was für eine Blamage für den Präsidenten, ausgerechnet in der Tageszeitung, die ausschließlich gelesen wird von der älteren Generation, das heißt also von den zahlenden Mitgliedern, hatte dieser Artikel gestanden. Ich empfand es als Erniedrigung, mich überhaupt vor Gericht verantworten zu müssen. Wie in einem Schaufenster wurde ich auf dieser Bank zur Schau gestellt. Ich drehte nicht ein einziges Mal den Kopf in Richtung des Soziopathen. Dass das nicht stimmte, wollte ich laut rufen, das mit den vielen Vereinigungen. Dass ich nicht eine einzige Organisation kannte, in der 100 Leute einfach so weggegangen sind, zumal sie dort alle im Streit gegangen sind, wegen dem Präsidenten. Das wollte ich auch sagen. Und diejenigen, die ihm nicht in den Kram passten und freiwillig gingen, waren gegangen worden, so wie ich. Doch sie gab mir keine Chance zum Reden. Sie redete selbst weiter und lenkte ab mit einigen irrelevanten Details. »Warum haben Sie denn dieses Buch geschrieben?«, fragte sie.

Was war denn das schon wieder für eine Frage? Ich redete einfach drauflos: »Das Buch habe ich geschrieben, um überhaupt klarzukommen mit den Sexualdelikten, denen Koby zum Opfer fiel.« Diesen Satz hatte ich zu Ende sprechen können, doch die Richterin rümpfte ganz offensichtlich die Nase und hob den Blick nicht von der Akte. Keine Antwort. Keine Antwort war für mich auch eine Antwort. Hatte sie nichts begriffen oder wollte sie nichts begreifen oder war es ihr egal? »Und dann hat der Präsident dieser Vereinigung am Telefon zu Koby gesagt, er solle sich nicht mehr blicken lassen, er hätte nicht dahin gepasst. Richtig gemobbt wurde er und erniedrigt am Telefon. Ich hätte das nie geglaubt, wenn Koby nicht das Gespräch am Telefon aufgenommen hätte. So eine Gemeinheit von ihm hätte ich nie geglaubt.«

»Ah«, machte sie verächtlich. »Warum hat er denn das Gespräch aufgenommen?«

»Durch Zufall, wie die jungen Leute eben heute so sind mit ihren modernen Handys«, sagte ich.

»Durch Zufall«, wiederholte sie und betonte diese zwei Wörter. Es ging ihr also nicht um den Inhalt des Gesprächs mit dem Opfer. Wie armselig für eine Richterin. Es ging ihr also nur darum, dass das Gespräch aufgezeichnet wurde, und das war sicher nicht legal gewesen. Sie war hart und ungerecht zu mir. Ich fragte mich, ob sie wohl einen Mann zu Hause hatte. Ob sie den auch so anfauchte und nicht ausreden ließ? Vielleicht schälte er nur die Kartoffeln, bereitete enorme Reispfannen vor, kochte Spaghetti und buk fette Schokoladekuchen. Auf jeden Fall sah sie so aus, als würde sie Tag und Nacht viele leckere Dinge in sich hineinstopfen. Ihr schwarzer Umhang, wirkte wie eine Zeltplane über ihrer voluminösen Figur. Und ob sie zu Hause auch so lange Monologe führte wie hier vor Gericht? Oder ob sie sich täglich bei Gericht vor den Angeklagten austobte, um zu Hause normal zu sein? Nein, sagte ich mir, unmöglich, diese Frau hat weder Mann noch Kinder zu Hause. Das alles schoss mir blitzartig durch den Kopf und lenkte mich ein bisschen ab. So brachte ich es fertig, niemanden mit den Augen zu töten. Aber es kostete mich viel Kraft, nicht laut zu schreien. Auf jeden Fall waren die Richter in Sicherheit, so sagte ich mir. Hinter dieses dicke Holzpult würde niemand kommen, keine Chance. Und raus aus dem Gerichtssaal käme man danach auch nicht. Ein Polizist blieb während der ganzen Verhandlung an der Tür sitzen.

Dass mein Gerichtsurteil schon feststand, war mittlerweile zu einem fixen Gedanken geworden, der mich nicht mehr losließ. Man bräuchte eigentlich keine Zeit mehr im Gerichtssaal zu verlieren. Warum nicht gleich alle nach Hause gehen, ich hätte noch etwas anderes mit meiner kostbaren Zeit anfangen können an diesem Tag. Die Richterin ließ mich nicht ausreden oder erst gar nicht zu Worte kommen. Stattdessen brachte sie meine Gedanken so durcheinander, dass ich nicht mehr wusste, woran ich war. Warum ich denn diese SMS gesendet hätte, fragte sie gerade. Das war die Sache mit dem blöden Auto. Die dumme SMS, das war ein Fehler gewesen, gestand ich mir ein, doch weiter nichts. Ich hatte keinen Schaden an diesem Wagen noch an irgendeinem anderen Wagen verursacht.

»Warum haben Sie denn einen Beschwerdebrief an das Polizeirevier gesendet? Sie hätten doch eine Klage einreichen können gegen diese Polizistin, wenn Sie sich schlecht behandelt gefühlt haben«, meinte sie. Das kam zynisch rüber.

Wie gerne hätte ich ihr geantwortet, dass eine Klage gegen eine Polizistin wohl eher nichts gebracht hätte als neuen Ärger mit der Polizei. Ich kannte viele Menschen, die Klagen gegen Polizisten eingereicht hatten, und keine einzige dieser Klagen hat den Weg bis in den Gerichtssaal geschafft, alle waren sie verloren gegangen auf dem Weg dorthin. Dass in Luxemburg die Anzahl der Disziplinarverfahren gegen Luxemburger Polizisten streng vertraulich gehütet wurde wie das Bank- und Arztgeheimnis, war mir auch bekannt.

Sie kam zur nächsten Frage: »Warum haben Sie einen Brief zum Haus des Klägers gebracht und diesen unter der Eingangstür hindurchgeschoben?«

»Ich nahm an, dass sich der Briefkasten an oder bei der Haustür befinden würde, dem war aber nicht so. Also schob ich den Brief einfach unter der Haustür durch. Ich hatte einen Ausflug gemacht und war eh an dem Haus vorbeigefahren, das ist ja nicht verboten.«

»Dann müssen Sie doch an dem Briefkasten vorbeigegangen sein«, bemerkte sie.

»Kann sein, ich habe keinen gesehen, ich habe nicht lange nach einem Briefkasten gesucht«, sagte ich, und da sie mich schon wieder unterbrach, vergaß ich zu sagen, dass sich das Haus noch im Rohbau befand, ein Briefkasten war vielleicht noch nicht angebracht.

Danach fragte sie, warum ich denn die Flyer von meinem Buch auch an die Organisation verteilt hätte.

»Ich habe diese Flyer von zwei Obdachlosen austeilen lassen, die sich auf dem Pariser Platz aufhielten«, antwortete ich.

Sie schaute mich misstrauisch an. »Und die haben das einfach so für Sie erledigt? Das kann ich mir kaum vorstellen. Diese Flyer müssen doch teuer gewesen sein, Sie hätten sie ebenso gut wegschmeißen können.«

»Nein, teuer waren die nicht. Und ich bin denen nicht hinterhergelaufen, um zu kontrollieren, ob und wie sie die Verteilung erledigten. Sie versicherten mir, sie würden das für mich machen, ich habe den beiden eine Mahlzeit in einem Fastfood-Restaurant dafür spendiert. Und ich habe ihnen gesagt, dass sie die Flyer nicht in Geschäfte bringen, sondern nur in Briefkästen von Privathaushalten stecken sollen«, erklärte ich.

»Waren die Flyer in Umschlägen?«, wollte sie wissen.

»Es wurden welche verteilt in Umschlägen und andere hatten keine Umschläge«, sagte ich. Ich wusste zwar nicht, was diese Frage sollte, doch die Richterin wusste es sicher. Wie hatte sie doch noch gesagt: Wir sind nicht hier, um über das Buch zu befinden. Dabei wurde immer wieder über das Buch geredet.

Dann sagte sie, ich hätte wohl auf alle ihre Fragen eine Antwort parat. Ich wollte sagen, dass meine Antworten der Wahrheit entsprechen würden, doch es kam kein Wort über meine Lippen.

Wer sich über die Flyer damals aufgeregt hatte, hätte unbedingt noch erwähnen sollen, dass ein Begleitblatt dabei war mit dem Titel: »Schweigen ist Gewalt.« Dieses Blatt wies darauf hin, dass ein Testament bei einem Notar hinterlegt worden war. Darin stand, dass bei meinem und bei Kobys Ableben eine Autopsie gemacht werden und die ganze Bevölkerung davon in Kenntnis gesetzt werden soll. Doch von diesem beigelegten Blatt, das die Richter zum Nachdenken angeregt hätte, hatte der Kläger in Sachen Flyer bestimmt nichts erwähnt.

Sie rief mich dann näher zum Richterpult heran und zeigte mir eine beschriebene Seite, auf der ich einige Zeilen lesen konnte. Ich sagte, ich würde dieses Blatt nicht kennen, ich hätte es noch nie gesehen. Doch ich hatte festgestellt, dass es sich nicht um ein Informationsblatt für mein zweites Buch »Die Hölle im Kinderheim« handelte. Es war eine einzige beschriebene Seite über irgendein Buch über die Organisation, hatte ich mit einem Blick feststellen können. Und bei diesem Blatt wäre noch ein Brief von Koby dabei gewesen. Ich verneinte erneut, dieses Blatt würde ich nicht kennen, das wäre nicht von mir verfasst und versendet worden. Koby hätte einen Brief separat und alleine geschickt.

Da rief sie den Kläger zum Richterpult, er sollte erzählen, wie das mit diesen Briefen gewesen war. Er kam zum Richterpult und sagte, diese Informationsseite hätte im Briefkasten der Organisation gelegen, ohne Umschlag, und Kobys Brief sei in einem Umschlag angekommen. Das entsprach der Wahrheit.

Die Richterin sagte gar nichts über den Inhalt des Schreibens, das Koby an den Präsidenten gesendet hatte. Es war ein Schreiben von ihm als Opfer, das den Präsidenten beschrieb und auch, wie er mit ihm umgegangen war. Dass er aus der Organisation regelrecht hinausgeworfen worden war, weil er nicht gepasst hätte. Im Nachhinein war ihm die Korrespondenz als Mitglied und als Opfer vorenthalten worden. Es ging darum, dass er auf der Strecke geblieben und zusätzlich als unglaubhaft dargestellt, dass er nochmals zum Opfer gemacht worden war. Dieses Schreiben, das die Richterin in ihren Händen hielt, hätte sie zumindest zum Nachdenken anregen müssen, und der Kläger hätte dann nicht sehr gut ausgesehen. Das Schreiben hätte jeden schockiert, aber die Richterin verzog keine Miene und legte es einfach beiseite.

Warum ich denn an dem besagten Tag bei der Vereinigung gewesen wäre, fragte sie weiter. Ich antwortete, dass ich Koby abholen wollte und nach einem Parkplatz gesucht hätte. Es gab einen Stau und ich hatte keine andere Wahl gehabt, als durch diese Einbahnstraße zu fahren. Beim zweiten Umfahren konnte ich ihn dann endlich in mein Auto aufnehmen und wir fuhren nochmals durch diese Straße, weil wir in ein Restaurant in der Nähe gehen wollten und einen Parkplatz suchten.

»Warum denn gerade in dieser Straße?«, fragte sie. »Es gibt doch noch viele andere Restaurants in der Stadt.«

»Wir hatten uns eben ein Gasthaus am Ende dieser Straße ausgesucht, da sahen wir den Präsidenten mit seiner Frau an meinem Wagen vorbeilaufen. Gleich darauf traten zwei Polizisten an mein Auto. Koby bekam auf der Stelle eine Panikattacke und rief: ›Warum macht der Präsident das? Was haben wir gemacht? Warum kommt die Polizei auf uns zu? Fahr schnell weg.‹ Er reagierte aus purer Angst. Und ich sagte: ›Nein, wir bleiben hier. Wie soll das denn aussehen? Wir haben nichts zu verbergen.‹«

»Hat er denn keine Medikamente bei sich für den Notfall?«, fragte sie zurück.

Was sollte ich auf eine solche Frage antworten? Sie war eine Richterin, sie hatte bestimmt noch nie in ihrem Leben von Posttraumatischen Belastungsstörungen gehört. Die Betroffenen stehen ständig unter Medikamenten. Der Kläger hatte ein Opfer in eine Lage gebracht, in der sich eine Panikattacke entwickelte. Und mich selbst in eine Lage, die so überraschend über mich hereinbrach, dass ich ihr fast nicht mehr gewachsen war. »Wir hatten beide keine Lust mehr auf ein Abendessen im Restaurant, wir wollten nur noch in eine Gaststätte einkehren, um zur Ruhe zu kommen bei einer Tasse Tee. Außerdem war ich nicht imstande, mein Auto nach Hause zu fahren. Da saß der Kläger in Begleitung seiner Frau und noch zwei Personen ...«, erzählte ich weiter.

Die Richterin unterbrach mich erneut, sodass ich nicht sagen konnte, dass seine Frau mich anfauchte, ich solle die Gaststätte verlassen, und dass ich geantwortet hätte: ›Hier geht der Gast, wenn der Wirt es sagt.‹ Koby war außerstande gewesen, etwas zu sagen. Ich konnte mich erinnern, dass der Präsident vor mir saß wie ein armes Würstchen, unfähig, etwas zu antworten. Da hatte er die Gelegenheit, zu antworten, nur ein Wort hätte Koby gebraucht, ein Wort aus seinem Munde, aber er sagte kein Wort, und wir verließen die Gaststätte. »Das war für mich unterlassene Hilfeleistung ...«, begann ich, kam aber nicht weiter. Die Richterin unterbrach mich erneut, sie wollte nichts davon hören.

Der Kläger hatte in ihren Augen wohl alles richtig gemacht. Er hatte Koby in eine äußerst gefährliche Lage gebracht, sodass ich ihn nicht mehr beruhigen konnte und ihn festhalten musste, damit er nicht in seiner Verzweiflung völlig orientierungslos fortgelaufen wäre. Doch der Kläger hatte ja zu Protokoll gegeben, wir beide hätten uns theatralisch verhalten. Wie konnte er es wagen, ein Opfer als theatralisch und unglaubwürdig hinzustellen? Dass es zwei Stunden gedauert hat, bis ich selbst wieder imstande war, meinen Wagen nach Hause zu fahren, konnte er sich sicher nicht vorstellen. Er hatte wirklich keine Ahnung von Trauma-Opfern. Er wollte vermutlich nur Frauen trösten, die Gewalt zu Hause erlebt hatten. Das hatte ich wieder vor Augen.

Die Richterin griff aus der Akte heraus, was sie wollte, und machte daraus, was sie wollte. Sie hatte den Spieß umgedreht, die Schuld wurde in diesem Fall dem Opfer zugeschoben. So sah es vor Gericht aus, so wurde es dargestellt im Prozess, von der Richterin selbst. Die Menschen glauben viel leichter eine Lüge, die sie schon hundertmal gehört haben, als eine Wahrheit, die ihnen völlig neu ist. Hier auch die Richterin, es standen so viele Lügen in dieser Akte, und sie brauchte diese Lügen, um mich verurteilen zu können. Und dann sagte sie es: »Ich glaube Ihnen nicht.« Ausgerechnet nach diesem Punkt sagte sie das. Ich war fassungslos, unfähig, eine Antwort zu geben. Mein Kopf war voll und gleichzeitig leer. Mein Mund war trocken vom Reden, mein mitgebrachtes Mineralwasser war schon wieder ausgetrunken, die Zunge klebte mir am Gaumen. Und da ich vermutlich ausfallend geworden wäre bei meiner Antwort, schluckte ich einfach alle Worte, die mir auf der Zunge lagen, hinunter. Doch mittlerweile schmerzte mein Magen schon vom Runterschlucken. Nach den angeblichen E-Mails, nach den Fotos, den Verfolgungen aller möglichen Personen, alles Begebenheiten, für die ich in keinster Weise verantwortlich war, fragte sie gar nicht. Ich bekam nicht die Gelegenheit, etwas dazu zu sagen. Ich hätte noch so viel sagen wollen und sagen müssen, die Richterin gab mir aber keine Chance. Sie ließ mich auch nie ausreden.

Die Psychiaterin, den Kläger und den Kripobeamten, alle im Zeugenstand hatte sie ausreden lassen. Doch ich selbst und mein Zeuge waren ständig unterbrochen und auf eine unterschwellige Art ungerecht behandelt worden.

Die Plädoyers

Mittlerweile war es 12.00 Uhr geworden und die Richter wollten Mittagspause machen. Das erste Plädoyer brachte mein Anwalt vor. Er sagte, dass ich, seine Mandantin, mit den Schreiben den Dialog gesucht hätte, den es in dieser Institution nie gegeben hatte. Hätte ich eine einzige Antwort bekommen, hätte ich nicht mehr schreiben müssen und auch nicht mehr geschrieben. Bis heute wüsste ich nicht, warum ich die Institution verlassen musste. In den Briefen wäre es außerdem darum gegangen, aufmerksam zu machen auf die Vorgehensweise des Leiters dieser Organisation. Ich, die Mandantin, hätte keine dieser Taten begangen, die mir vorgeworfen würden, keine Verfolgungen, keine Beschädigungen irgendwelcher Art. Es wäre nicht angebracht gewesen, die Polizei zu alarmieren und damit ein Opfer in eine weitere Panikattacke zu befördern. Das Plädoyer meines Anwaltes dauerte 20 Minuten und wurde nicht von der Richterin unterbrochen. Er plädierte auf Freispruch.

An diesem zweiten Tag des Gerichtsprozesses war ein junger Anwalt in Vertretung des Anwalts des Klägers aus derselben Kanzlei für diese Gerichtsverhandlung angetreten. Was die Arroganz anbetraf, glichen sich die beiden allerdings sehr. Dieser eingebildete Junganwalt ließ nichts aus, um mich als Verbrecherin und als Stalkerin darzustellen. Dabei war der sicher noch nicht ganz trocken hinter den Ohren. Die Akte bestand zu 90 % aus Lügen und Verdrehungen. Dann gab es viele erfundene Einzelheiten, außerdem Vermutungen und dann die Anschuldigungen. Er sagte, dass jeder diese Zeitschrift, die einen Artikel über mein erschienenes Buch veröffentlicht hatte, als unseriös bezeichnen würde. Diese Zeitschrift, die wöchentlich erscheint und im Boulevardstil Informationen verbreitet, wird in erster Linie freitags von der Luxemburger Politik, Justiz und Polizei gelesen, und zwar mit Angst und Spannung, ihre Name könnten dort stehen. War dies dem jungen Anwalt nicht bekannt? Wie auch immer, er sprach sich dafür aus, dass ich verurteilt werde für die schlimmen Taten, die ich begangen hätte. Auch dürfte ich nie mehr in die Nähe des Anklägers kommen. Auch hätte sein Mandant gesundheitliche Schäden davongetragen, dafür sollte ich ebenfalls eine Strafe bekommen.

Vor kurzer Zeit war ein Gerichtsprozess zu Ende gegangen. Ein Autofahrer, der als Wiederholungstäter mit überhöhter Geschwindigkeit und unter Alkohol- und Drogeneinfluss gefahren war und Schuld hatte am Tod einer Frau, hatte keine Gefängnisstrafe vor Gericht bekommen. Dieser junge Rechtsanwalt war sein Anwalt gewesen, er schien bestens Verbrecher und Kriminelle zu vertreten, auf jeden Fall zu Ungunsten der Opfer.

Der Staatsanwalt stand nun auf und sprach davon, wie sehr dieser Mann angegriffen worden war in seinem persönlichen Leben. Das Buch »Mein Gang durch die Hölle« schien ihn aufzuregen, er kommentierte es so abschätzend wie nur irgendwie möglich. Man könnte in meinem Fall nicht von Mobbing reden, da ich nicht vorstellig geworden wäre bei einer Organisation, die Mobbingopfer vertrat. Und mein Zeuge, dabei machte er eine Bewegung mit der Hand, wäre nicht als glaubwürdig einzuschätzen. Ich hätte auch gesagt, ich würde immer erreichen, was ich mir vorgenommen hätte. Diese Affäre würde einer anderen ähneln, die letzte Woche vor Gericht gewesen war, und wäre auch so zu beurteilen.

Da der Staatsanwalt immer das letzte Wort hat, konnte ich nicht mehr sagen, dass ich bei einer Mobbingorganisation vorstellig war und man mir gesagt hatte, dass eine Klage keine Chance vor Gericht gehabt hätte, weil ich nicht unter Arbeitsvertrag bei dieser Organisation stand. Er schloss sein Plädoyer ab, indem er zwölf Monate Gefängnis auf Bewährung und eine Geldstrafe für mich empfahl. Die Bewährung nur, weil ich bis zu diesem Zeitpunkt noch nicht mit dem Gesetz in Konflikt geraten war. Und dann sagte er noch, ich wäre ja jetzt schon in psychologischer Behandlung, damit sollte ich zwingend weitermachen. »Sie können in Berufung gehen«, sagte er noch nebenbei und in einem Ton, der mir gar nicht gefiel.

Ich war entsetzt über das Plädoyer des Staatsanwaltes. Auch meine Freundinnen waren es und noch mehr erschrocken über die Strafe.

Das Urteil

Das Gericht hatte meine Schreiben, die ich an die Organisation und an den Präsidenten gerichtet hatte, nicht als ein Ersuchen um Dialog mit der Organisation verstanden. In der Begründung vom Gericht stand, dass ich mich der moralischen Belästigung schuldig gemacht hätte. Eine Geldstrafe von 1.000 EURO wurde fällig und zusätzlich sollte ich die Unkosten des psychiatrischen Gutachtens in Höhe von 1.605,00 EURO dem Staat erstatten. Und es gab tatsächlich eine zwölfmonatige Gefängnisstrafe auf Bewährung mit einer fünfjährigen Bewährungsfrist. Wegen der »Problematik meiner Persönlichkeitsstörung« sollte ich mich einer psychologischen oder psychiatrischen Behandlung unterziehen und dies über fünf Jahre. In keinem Fall durfte ich mit dem Kläger Kontakt in irgendeiner Weise aufnehmen.

Eine richtige Strafe wäre es für mich gewesen, wenn ich mit diesem Mann Kontakt aufnehmen müsste. Denn mit einem Narzissten oder Soziopathen wollte ich nie mehr in meinem ganzen Leben zu tun haben, nie mehr ein Wort oder einen Brief an ihn richten. Hoffentlich sah ich diesen Menschen nie wieder in meinem ganzen Leben.

In dem psychiatrischen Gutachten sollte alles stehen über meine Persönlichkeitsstörung. Doch das konnte sich niemand in meinem ganzen Bekanntenkreis vorstellen, das sei eher als ein Skandal zu sehen. Im Urteil war zwar dieses Gutachten genannt, doch es war nicht der Akte beigefügt. Es wurde wohl so ausgelegt, wie es den Richtern passte, die zu urteilen hatten. Und ich konnte lesen, dass ich emotional empfindlich und zerbrechlich sei und dass ich mich erholen müsste von den vielen Wunden, die mir in meiner Vergangenheit zugefügt worden waren. Darum sollte ich mich einer Psychotherapie unterziehen, das war als Ratschlag zu verstehen. Doch die Auflage sah vor, dass alle sechs Monate ein Bericht über diese Behandlung von dem Therapeuten eingereicht wird an den eigens hierfür zuständigen »Überwachungsdienst« der Justizbehörde. Ich sagte mir, dass das Arbeitsbeschaffung sein musste für die Staatsbeamten in diesem Dienst, den ich noch persönlich kennenlernen würde und von dem ich schon so viel »Unschönes« gehört hatte.

Das Urteil hatte mir mein Anwalt schon telefonisch mitgeteilt. Auf beiden Seiten bestand Betroffenheit ob dieses Urteils, das ich dann schriftlich eine Woche später in den Händen hielt.

Eine neue Freundin

Seit der Veröffentlichung meines ersten Buches »Mein Gang durch die Hölle« hatte ich Kontakt mit vielen Menschen, die sich mir anvertrauten. Manche erzählten mir von ihren Familien und von den grauenhaften Erlebnissen in ihrer Familie, von einer schrecklichen Vergangenheit. Andere berichteten von ihrer grauenhaften Kindheit in katholischen Kinderheimen. Wieder andere erzählten aus ihrer Jugend, von schrecklichen Leidensgeschichten, von Mobbing, sexueller Nötigung und sexueller Gewalt. Alle hatten das über Jahre dauernde Leid noch nicht verarbeitet und litten heute noch. Die allerwenigsten hatten sich jemandem anvertraut, noch nicht einmal ihren engsten Familienmitgliedern. Dass es so viel Gewalt gab in meiner nächsten Umgebung, hatte ich bis zu diesem Tag nicht gewusst. Und dass der Mantel des Schweigens immer wieder über diese vielen grässlichen und unerträglichen Vorkommnisse gelegt wird, schockte mich nachhaltig. Dass nichts, aber auch gar nichts an die Öffentlichkeit gelangte von diesen vielen Verbrechen, finde ich skandalös und inakzeptabel. Diese zahlreichen Opfer wurden ausnahmslos hängen gelassen, oft von der eigenen Familie, von der Allgemeinheit, von der Polizei, von den Justizbehörden. Viele bedrückende, furchterregende Ereignisse in geschlossenen Einrichtungen und Arbeitsstätten kamen bis heute nicht ans Tageslicht und die zahlreichen Betroffenen waren wehrlos den Ereignissen und ihren Erinnerungen ausgeliefert.

Traumatische Erfahrungen machen einsam! Viele sind schon daran zerbrochen, wenige wurden zu Kämpfern. War es Schicksal, dass ich über Facebook Marina kennenlernte? Wir verstanden uns auf Anhieb und wir schrieben uns Mails. Das ging einige Male hin und her und wir wollten uns treffen. Sie hatte mein erstes Buch gelesen. Wir saßen bei Kaffee und Kuchen und erzählten uns aus unserem heutigen Leben und aus früheren Zeiten. Marina erzählte mir von ihrem Berufsleben und der Zufall wollte es, dass sie den Namen der Organisation nannte, bei der sie einige Jahre gearbeitet hatte. Als ich diesen Namen hörte, starrte ich sie an. »Das kann doch nicht sein, dass du da gearbeitet hast. Ich auch, ich habe auch dort gearbeitet«, sagte ich.

Das war so ein komischer Moment und kam völlig unerwartet, sodass wir beide herzhaft lachen mussten. Doch dann wurden wir wieder ernst, sehr ernst. Marina fing gleich an zu erzählen von dem schrecklichen Keller, in dem sie viele Nötigungen hatte hinnehmen müssen. Es konnte doch nicht sein, dass auch Marina zu den Opfern gehörte? Ich war fassungslos. Sie sah mich an und ich starrte sie an. »Du glaubst mir nicht, was ich dir erzähle?«, fragte sie vorsichtig.

»Doch«, antwortete ich, »absolut. So lange kenne ich dich noch nicht, doch ich glaube dir auf der Stelle. Ich muss aber gleich hinzufügen, dass ich nichts dergleichen habe erleiden müssen. Doch habe ich einen Prozess hinter mir, den ich dem Präsidenten dieser Organisation zu verdanken habe.«

Nun legten wir beide los, keine ließ die andere ausreden, ganz viel und schnell wollten wir erzählen. »Ich kenne einige Leute, die zu meiner Zeit dort arbeiteten, die ihn vor Gericht zerren wollten, diesen Präsidenten. Doch keiner hatte sich damals getraut, er hat allen Angst gemacht«, sagte Marina.

Ich überhäufte sie mit Fragen: »Wie bist du denn zu dieser Stelle gekommen? Was hast du dort gearbeitet? Wie lange liegt das zurück?«

»Eins nach dem anderen«, erwiderte Marina. Und sie erzählte, wie es dazu kam, dass sie die Arbeitsstelle in dieser Organisation annahm. Auf der Suche nach Arbeit hatte sie sich beim Arbeitsamt eingeschrieben wie die meisten Arbeitssuchenden. Und so hatte sie dann diesen Bürojob bekommen, 40 Stunden die Woche. Sie mochte die Arbeit, den Kontakt mit den Opfern, sie konnte unabhängig arbeiten. Auch sie war damals alleinstehend mit zwei unmündigen Kindern. Es war noch ein anderer Büroangestellter mit ihr im Büro, mit dem sie sich gut verstand. Doch es lagen etliche Jahre zwischen ihrem Weggang und meiner Ankunft in der Organisation.

Ich erzählte ihr, dass ich ehrenamtlich dort tätig gewesen wäre, drei Jahre lang. Dann fing ich an zu erzählen vom Ende her, von meinem Gerichtsverfahren, von dem Urteil und von der Person, die mir das alles eingebrockt hatte. Und wie dieselbe Person meinen Sohn, das Trauma-Opfer, behandelt hatte. Da konnte Marina nicht mehr an sich halten: »Das ist ein Skandal. Seine Erfahrung als Polizist hätte dazu dienen müssen, diese Sache in Ordnung zu bringen. Ich will damit sagen, er hätte eingreifen können und müssen, damit es zu einer Gerichtsverhandlung mit diesen Tätern kommt. Das wäre doch seine Aufgabe gewesen, Koby zu helfen, ihn zu beraten und ihm beizustehen, auch bei seinem Gang zur Polizei und den Anzeigen gegen die Täter.« Sie war empört.

Marina hatte insbesondere die langen Freitagabende gehasst, wenn der Präsident nach dem Dienst noch ins Büro kam. Dann musste sie oft in den Keller, um umzuräumen, was schon lange umgeräumt war, und der Präsident wollte auch den Keller umräumen. Ob sie sich gewehrt hat, fragte ich natürlich gleich. Er hatte sie unter Druck gesetzt, so wie er es mit allen Frauen tat, die auf ihren Lohn am Ende des Monats angewiesen waren. Auch sie war ausgelacht worden, als sie ihm mit einer Anzeige gedroht hatte. Immer das gleiche Szenario, er hätte dann einfach ausgesagt, der Sex wäre einvernehmlich gewesen. Er wusste aus Erfahrung, das brachte sein Beruf so mit sich, dass man den Frauen in einem solchen Fall nie oder selten glaubte. Es hätte Aussage gegen Aussage gestanden. »Einmal hat mir der Präsident damals geraten, ich solle doch einen Psychologen aufsuchen, und zwar als ich mich nach seinen unzähligen Nötigungen krankschreiben ließ und zwei Wochen nicht mehr zur Arbeit kam. Doch mir blieb nichts anderes übrig, als wieder ins Büro zu gehen, ich brauchte ja das Geld«, erzählte Marina. Sie kannte noch zwei andere Frauen, die auch in der Organisation tätig gewesen und auch von ihm sexuell belästigt und genötigt worden waren. »Da gab es ein Szenario, eine Frau, die zu meiner Zeit auch im Büro arbeitete, erzählte mir davon. Sie vergoss viele Tränen, ehe sie mir davon berichten konnte. Sie war in die Küche gegangen, um sich etwas zu trinken zu nehmen, er war ihr gefolgt, verschloss dann die Küchentür und fiel über die Frau her, auf dem Küchentisch.«

»Diese ernste Sache bringt mich jetzt aber doch zum Lachen. Ausgerechnet auf diesem Tisch, um den herum um 16.00 Uhr alle gemütlich beim Kaffeetrinken sitzen, machte er sich über diese Frau her. Was würden wir beide drum geben, wenn eine Kamera dabei gewesen wäre, um diesen Pornofilm aufzunehmen«, sagte ich.

Sie nickte und lächelte schwach. »Als ich einmal aus dem Keller kam und es wieder passiert war, sagte ich zu ihm, dass meine Kollegen alles gefilmt hätten und dass der Film seiner Frau per Briefpost zukommen würde. Da bekam er es plötzlich mit der Angst zu tun, weil er es für einen kurzen Moment geglaubt hatte.

Außerdem war er gefühlskalt. Das habe ich feststellen müssen, als mein Bruder verstarb. Er verstand nicht, dass ich einige Tage nicht zur Arbeit kommen wollte und das vor lauter Trauer auch nicht konnte. Er verlangte von mir, ich müsste am Arbeitsplatz erscheinen und die zwei Tage Urlaub, die das Gesetz vorsah beim Ableben eines Familienmitglieds, müssten mir genügen. Doch ich blieb der Arbeit eine ganze Woche fern. Diese Fehltage musste ich später auf seine ganz persönliche Art und Weise bezahlen, im Keller, wie schon immer. Aber es war doch mein Bruder, der verstorben war, meine ganze Familie stand unter Schock, angefangen mit meiner Mutter. Doch der machte einfach weiter wie bisher mit seinen Angewohnheiten, kümmerte sich nicht darum, dass ich den Tod meines Bruders verkraften musste. Herzlos und eiskalt, so könnte man ihn bezeichnen.«

Ich nickte und erzählte von der Putzfrau und dem anonymen Brief. Wir nahmen an, dass die betreffende Frau nicht im Keller genötigt worden war und dass jemand sie und den Präsidenten wohl beim einvernehmlichen Sex beobachtet hatte. Nie war er mit der Putzarbeit der Putzfrau zufrieden gewesen, aber sie hatte wohl andere Qualitäten, von denen ich keine Ahnung gehabt hatte. Wir lachten und hätten nur zu gerne gewusst, wer diesen Brief versendet hatte.

Marina wollte unbedingt mit mir zum Berufungsprozess, denn sie wollte das Gesicht des Präsidenten sehen, wenn er uns beide zusammen sah.

Der Berufungsprozess

Als ich den Namen des Richters las, der in meinem Berufungsprozess der Vorsitzende Richter sein sollte, musste ich kurz überlegen. Das war doch der Richter, der vor einiger Zeit beim Obersten Gerichtshof war und als Untersuchungsrichter demissionierte. Eine Hausdurchsuchung, die bei ihm durchgeführt worden war, hatte nichts ergeben. Ein Generalstaatsanwalt soll damals seine schützende Hand über ihn und andere vermeintliche Täter gehalten haben, leider auch in Sachen Pädophilie. Wieder ein anderer Generalstaatsanwalt hatte Observationen gegen diesen Richter beauftragt, da weiterhin und noch sehr lange diese Gerüchte kursierten. Und dieser Richter war noch nie mit der Justiz in Konflikt gewesen. Es sollen nur Gerüchte gewesen sein, alles nur Gerüchte. Der Namen dieses Richters hatte in einem Zeitungsartikel gestanden. Alle haben schützende Hände über sich, nur die Opfer haben das nicht. Bei Verdächtigungen gegen Richter und Staatsanwälte wegen Pädophilie wird eigentlich niemals etwas unternommen. Ich konnte mich nicht mehr erinnern, in welcher Zeitschrift ich diesen Artikel gelesen hatte. Dieser Richter sollte also nun der Richter meines Berufungsprozesses werden.

Ich hatte mich mit meiner neuen Freundin Marina verabredet, denn sie wollte ja unbedingt mit mir zu diesem Berufungsprozess. Sie wollte mich unterstützen und dabei sein, um sich an dem dummen Gesicht des Präsidenten zu ergötzen, wenn er uns beide zusammen sehen würde. Wir hatten auf einer Terrasse einen Snack zu uns genommen und waren dabei, zu Fuß zum Gerichtsgebäude zu gehen. Im Vorhof des Gebäudes blickte ich zur Seite und wen sah ich: den Präsidenten mit seiner Gattin, die zum Eingang des Gebäudes marschierten. Da sie ab und zu in der Vereinigung mitgeholfen hatte, kannte sie Marina. Sie musste es im Gefühl gehabt haben, seine Frau, denn sie drehte sich um und sah uns beide an. Dann drehte sie sich zu ihrem Mann um und flüsterte ihm etwas zu. Jetzt drehte er sich um, sah uns beide und wurde kreidebleich. Dieses Gesicht, ich habe kein Leinentuch in meinem Schrank liegen, das so weiß ist.

Seine Gattin zögerte, blieb dann stehen, kam zu uns, lächelte Marina an, gab ihr die Hand und fragte, wie es ihr denn ginge. Und Marina antwortete: »Es geht mir sehr gut. Schön, dass wir uns heute hier sehen.«

Mich würdigte die Dame keines Blickes, dann ließ sie uns beide einfach stehen und ging zu ihrem Mann zurück, der auf sie gewartet hatte. Widerwillig kam er dann auch zu uns, das heißt, zu Marina, nachdem seine Frau nochmals auf ihn eingeredet hatte. Auch er gab ihr die Hand, ich stand daneben, wurde völlig ignoriert. Man gab doch keiner Angeklagten die Hand, zumal er diesen Prozess selbst in die Gänge gebracht hatte. Eigentlich kränkend und erniedrigend, wo ich doch drei Jahre lang ehrenamtlich für ihn und die Organisation geackert hatte.

»Was für ein Zufall«, sagte Marina, »dass wir uns hier treffen.«

Er antwortete darauf nichts. Doch seine Körpersprache sagte alles, sein erschrecktes Gesicht, der Blick starr nach vorne. Das hatte er sicher nicht erwartet, dass ich heute für den Berufungsprozess eine Frau mitbringe, die ihn und die Organisation sehr gut kennt.

Er und seine Frau betraten das Gerichtsgebäude. Marina und ich waren stehen geblieben, schauten uns an, fielen uns in die Arme und lachten so laut, dass viele Menschen sich umdrehten. Wir hätten so gerne in diesen Kopf reingeschaut. Er fragte sich bestimmt, woher wir uns kannten und was wir uns erzählt hatten. Und ich sagte zu Marina: »Ja, mein Lieber, wir beide haben uns sehr viel erzählt, und ganz besonders die Episoden im Keller. Alles, was du jetzt in deinem Kopf wälzt, wissen wir beide, nur deine Frau nicht, die will ja nichts wissen. Es war eine Fügung, dass wir beide uns kennenlernten und uns austauschen konnten, hauptsächlich über dich.« Wir lachten erneut und betraten dann Arm in Arm das Gerichtsgebäude und strahlten über das ganze Gesicht. Der Anwalt wartete auf mich im Innern des Gebäudes und wollte wissen, warum ich so fröhlich sei, und das bei meinem Berufungsprozess. Das wollte ich ihm später erzählen, heute war mir nicht danach zumute.

»Ganz bestimmt haben die beiden uns beobachtet, als wir draußen so herzhaft gelacht haben«, flüsterte mir Marina zu.

»Das hoffe ich sogar«, flüsterte ich zurück. »Der macht sich vor lauter Angst jetzt in die Hosen.«

In Berufungsprozessen werden keine Zeugen mehr gehört. Wir setzten uns nach hinten in den Gerichtssaal, der Präsident und seine Gattin saßen einige Reihen vor uns, schräg gegenüber. »Sogar von hinten ist er leichenblass«, flüsterte Marina mir zu.

»Das stimmt doch nicht, wie willst du das sehen?«, flüsterte ich zurück.

»Seine Haare sind schneeweiß geworden vor lauter Schreck«, sagte sie.

Da konnte ich nicht mehr und musste wieder lachen. »Hör auf. Er hat doch keine Haare mehr oder siehst du welche?« Wir sahen beide, dass der Präsident und seine Frau immer wieder zu uns herüberschauten und bestimmt gerne gewusst hätten, worüber wir denn so lachten. Wie gerne hätten wir es ihnen gesagt.

Der blasierte junge Anwalt war gerade eingetroffen und setzte sich dorthin, wo die Anwälte normalerweise ihren Platz haben. Die Richter betraten den Gerichtssaal und alle Anwesenden erhoben sich, wie es üblich ist. Für diesen Berufungsprozess saßen andere Richter neben dem Vorsitzenden Richter am Richterpult und es war auch ein anderer Staatsanwalt und ein anderer Schreiber dabei. Auch saß wieder ein Polizeibeamter an der Seite. Der Richter sagte meinen Namen und ich ging zum Richterpult. Er fragte mich, warum ich nicht mit der Strafe einverstanden wäre. Ich antwortete, dass ich überhaupt nicht im Traum daran gedacht hätte, eine Strafe zu bekommen für Briefe, die ich geschrieben hatte und auf die ich eigentlich nur eine Antwort erwartet hätte. Und ich hätte letztlich mitteilen wollen, welche negativen Eigenschaften die Person hätte, die jene betreffende Organisation leitete.

Darauf antwortete er nichts. Das war seine erste Frage gewesen und er hatte noch eine zweite Frage für mich: »Es wird Ihnen außerdem vorgeworfen, diverse Beschädigungen vorgenommen zu haben. Waren Sie das?« Dann zählte er einige der Schäden auf, wie ich sie aus der Akte kannte.

Ich antwortete wahrheitsgemäß: »Ich wünsche mir sehnlichst, dass überall dort, wo dies alles passiert sein soll, Überwachungskameras waren, denn die würden mich ganz sicher entlasten. Außerdem habe ich mich in meinem ganzen Leben noch nie an Objekten ausgelassen. Und alle Schäden, für die ich jemals im Straßenverkehr verantwortlich war, wurden ausnahmslos von meiner Versicherung den Betroffenen erstattet. Und ich hatte meine Schreiben gesendet mit dem Ziel, einen Dialog entstehen zu lassen, ich hätte niemals einen anonymen Brief verschickt. Die Briefe, die ich gesendet habe, trugen alle klar und deutlich meinen Namen, meine Unterschrift oder beides.«

Der Vorsitzende Richter machte eine Geste mit der Hand, was wohl heißen sollte: Setz dich. Ich nahm den Platz in der ersten Reihe neben meinem Rechtsanwalt ein. Es folgte das Plädoyer meines Rechtsanwaltes, das lange dauerte, und er forderte erneut einen Freispruch. Das Plädoyer des jungen eingebildeten Rechtsanwaltes der Gegenpartei war ebenfalls lange und außerdem monoton. Diesen Anwalt hätte ich mir ganz gut als Politiker vorstellen können. Die können reden und reden, und je länger sie reden, desto weniger verstehen die Zuhörer. So war es auch bei ihm. Unter anderem sagte er, dass die Organisation im Fall »Koby« Rechtsanwaltskosten entrichtet hätte.

Mein lieber Bube, hatte ich auf der Zunge, das war doch nur ein Tropfen auf dem heißen Stein gewesen, das hätte ich mit links zahlen können, das bisschen. Hast du eine Ahnung, was ich alles bezahlt habe? Für mich wäre es in jedem Fall günstiger gewesen, diese Organisation niemals aufzusuchen, schon allein vom finanziellen Standpunkt her. Dann meine Nerven und meine Zeit, die ich investiert habe. Für mein Herz wäre das bestimmt auch besser gewesen. Und ich hätte heute hier nicht gestanden und mir diesen verlogenen Prozess anhören müssen. Und allein die Zeit, die ich brauchte, um wieder zu Kräften zu kommen nach allem, was mir angedichtet worden war ... Aber was mich nicht umgebracht hat, hat mich stärker gemacht. Doch davon hatte dieser junge Anwalt sicher keine Ahnung. Ihm fehlte ja noch jede Lebenserfahrung.

Dann hörte ich, es hätten damals Elemente im Fall »Koby« gefehlt. Wollte er damit sagen, dass das der Grund dafür war, dass es nie zu einem Gerichtsprozess gekommen war? Du Ignorant, wollte ich rufen, du hast doch keine Ahnung von diesem Fall, woher nimmst du diesen Schwachsinn? Vier Atteste von Medizinern lagen vor, ein Attest von einem Psychologen, ein Attest von einem Psychotherapeuten und ein Attest von zwei Psychiatern. Hat dir dein Mandant davon nichts gesagt, dieser Dummkopf? Schon wieder sprach er von Koby, aber es ging doch nicht um Koby, so hatte es die Vorsitzende Richterin am ersten Sitzungstag klar und deutlich gesagt.

Ich hätte bei meiner Anhörung gesagt, ich wäre mit dem Fahrrad vorbeigefahren, als das besagte Auto beschädigt wurde. Dann hätte ich wieder angegeben, mit dem Auto vorbeigefahren zu sein, ich würde mir widersprechen. Ich konnte nicht mehr an mich halten, stand auf und sagte laut: »Ich habe immer dasselbe gesagt, Sie drehen mir das Wort im Munde um. Das besagte Fahrrad lag im Wagen, mit dem ich vorbeifuhr.«

»Das ist jetzt wieder ganz was Neues, das haben wir noch gar nicht gehört«, sagte dieser Besserwisser. Mein Anwalt neben mir zog mich am Arm und sagte leise zu mir, ich solle mich beruhigen und nichts mehr sagen. Das ärgerte mich ungemein, diese Sache mit dem Auto der Vereinigung. Von Anfang an hatte ich immer dasselbe gesagt, ich war mit dem Auto vorbeigefahren, nachdem ich Fahrrad gefahren war. Hatte dieser Jüngling denn nicht die Akte gelesen? Bestimmt, doch es war ihm egal. Er wollte mich hinstellen, als würde ich immer wieder andere Versionen vor Gericht auftischen.

Sein Mandant hätte gesundheitlich gelitten und er wollte zusätzlich eine symbolische Summe bekommen für den davongetragenen Schaden. Ich war erneut aufgebracht: Dieses arme Opfer, das nur mit sich selbst beschäftigt war. Der gegnerische Anwalt schloss ab, indem er sagte, es müsste im Urteil stehen, dass ich mich nie mehr in meinem Leben in die Nähe des Klägers begeben dürfte.

Das Plädoyer dieses Staatsanwalts war sehr lang gewesen und ich hatte es als böse und viel schlimmer empfunden als das Plädoyer des Staatsanwalts im eigentlichen Prozess. Als ich meinen Anwalt neben mir leise fragte, ob die Staatsanwälte immer so feindlich seien und nur böse redeten, sagte er leise: »Ja, die sind immer so.«

Immer wieder hatte er von der Akte gesprochen, die beweisen würde, was für ein Mensch ich sei. Auch sagte er, dass man nicht von Mobbing sprechen könnte in meinem Fall, da ich mich doch an keine Organisation gewandt hatte. Und er hätte in der Akte feststellen können, welcher Hass von mir ausging gegen den Kläger. Für den Staatsanwalt sollte das Urteil so bleiben, wie es in erster Instanz ausgesprochen worden war: Zwölf Monate Gefängnisstrafe auf Bewährung, Geldstrafe und dieselben Auflagen.

Ich konnte mich erinnern, dass es mal auf Facebook pauschale Beschimpfungen und Aufrufe zur Gewalt gegeben hatte von mehreren Personen. Sie waren »nur« zu einer Geldstrafe verurteilt worden. Aufruf zu Gewalt und Hass gegen Ausländer und Migranten wurde also weniger streng bestraft als meine »Majestätsbeleidigung«.

Die Richter erhoben sich, die Sitzung war vorbei. Mein Anwalt ging neben mir, als ich stolz und hoch erhobenen Hauptes am Präsidenten und seiner Gattin vorbeiging, um den Saal zu verlassen. Gedemütigt hatte er mich, doch meinen Stolz hatte er mir nicht genommen und würde das auch niemals schaffen. Wir verließen den Saal und draußen unterhielten Marina und ich uns noch mit meinem Rechtsanwalt. Der junge Anwalt der Gegenpartei redete mit dem Präsidenten und seiner Gattin gleich nebenan.

»Er ist noch immer blass bis hinter die Ohren«, spöttelte Marina und wir lachten erneut. Mein Anwalt wusste nicht, von was wir beide sprachen und weshalb wir so herzhaft lachten.

Schuldig ist, wen der Richter für schuldig hält! Aber ist das auch gerecht?

Im Berufungsprozess war mir das Datum der Urteilsverkündung mitgeteilt worden. Wenn ein Angeklagter in Berufung geht, kann sein Urteil besser oder schlechter ausfallen oder es kann so bleiben, wie es in erster Instanz festgehalten wurde. Ich wollte dabei sein bei der Urteilsverkündung und begab mich am betreffenden Tag und zur angegebenen Uhrzeit mit dem Anwalt in einen Gerichtssaal, wo die Urteile aus zweiter Instanz mitgeteilt werden. Wenn der Angeklagte nicht anwesend ist, wird das Urteil seinem Rechtsanwalt zugesendet. Pünktlich um 14.00 Uhr betrat ein Richter den Saal. Es war der Richter, über den der Generalstaatsanwalt damals seine schützende Hand gehalten hatte in Sachen Pädophilie. So hatte es zumindest in einer Zeitung gestanden.

Es sollten mehrere Urteile gesprochen werden an diesem Tag. Drei Polizisten betraten den Gerichtssaal mit drei jungen Menschen in Handschellen. Zuerst wurden einem der Männer die Handschellen abgenommen und er trat vor den Richter. Dann der nächste und am Schluss war es ein junges Mädchen, das vor den Richter trat. Sie gehörten alle drei einer Bande an, die Feuer gelegt hatte in Gehöften und leerstehenden Häusern. Die Strafe für diese drei jungen Menschen wurde verringert, doch sie mussten alle drei für einige Jahre ins Gefängnis. In Handschellen wurden sie abgeführt und zurück ins Gefängnis gebracht.

Mir schien es, als wollte der Richter sich vom Richterstuhl erheben, mein Anwalt trat vor und sagte, wir würden auf mein Urteil warten. Er hatte uns gar nicht gesehen oder nicht erwartet, dass ich als Angeklagte den Urteilsspruch in zweiter Instanz hören wollte. Er suchte in seinen Unterlagen und sagte dann, dass das Urteil lautete: sechs

Monate Gefängnis auf Bewährung, anstatt zwölf Monate und alle Auflagen blieben dieselben. Ich stand da, sagte kein Wort, drehte mich um und verließ den Gerichtssaal und ließ meinen Anwalt stehen. Ich wollte nur weg, weit weg, auf jeden Fall weg vom Gerichtsgebäude.

Das Urteil lag nun einige Zeit zurück. Meinen Freundinnen Astrid, Leonie und Maggy hatte ich mitgeteilt, wie das Urteil in zweiter Instanz ausgefallen war. Wir mussten uns unbedingt sehen, um darüber zu sprechen. Unsere Bar war für unsere Besprechung diesmal nicht der richtige Treffpunkt, wir hatten uns wieder bei Leonie zu Hause verabredet. Wir wollten in aller Ruhe zusammen sein und niemand sollte uns dabei zuhören. Früher als sonst, so um 18.00 Uhr, traf ich bei Leonie ein, Astrid und Maggy waren schon da. Wir hatten uns so viel zu erzählen, es sollte ein langer Abend werden. Leonies Ehemann Marc konnte heute Abend nicht dabei sein, doch er hatte eine Schinkenplatte und einen schönen Salat für uns zubereitet. Leonie stellte noch eine Kanne heißen Tee auf den Tisch. »Auch wenn der Tee nicht so recht passt zu unserem Essen heute Abend, es wird nichts anderes geben. Wir wollen doch einen klaren Kopf behalten und ihr müsst heute Abend noch nach Hause fahren, also kein Alkohol«, sagte sie uns gleich. Wir waren einverstanden mit dieser Entscheidung und ließen uns den köstlichen Tee schmecken und aßen von dem vorzüglichen Schinken, den Salat wollten wir später essen. Wenn wir uns sonst trafen, war es immer gleich losgegangen mit dem Erzählen. Heute war die Stimmung gedrückt, keine von uns sagte etwas.

Maggy konnte schließlich nicht mehr an sich halten und legte los: »So wie heute die Luxemburger Justiz vorgeht, könnte man sie durch den Spieltisch eines Spielkasinos ersetzen. Man gibt 10.000 Euro und die Kugel rollt, entweder auf schuldig oder unschuldig. Nehmen wir nur den Mordfall Hassel: erst lebenslänglich, dann Freispruch. Oder DSK und die Steuern: erst schuldig und dann Freispruch. Dieser Staat ist fauler, als die meisten Leute es wahrhaben wollen. Wenn mal die jungen Magistraten die alleinige Regentschaft haben, wird es hier eine grausame Anwendung der Gesetze geben, die Kleinen werden zu Freiwild und die Mächtigen sind unantastbar.«

»Eine Theaterbühne, dieser Gerichtssaal, und ich denke auch an Lotterie, wenn ich an Gerichtsurteile denke«, sagte Leonie. »Es geht in den Gerichtsprozessen in Luxemburg überwiegend darum, wer die besten Beziehungen hat, der Kläger oder der Angeklagte. Und das Allerwichtigste überhaupt sind die gesellschaftlichen Positionen der Beteiligten. Wer ist der Angeklagte, wer ist der Kläger? Was weiß man von beiden? Die Wahrheit interessiert niemand vor Gericht, am wenigsten den Richter. Einer gewinnt und einer verliert und die Rechtsanwälte gewinnen immer, denn sie bekommen immer ihr Geld, entweder vom Angeklagten oder vom Kläger. Handelt es sich dabei um eine Organisation, hat man überhaupt keine Chance, du warst verloren von Anfang an.«

Leonie holt kurz Luft, dann sprach sie weiter: »Ich habe diesen Artikel in einer Zeitschrift entdeckt.« Sie legte ihn auf den Tisch. »Es geht darum, wie milde Luxemburgs Polizisten bestraft werden. Diese Polizei-Strafen sind eine Farce. Luxemburgs Polizei hat im Moment ein massives Imageproblem. Wenn Polizisten im Dienst Fehler machen, werden sie milde oder gar nicht bestraft! Luxemburgs Richter lassen beinahe immer Gnade vor Recht ergehen. Und hier steht noch etwas sehr Wichtiges«, sagte sie und zeigte auf die Zeile. »Wenn ein Richter glaubt, dass dein Mandant schuldig ist, hast du keine Chance, ihn vom Gegenteil zu überzeugen. Beweise, Indizien, Zeugenaussagen passen da oft genug nicht ins Programm. Immer öfter kommen Staatsanwälte mit einem fertigen Text für ihr Plädoyer in die Verhandlung. Und egal, was der Prozess bringt und was dort angesprochen wird, sie rücken nicht von dem vorbereiteten Text ab.«

Ich seufzte. »Und ich kann berichten von einem Urteil, das letzte Woche gesprochen wurde, und zwar über diesen Fall: Ein Traktorfahrer hat bei einem Unfall den Tod eines Motorradfahrers verschuldet, weil er die rote Ampel missachtet hat. Er musste eine Geldstrafe von nur 1.500 Euro bezahlen und bekam ein Fahrverbot von sechs Monaten auf Bewährung.«

Maggy schüttelte den Kopf. »Er war schuldig am Tod eines Menschen, weil er die Ampel übersehen hat. Dafür gab es keine Haftstrafe, keine Bewährungsstrafe, nur ein Fahrverbot auf Bewährung? Das ist ein regelrechter Skandal. Gut, es war kein vorsätzlicher Mord, aber ein Mensch ist gestorben durch seine Schuld. Hättest du gewusst, welche milde Strafe in einem solchen Fall gesprochen wird vor Gericht, vielleicht hättest du dir dann einen Traktor ausgeliehen, was?«

Sie zwinkerte mir zu. »Und im richtigen Moment an der Straßenecke, bei der richtigen Ampel und der richtigen Person …«

»Du scheinst mich gut zu kennen, du sprichst mir aus dem Herzen.« Ich lächelte. »Doch stell dir mal vor, der Traktor hätte eine Schramme abgekommen, das hätte mir doch sehr leidgetan für diesen Traktor.«

»Immer noch so sarkastisch, bleib bloß so, wie du bist. Wir kennen dich nicht anders«, lachte Maggy.

Und Leonie fuhr fort: »Seit geraumer Zeit schon weiß die Luxemburger Bevölkerung, dass Unfallfahrer, die den Tod eines Menschen verschuldet haben, eine geringere Strafe vor Gericht bekommen als ein Einbrecher oder ein Dieb. Über ein anderes Urteil stand kürzlich in der meistgelesenen Luxemburger Tagespresse unter dem Titel ›Sex-Tape heimlich im Netz veröffentlicht‹, dass ein Mann eine flüchtige Bekanntschaft, mit der er eine kurze Affäre hatte, belästigt hat. Er hat fast acht Monate lang mehr als 500 Kurznachrichten und E-Mails an sie verschickt. Als die Frau nicht auf seine Forderungen, Beleidigungen und Drohungen einging, stellte er zudem ein ohne das Wissen der Frau aufgenommenes Video mit sexuellem Inhalt ins öffentliche Netz. Darauf war sie zu sehen – komplett mit ihrem richtigen Namen und ihrer richtigen Adresse. Dafür wurde der Mann zu einer Bewährungsstrafe sowie einer Geldstrafe von 1.000 Euro verurteilt. Die Staatsanwaltschaft hatte ihn nach der Anzeige der Frau wegen Belästigung, Drohungen, Diffamierung, Sittenwidrigkeit sowie Verletzung der Privatsphäre angeklagt. Aus Sicht der Staatsanwaltschaft hat der Angeklagte mit ausgesprochen krimineller Energie und dem Ziel gehandelt, dem Opfer zu schaden. Er sei deshalb in sämtlichen Anklagepunkten für schuldig zu befinden. Der Staatsanwalt hat ihn sogar als Narzissten bezeichnet. Wenn der Angeklagte in Berufung gehen wird, dann kann es aber sein, dass er überhaupt keine Strafe mehr bekommt.«

Die Geschichte hatte ich auch gelesen und ich sagte: »Ich hingegen habe niemanden bedroht oder diffamiert, keine Nachrichten oder E-Mails verschickt, keine Sex-Tapes ins Netz gestellt, keine kriminelle Energie war vorhanden. Verfolgt habe ich niemanden und kaputtgemacht gar nichts. Diese ganze Affäre stinkt einfach zum Himmel. Und dann gab es diesen Fall mit einem Polizisten, der seinen Wagen abgefackelt hat, um die Versicherungsprämie abzukassieren. Er war nicht geständig, nur die Indizien hatten ihn überführt. Das Urteil: 15 Monate Gefängnis auf Bewährung und eine Geldstrafe. Na, wenn das mal kein Polizisten-Bonus war! Vor Monaten gab es dann ein Urteil im Fall eines jungen Mannes, der eine alte Scheune abgefackelt hat: zehn Jahre Gefängnis, weil er ein Brandstifter war. Und dann war da noch das Urteil, das ich im Gericht mitbekam, diese drei jungen Leute, die Feuer in leerstehenden Häusern gelegt hatten. Alle drei bekamen eine Haftstrafe zwischen sieben und zehn Jahren und das im Berufungsprozess. In erster Instanz waren die Gefängnisstrafen noch viel höher ausgefallen.«

Wir diskutierten hin und her, schließlich war ich wieder bei meinem Buch. »Seitdem mein Buch erschienen ist, bin ich von vielen Seiten bedrängt worden, die Sache um Himmels willen ruhen zu lassen. Doch dieses Buch hat mir Gelegenheit gegeben, mit so manchen Opfern Kontakt aufzunehmen. Diese Menschen haben mir ihr Schicksal erzählt. Schon allein dieser Kontakt ist die Mühe wert, Bücher zu schreiben. Man versuchte und versucht noch immer mich einzuschüchtern, mir einen Knebel in den Mund zu schieben, mich einfach mundtot zu machen. Kürzlich hat mir ein Facebook-Freund eine private Nachricht zukommen lassen, die er selbst von einem seiner Facebook-Freunde und der wiederum von einem anderen Freund erhalten hatte. In der Nachricht schrieb eine Frau, dass ich zehn Strafanzeigen am Hals hätte. Sie stellte Koby als einen Lügner dar, denn er hätte das alles gar nicht überleben können. Sie wäre im Gerichtssaal gewesen, als mein Urteil gesprochen wurde. Sie kannte sogar meinen richtigen Namen und hat ihn auch auf Facebook gepostet. Ich habe der Frau geantwortet, dass niemand bei der Urteilsverkündung war außer meinem Rechtsanwalt und dem Richter. Nur beim eigentlichen Gerichtsprozess waren mehrere Personen und beim Berufungsprozess waren einige Personen im Gerichtssaal und auch meine neue Freundin. Dass sie so viele Lügen über mich erzählen könnte, wie sie möchte, meine Bücher würden trotzdem gekauft. Dass ich meinen Lebensunterhalt mit meinen Büchern jetzt bestreiten würde. Aus ihren Facebook-Antworten war herauszuhören, dass sie überhaupt keine Angst hatte. Meine Drohung, ich würde eine Strafanzeige wegen böswilliger Unterstellungen und Beleidigung gegen sie bei der Kripo aufgeben, ließ sie kalt. Aber wie kam diese Frau auf ihre gemeinen Unterstellungen? Ich vermute, dass sie Polizistin ist oder die Freundin eines Polizisten, und dass sie jeden Tag Jagd machte auf Facebook, weil sie im Auftrag handelt. Ich vermute das, weil sie meinen richtigen Namen kannte und noch etliche kleine Details wusste.

Andere Facebook-Nutzer nannten sie auch eine Denunziantin, die im Auftrag der Polizei auf Facebook spionieren würde. Diese Nachricht ist auf kurvenreichen Umwegen zu mir durchgedrungen, war aber keine sechs Stunden im Netz unterwegs, bis sie bei mir war. Die Facebook-Freunde, die diese Nachricht an mich weiterleiteten, kannten mein Buch, aber ich kannte sie nicht persönlich. Doch sie wollten von mir wissen, was diese Postings bedeuten. Sie trauten sich, mich das zu fragen, weil sie das alles sowieso nicht glaubten.«

»Vielleicht war sie die Frau des Kripobeamten«, warf Astrid ein.

Ich zuckte mit den Schultern. »Kann sein. Übrigens habe ich kürzlich in der Presse gelesen, dass diesem Kripobeamten anlässlich des Luxemburger Nationalfeiertags bei einer Feier eine Medaille überreicht wurde. Es steht auch in diesem Artikel, dass Polizisten ein exemplarisches Berufs- und Privatbenehmen an den Tag legen müssen, damit man stolz auf sie sein und der Bürger die richtige Bedeutung des Polizeiarbeit erkennen kann.«

Wir lachten alle laut und spöttisch, was die Stimmung ein wenig hob.

»Jedes Jahr finden solche Feiern statt. Das sind Auszeichnungen für geleistete Arbeit im Dienste der Allgemeinheit. Auch zu deinem Fall hat dieser Polizist ja seinen Beitrag geleistet«, meinte Maggy mit einer großen Portion Ironie.

»Meinst du diese schlampige Polizeiarbeit, die er geleistet hat?« Ich sah sie mit erhobenen Augenbrauen an. »Dafür würde ich ihm gern noch danken«, antwortete ich mit gleicher Ironie. Aber ich war nur froh, nichts mehr mit ihm zu tun zu haben.

Die Schuldigen wurden nicht vor Gericht gestellt

Ich kann nur feststellen, seitdem Koby den Mund aufgemacht hat, um über alle erlittenen Taten zu berichten, habe ich fünf Vorladungen bei der Polizei gehabt. Aber es gab keine gerichtlichen Nachspiele für die Täter aus Schule und Internat, die auch Kobys Verfolger waren, ihn an unterschiedlichen Plätzen eingesperrt und ihn an der Bushaltestelle zusammengeschlagen haben. Auch nicht für die Täter aus dem Sportclub oder die im Supermarkt. Das Trauma-Opfer wurde kläglich im Stich gelassen. Alle, die sich hätten kümmern sollen, haben kläglich versagt.«

»Das kann alles kein Zufall sein, weil es so viele Zufälle einfach nicht gibt. Alle diese Täter haben es nicht mal bis zum Untersuchungsrichter geschafft«, sagte Maggy. »Für wie blöd wird die Menschheit von der Polizei und von der Justiz gehalten? Die meisten Menschen sind sich sicher darüber im Klaren, dass man die richtigen Beziehungen braucht vor Gericht. Doch alle sind wir machtlos, daran werden wir einfachen Menschen nie etwas ändern können. Alle diese Verbrecher wurden gedeckt von irgendwelchen Leuten, die nicht wollten, dass etwas aufgedeckt wird. Eine ganze Gemeinschaft von Verbrechern, die zusammenhält, damit solche Verbrechen nicht ans Tageslicht gelangen. Und wir, die wir in diesem Raum zusammensitzen, wissen alle, dass dieser eine Mann, von dem immer wieder die Rede ist, Rückendeckung bei der Justiz hatte und weiter haben wird. Es sollte nichts auf diese Organisation kommen. Da dieser Polizist in Rente war, konnte es keine Amtsbeleidigung sein, aber wie du sagst: Es war dann eine Majestätsbeleidigung und du solltest bestraft werden, damit du endlich den Mund hältst. Du hast Wahrheiten geschrieben und Vermutungen angestellt. Und dieser Mann hat nie mit offenen Karten gespielt. Darum musstest du gehen. Er hat kläglich versagt, das ist ein wahres Armutszeugnis für ihn und seine Organisation. Das müsste er normalerweise selbst wissen. Und wenn er das noch immer nicht wissen sollte, müsste man ihm das endlich sagen.«

»Diese Unterredung reserviere ich dir. Eine Auflage ist aber, dass ich keinen Kontakt mit diesem Menschen, wir haben uns geeinigt auf Soziopath, mehr haben darf. Eigentlich wäre es eine schlimmere Strafe für mich gewesen, wenn ich mit ihm noch einmal hätte Kontakt aufnehmen müssen. Selbst eine Spende an die Organisation könnte mir eine Gefängnisstrafe einbringen. Aber ich brauche ja auch keinen Kontakt mehr. Denn die letzten Wahrheiten, die ich noch nicht kannte, hat mir Astrid mitgeteilt.«

»Und wieso eine Gefängnisstrafe im Fall einer Spende?«, fragte Leonie.

»Das könnte so ausgelegt werden, als hätte ich Kontakt mit der Organisation, zwar indirekt, aber Kontakt wäre es trotzdem«, erklärte ich.

Maggy winkte ab. »Aber wer kommt jetzt noch auf die Idee, denen Geld zu spenden? Und du bist doch nicht bekloppt, das wissen wir alle.«

»Der Präsident hat Koby lächerlich vor Gericht und den Richtern aussehen lassen, hat ihn im Gerichtssaal zu einem Lügner abgestempelt, ohne dass er zugegen war. Und jetzt denke ich an die Weihnachtsfeier, die mir auch heute nicht aus dem Kopf geht. Koby kriegt keine Einladung mehr, er ist ja kein anerkanntes Opfer, gut, er würde sowieso nicht hingehen. Alle echten Opfer, die ich im Laufe der Zeit kennengelernt habe, kamen nicht zu dieser Weihnachtsfeier, trotz der Einladung. Entweder standen sie noch unter Schock und hatten Mühe, überhaupt im Leben zurechtzukommen, oder sie wollten eine Weihnachtsfeier vielleicht nicht. Doch das hat der Präsident nie verstanden. Also, was machte er? Er lud einfach andere Menschen ein, Freunde der Organisation und Mitglieder, die ihren Beitrag immer leisteten und bei der Generalversammlung erschienen. Denn es wäre doch eine Blamage gewesen, hätte er allein dagestanden bei dieser

Weihnachtsfeier, und er hätte unter dem Weihnachtsbaum ›Oh du fröhliche‹ allein singen müssen.« Ich hielt kurz inne und schüttelte den Kopf. »Er hat es nicht nur in Kauf genommen, nein, er hat alles darangesetzt, mich ins Gefängnis zu bringen. Über Leichen gehen, das kann man oder man kann es nicht. Erlernen kann man so etwas nicht, und er kann es. Und hier zeigt sich wieder der überwältigende Mangel an Besorgnis über die verheerenden Auswirkungen, die die Handlungen eines Soziopathen auf andere haben. Er hat mich ganz bewusst ans Messer geliefert.

Aber ich habe euch noch etwas zu berichten, damit wir doch noch ein bisschen lachen können. Nicht später als letzte Woche kam noch eine Vorladung von der Polizei, die sechste also. Diesmal kam mir das aber einfach unheimlich vor, es war wie ein Spuk. Zu Hause lief ich hin und her, den Kopf voller Fragen. Was sollte das nun wieder sein? War das wieder ein Täter, der mich anschwärzen wollte? Auch ein Anruf bei der Polizeidienststelle brachte mich nicht weiter. Ich dachte an ein Vergehen im Straßenverkehr oder vielleicht eine Rechnung, die noch offen war und die man an die Polizeibehörden weitergeleitet hatte. Aber ich hielt es für unwahrscheinlich, dass irgendjemand wegen einer offenen Rechnung eine Anzeige erstatten würde. Vielleicht hatte ich jemandem Schaden zugefügt und war mir dessen nicht bewusst. Da ich einfach nicht wusste, um was es sich handeln könnte bei dieser Vorladung, war ich sehr aufgeregt und entsprechend nervös bis zum Tag der Anhörung.

In Begleitung meines Rechtsanwaltes ging ich zum vereinbarten Termin. Der Polizeibeamte schien sichtbar geniert, als er feststellte, dass ein Rechtsanwalt mich begleitete. Nach dem Personencheck war seine erste Frage, ob ich denn bei besagter Organisation gearbeitet hätte. Und ob ich mit dem Gerichtsurteil nicht einverstanden gewesen wäre. Ich fragte mich gleich, was nun wieder passiert war. Mein Anwalt antwortete an meiner Stelle: ›Mit einem Urteil einverstanden sein, das ist so eine Sache, die allerwenigsten Verurteilten sind mit einem Urteil zufrieden. Aber meine Mandantin hat das Urteil und die dazugehörige Strafe akzeptiert.‹

Auch beim Vorzeigen eines Fotos schien der Polizeibeamte sichtlich geniert. Zuerst konnte er nicht erkennen, was sich eigentlich auf dem Foto befand. Dann teilte er mir mit, dass bei der Organisation, in der ich ehrenamtlich tätig gewesen wäre, der Briefkasten voller Kot vorgefunden worden wäre. Auf dem Foto war der geöffnete Briefkasten mit einer dunklen, undefinierbaren Masse zu sehen. Fast hätte ich laut gelacht, doch ich hielt mich zurück, ebenso der Rechtsanwalt. Ob ich denn mit meinem Hund dort spazieren gegangen wäre. Da hätte ich nochmals fast laut gelacht.

›Nein‹, sagte ich bestimmt, ›das ist mir zu weit weg, ich gehe da nicht spazieren, ich mache auch eher einen Umweg um diese Organisation. Ich hätte ehrenamtlich tätig werden können genau in dieser Straße, nicht weit weg von der Organisation, und das bei einer wirklich guten Institution. Doch allein die Tatsache, dass ich dann dieselbe Straße hätte durchqueren müssen, zu Fuß oder mit dem Auto, hat mich davon abgehalten. Nein, ich war dort nicht, weder mit noch ohne Hund.‹

Hätte er doch lieber mal bei den Personen nachgefragt, die alle im Streit da weggegangen sind und die nicht mehr zurückwollten. Das wären doch gute Verdächtige für ihn. Warum war ich nun schon wieder im Visier? Hundert Personen zu fragen, wäre wohl zu viel Arbeit gewesen für einen Polizeibeamten.«

»Weißt du«, sagte Leonie, »für die Scheiße, die dieser Mann verdient hat, gibt es eigentlich nicht genug Bauernhöfe mit gefüllten Jauchegruben im ganzen Luxemburger Land. Diese ganze Kacke würde ich ihm wünschen und dann wäre er immer noch zu gut davongekommen. Denn Kacke kann man abwaschen, abduschen, abwischen und man ist wieder sauber. Doch Frauen erniedrigen und nötigen und Opfer vor die Tür setzen, das belastet die Betroffenen ein Leben lang.«

Trotz der ernsten Lage kriegten wir uns nicht mehr ein vor lauter Lachen.

»Wie auch immer«, sagte ich schließlich japsend, »der Präsident hat mich einmal mehr verdächtigt, nun wegen dem Briefkasten und dem Kot. Was soll das? Angeschwärzt hat er mich wieder, ungerechterweise. Aber bis jetzt habe ich nichts mehr gehört von dieser Sache mit dem Briefkasten. Würde mich trotzdem interessieren, wer verantwortlich für die abgelieferte Kacke ist. Ich fürchte, wir werden es nie erfahren, doch es kommen viele Menschen infrage, fast alle, die einmal in dieser Organisation tätig waren.«

Die Bewährungshelferin vom Staat

Ich trank einen großen Schluck Tee und wechselte das Thema. »Es gibt für mich Auflagen in diesem Urteil, eine davon ist, dass ich mich einer psychologischen, psychiatrischen oder therapeutischen Behandlung unterziehe. Dies wird im Urteil mit einer Persönlichkeitsstörung begründet, aber ich habe das psychiatrische Gutachten nicht zu Gesicht bekommen. Und es wäre doch eine schöne Auflage für mich gewesen, wenn ich soziale Arbeit hätte leisten müssen, bei freier Wahl der Institution und Tätigkeit, da hätte ich doch glatt wieder diese Institution ausgewählt. Die hätten sich doch sicher gefreut. Was meint ihr?«

Das brachte erneut Heiterkeit in unsere ernste Abendrunde.

Maggy wusste zu berichten, dass Narzissten nicht nur als unheilbar, sondern auch als unbehandelbar angesehen werden, und dass die meisten Therapeuten nicht mit ihnen arbeiten wollen. Die psychologische Beratung wäre nur verschwendete Mühe. Traditionelle therapeutische Ansätze machen sie nicht ausgeglichener und verträglicher, sondern vielmehr geschickter darin, andere zu manipulieren und ihr Verhalten zu verschleiern. Und nun musst du dich eben therapeutisch behandeln lassen. Bei dem Präsidenten hätte es ja keinen Zweck. Aber gut, mittlerweile ist es ja so, dass Trauer als eine normale Emotion schon zu einer Krankheit erklärt wird. Vom Säugling bis zum Greis, niemand ist gefeit davor, als gestört bezeichnet zu werden. Es gibt Insider, die vor einer Inflation psychiatrischer Diagnosen warnen. Die Diagnose ›psychiatrischer Defekte‹ basiert auf Meinungen und Interpretationen. Man kann also nicht so einfach beschreiben, was normal ist und was nicht.«

Dem musste ich zustimmen. Und ich ergänzte: »Und ich sage auch, dass mein Urteil zurechtgebogen wurde mit dieser Persönlichkeitsstörung. Eine Gemeinheit.«

Zu feiern hatten wir wirklich nichts an diesem Abend, aber wir sehnten uns alle nach einem Glas Rotwein. Doch Leonie brachte uns noch eine Kanne heißen Tee. »Lieber eine Pipipause mehr als unter Alkoholeinfluss nach Hause fahren«, meinte sie fürsorglich. »Ich habe übrigens noch etwas sehr Interessantes gelesen über Soziopathen. Der gemeine Soziopath trägt eher Anzüge und Uniformen und arbeitet in Hilfsorganisationen und schwindelt vor, dass er ein Retter ist, als dass er sich schwarz gekleidet im Schatten versteckt. Das ermöglicht es ihm, weitaus größeren Schaden anzurichten.« Wir lachten erneut, auch wenn das nicht wirklich lustig war.

Ich schenkte mir neuen Tee ein. »Danke für den Tee«, sagte ich und fuhr fort: »Meine Erfahrung wird euch hoffentlich davon abhalten, in dieser Organisation nach Hilfe zu suchen. Das war der größte Irrtum meines Lebens, doch aus Schaden wird man klug. In Verzweiflung klammerte ich mich an einen Strohhalm, doch ich wusste nicht, dass er morsch war. Wie hätte ich das auch wissen können? Also, mir wurde eine Bewährungshelferin von der Justizbehörde zur Seite gestellt und das für fünf Jahre. Im Grunde ist dieser staatliche Dienst eine Kontrolle der Justizbehörde, dass ich die Auflagen einhalte. Der erste Besuch fand in den Räumlichkeiten dieses staatlichen Dienstes statt.«

Astrid schaute mich mitfühlend an und fragte: »Was habt ihr denn da so geredet, wie ging das Gespräch vor sich?«

»Ich musste nochmals die Seite mit den Auflagen unterschreiben. Und wenn ich euch jetzt erzählen soll, was wir geredet haben, muss ich gestehen, dass ich mich an nichts mehr erinnern kann. Danach stattete mir dieser Justiz-Kontrolldienst einen Besuch zu Hause ab, um ein Gespräch mit mir zu führen. Ich fragte mich, ob die Justiz wissen muss, wie und wo ich wohne, ob ich allein oder mit jemandem lebe, was ich mache, wie es bei mir aussieht. Kaffee wollte ich nicht anbieten, das wäre womöglich noch als Bestechung ausgelegt worden. Sie waren zu zweit, man hatte sich also abgesichert. Dass ich mich dann nach Deutschland zu einem Psychotherapeuten in Behandlung begeben wollte, hat diesem Justiz-Kontrolldienst irgendwie nicht gepasst. Wir hätten doch im eigenen Land auch viele gute Therapeuten, meinten sie. Hätte ich sagen sollen, es sei sehr schwer, einen guten Therapeuten in diesem großen Angebot zu finden? Die Adresse, die ich da hätte, wäre aber weit weg und das Ganze würde viel Geld kosten, sagten sie. Wie ich denn an diese Adresse gekommen wäre? Da schrillten bei mir wieder die Alarmglocken. Es steht mir doch frei, mich an einen Therapeuten meiner Wahl zu wenden, oder? Meine Antwort war, dass mir für eine gute Behandlung kein Weg zu weit sei, auch 200 Kilometer nicht. Ich glaube, meine Antwort gefiel der Justizdame gar nicht, aber sie ließ es sich nicht anmerken. Alle sechs Monate müsste der Therapeut einen Bericht über mich schreiben, den ich dann bei dieser Bewährungshelferin einreichen muss, die ihn dann an den Oberstaatsanwalt von der Generalstaatsanwaltschaft Luxemburg weiterleitet.«

»Glaubst du denn«, fragte Leonie, »dass diese Damen und Herren dort oben einen solchen Bericht lesen werden?«

Ich schüttelte den Kopf. »Nein, ganz bestimmt nicht. Ich sehe es als eine Schikane an. Und außerdem steht in diesem Bericht, den der Therapeut verfasst hat, auch nichts Genaues. Auf ihre Frage, ob ich denn dem Therapeuten auch das Urteil mitgeteilt hätte, warum ich mich in therapeutische Behandlung begebe, sagte ich, dass ich ihm meine Akte überreicht hätte und ihm auch alles übersetzt hätte. Darauf erhielt ich keine Antwort. Und dann habe ich noch unterstrichen, dass es keine Strafe für mich wäre, keinen Kontakt mehr mit dieser Organisation zu haben. Es wäre eher eine Strafe für mich gewesen, noch mit ihr Kontakte haben zu müssen. Die sind nicht mal eine Briefmarke wert und ein Telefonat schon gar nicht und keine Minute von meiner kostbaren Zeit.

Mein Therapeut erhielt dann einen Anruf dieser Bewährungshelferin und war sehr erbost und sagte ihr das auch am Telefon. Sie hatte mir nicht geglaubt, dass ich dem Therapeuten den Grund mitgeteilt habe, warum ich ihn aufsuche. Er teilte ihr mit, er würde sich auf die Seite seiner Patienten stellen, das würde er immer tun. Und nicht auf die

Seite der Luxemburger Justiz und einem ergangenen Urteil, mit dem er in der Sache gar nicht einverstanden wäre. Sie hat auch gesagt, dass es viele Menschen gäbe, die den Therapeuten nicht bezahlen würden. Seine Antwort war, dass das wohl nur den Therapeuten etwas anginge, in keinem Fall aber die Luxemburger Justiz. Kurz, er hat sie zusammengestaucht, dass sie ganz klein wurde. Er wollte mir das unbedingt so schnell wie möglich mitteilen, damit ich mal wieder eine Nacht ruhig schlafen könnte.

Und ich sage euch, das passt der Luxemburger Justiz nicht, dass ich in Deutschland zum Therapeuten gehe. Sie hatten vor, mir einen Therapeuten in Luxemburg vorzuschlagen aus einer Liste, die der Justiz vorliegt. So hätten sie absolute Kontrolle über mich und den Therapeuten gehabt.«

»Dann ist dieser Kontrolldienst vom Staat für jeden Bürger des Luxemburger Landes zuständig bei Bewährungsstrafen?«, wollte Leonie wissen. »Also auch für Richter, die verurteilt werden? Könnt ihr euch vorstellen, dass auch nur ein einziger Richter vor diese Kontrollinstanz tritt und das auch noch fünf Jahre lang? Oder dass Politiker oder andere bekannte Persönlichkeiten viele Jahre in den Büros dieser Justizkontrolle vorstellig werden?«

»Nein, das kann ich mir nicht vorstellen«, antwortete ich entschieden. »Diese Einrichtung wurde vermutlich geschaffen, um das Fußvolk zu kontrollieren. Kürzlich wurde übrigens ein Vormundschaftsrichter seines Amtes enthoben. Es gab tatsächlich einen Prozess und dann ein Urteil. Aber durch eine Kontrollinstanz musste dieser Richter bestimmt nicht. Er war jemandem auf die Füße getreten, der endlich auch ein Stück vom Kuchen abbekommen wollte. Jetzt wird ein neuer Vormundschaftsrichter ernannt und es wird sich nichts ändern in Zukunft mit der Vormundschaft. Und wenn man das verstanden hat, weiß man schon mehr als die meisten Menschen.«

Es tröstete mich ein wenig, dass alle unzufrieden waren mit dem Urteil. Marc, der gerade nach Hause kam, meinte, dass meine Verteidigung schlecht gewesen wäre, denn es ist das Resultat, das zählt, und er fügte hinzu: »Ich würde in deinem Falle sagen: außer Spesen nichts gewesen. Deine Verteidigung hättest du selbst übernehmen sollen, du hättest es nicht schlechter gemacht.«

»Ja«, sagte ich, »vielleicht, ich weiß nicht, ob du recht hast, doch ich habe auch schon darüber nachgedacht. Nachher ist man immer klüger. Nächste Woche werde ich meine neue Freundin Marina wiedersehen. Auch sie hat mir so manches zu berichten. Außerdem zählt sie ebenfalls zu den Opfern der Organisation und des Präsidenten, aber das habe ich euch ja schon erzählt.«

Termin bei der Abteilung »Jugendschutz« bei der Kripo

Dann holte ich tief Luft, denn eine Sache hatte ich noch gar nicht erzählt. Jetzt fiel sie mir wieder ein. »Ich muss euch übrigens noch von einer weiteren Vorladung erzählen, die ich zum Glück hinter mir habe. Ich habe tatsächlich aufgehört, die zu zählen. Und zwar war ich vorgeladen bei der Abteilung ›Jugendschutz‹ bei der Kripo. Zuerst war ich erschrocken und beunruhigt wegen dem erneuten Einschreiben, konnte mich aber gleich entspannen nach meinem Anruf bei dieser Abteilung. In der Vorladung stand, ich sei als Zeugin oder Anklägerin vorgeladen. Mein erster Gedanke war dann, dass in dieser Abteilung doch seit über zwei Jahren Kobys Kleider liegen. Ich erfuhr, es sollten doch noch Untersuchungen zwecks DNA-Spuren an seiner Kleidung vorgenommen werden. Sollte es doch noch Aufklärung in diesem Fall geben? Nein, sagte ich mir, dann hätte die Kripo mich nicht vorgeladen.«

Marc runzelte die Stirn. »Da war wieder Hoffnung aufgeflammt, oder? Doch ich kann mir jetzt schon vorstellen, dass es auch bei deiner Vorladung keine Aufklärung gab. Dann erzähl uns mal von dieser Sache.«

Und so berichtete ich: »Eine junge Inspektorin sagte mir, ich hätte die Wahl zwischen Videoaufnahme oder einem klassischen schriftlichen Protokoll. Ich entschied mich für das schriftliche Protokoll, das dauerte nur länger. Wir gingen in ein anderes Büro und eine weitere junge Inspektorin schrieb, während die andere ihre Fragen stellte. ›Kennen Sie diese Organisation?‹ Sie nannte mir den Namen. Schon wieder, dachte ich. Und ihr könnt euch denken, dass alle Alarmglocken in meinem Kopf schrillten. Und ich antwortete: ›Ich habe dort drei Jahre ehrenamtlich gearbeitet.‹

Die Kripobeamte nickte und fuhr fort: ›Ich lese Ihnen jetzt verschiedene Schreiben vor, eins nach dem andern, die bei den Polizeibehörden, beim Justizministerium, der Generalstaatsanwaltschaft, der Kripo und bei der Organisation selbst eingegangen sind.‹ In dem ersten Brief, der müsste mit November 2016 datiert gewesen sein, stand, dass ein Herr, ein vermeintlicher Pädophiler, der früher von den Polizeibehörden gedeckt wurde, heute gedeckt würde von dem Präsidenten dieser Organisation. Es waren mehrere Briefe, die sich ähnelten. Und dann ein anderer, darin fragte sich der Schreiber: Ist dieser Herr Präsident auch pädophil? Was haben die beiden zu verstecken? Man wüsste aus sicherer Quelle, dass dieser Mann wieder tätig wäre bei der Organisation, und um die Opfer würde man sich nicht kümmern. Dann war da ein Brief, in dem stand, das sei ein Skandal. Man müsste diesem Mann das Handwerk legen und auch demjenigen, der die Hand über ihn halten und ihn beschützen würde. Dieser pädophile Mann sei früher geschützt worden von einem Bediensteten der Kripo, die beiden wären beste Freunde gewesen. In einem weiteren Brief stand, dass dieser Mann in dem Kastenwagen der Organisation Jungen im zarten Alter rumkutschierte. Es schienen Briefe zu sein von ehemaligen betroffenen Opfern, denn sie schrieben, dass sie seine Opfer gewesen wären und dass sie ihn kriegen würden. Es standen männliche und weibliche Vornamen in den Briefen, das waren vermutlich die betroffenen Kinder von damals – und die Erwachsenen von heute. Und es stand auch dort, dieser Mann würde in einem Kinderheim ein und aus gehen und von den Heimkindern als ihr ›Onkel‹ gesehen werden.«

»Entschuldige, wenn ich dich unterbreche«, sagte Maggy. »Der Mann, von dem du jetzt sprichst, ist das der Mann, von dem du uns erzählt hast, er sei vor einigen Jahren entlassen worden bei der Organisation aufgrund des Verdachts auf Pädophilie?«

Ich nickte. »Genau, er war der damalige Vizepräsident der Organisation. Ich habe zu Protokoll gegeben, dass in meiner Zeit vor einigen Jahren der Präsident diesen Mann höchstpersönlich entlassen hat wegen dem Verdacht der Pädophilie. Und wenn man das gewusst hätte, wäre er nie in der Organisation aufgenommen worden. Lagen diese pädophilen Angelegenheiten schon Jahre zurück oder war das gerade passiert? Das wurde damals nicht gesagt. Zumindest wurde ich nicht darüber aufgeklärt und der Mann ging weg, ohne zu fragen, warum er denn gehen sollte. Ich nahm damals an, er wusste, worum es ging. Ich konnte zu Protokoll geben, dass außer mir und dem Präsidenten noch eine andere Person anwesend war, und konnte auch den Namen dieses Mannes angeben. Das war dieser wohlerzogene Herr, ein Ausschussmitglied, der immer so zuvorkommend war mit der Castafiore, wenn ihr euch noch erinnern könnt. Auch hat dieser Herr mal die Bemerkung gemacht, er frage sich, warum alle diese Frauen aus der Organisation weggingen und nie mehr wiederkämen. Mittlerweile weiß ich, warum alle Frauen weggingen. Ich empfand es als meine Aufgabe, bei der Kripo anzugeben, dass dieser Mann wegen Verdachts auf Pädophilie entlassen wurde. Doch ich weiß jetzt schon, es wird nichts dabei rumkommen.

Ich fragte die Polizistin, was die Kripo von mir erwarten würde und warum ich diese Vorladung bekommen hätte. Und ob es noch eine andere Person gäbe, die vorgeladen wurde. Stellt euch vor, dieser Herr, der ehemalige Vizepräsident, hat behauptet, dass ich infrage käme für all diese Briefe. Er war also schon vorgeladen worden, dieser Mann. Ich war schockiert. Es waren doch so viele verschiedene Briefe gewesen und sogar von angeblichen Opfern waren sie verschickt worden. Und was hatte ich damit zu tun? Warum sollte ich solche Briefe schreiben?

Und dieser Mann, von dem hier die Rede ist, ist doch schon seit Jahren nicht mehr bei der Organisation. Er wurde entlassen und ich blieb da. Er kennt mich, denn wir waren beide einige Monate dort tätig. Wer hat ihm so etwas zugeflüstert? Will er mir etwas anhängen, damit er aus dem Blickfeld gerät? Hat er in den Akten rumgewühlt? Das habe ich alles so gesagt. Dass Koby ihn kannte, weil er in Verbindung stand mit den fünf Sexualverbrechern aus seiner Schule, habe ich nicht gesagt. Es würde gerade noch fehlen, dass man Koby zur

Kripo vorlädt. Er würde sich vermutlich mit all seinen Kräften dagegen wehren, zur Polizei zu gehen, um eine Aussage zu machen. Denn alles, was er bisher ausgesagt hat, wurde ja als unglaubwürdig eingestuft.«

Astrid nickte. »Und was ist bis jetzt ans Tageslicht gekommen von all den Klagen, die Koby bei der Polizei eingereicht hat? Nichts, gar nichts. Aber du warst also nun in dieser Abteilung ›Jugendschutz‹. Hättest du nicht nach seinen Kleidern fragen können? Nach den DNA-Analysen, die meines Erachtens gar nicht erledigt wurden? Hast du nicht daran gedacht, nachzufragen?«

»Ich habe die ganze Zeit daran gedacht«, antwortete ich, »als ich vor den zwei Inspektorinnen saß. Doch in meinem Kopf schrillten die Alarmglocken laut und durchdringend, sie hielten mich zurück, danach zu fragen. Ich sagte mir, dass diese Vorladung nach einer Falle aussieht, irgendjemand will mir etwas anhängen. Aber dieses Mal nicht, niemand wird mir mehr etwas anhängen, nicht in dieser Sache und auch nicht in einer anderen, in gar keiner mehr. Alle Vorladungen, die ich bekommen habe, habe ich Tätern zu verdanken. Was für ein Zufall! Die Polizeiinspektorin sagte zu mir, dass eine Hausdurchsuchung in der Organisation vorgenommen wurde, sie selbst sei dabei gewesen. Der Präsident sei nicht erbaut gewesen darüber. Das kann man sich gut vorstellen. Dabei war er es selbst, der immer mit Hausdurchsuchungen drohte, niemand wusste, warum und wozu. Warum wurde eine Hausdurchsuchung von einer Untersuchungsrichterin angeordnet, muss man sich da aber trotzdem fragen. Was gedachte die Polizei zu finden? Fast hätte ich laut gelacht, denn ich stellte mir sein entsetztes Gesicht vor, als die Polizei die Büros betrat mit dem gerichtlichen Beschluss.

Dann wurde ich gefragt, was ich eigentlich von der Organisation halten würde, vom Präsidenten und von diesem Vizepräsidenten. Das waren heikle, ja, gefährliche Fragen. Was sollte ich antworten? Zum Präsidenten sagte ich, dass er meinen Sohn, ein Trauma-Opfer, einfach hängen ließ, ihn förmlich vor die Tür setzte. Und dass ich in Erfahrung gebracht habe, dass nahezu 100 Personen die Organisation im

Streit verlassen hatten, Mitglieder des Verwaltungsausschusses, Mitarbeiter und Mitarbeiterinnen. Dann gab es die, die einfach entlassen wurden vom Präsidenten selbst, wenn sie ihm nicht mehr in den Kram passten, so wie es bei mir der Fall war. Und dass ich dem Präsidenten einen Gerichtsprozess zu verdanken hätte. Ebenso, dass die Richterin ihre Hand über die Organisation mitsamt dem Präsidenten gehalten hat und mich nicht zu Worte kommen ließ. Und schließlich, dass der Präsident und ein Kripobeamter, den ich mit Namen nannte, in meinem Prozess unter Eid gelogen hätten. Vom Vizepräsidenten, dem vermutlichen Pädophilen, erzählte ich nicht viel, weil ich nichts Genaues wusste, allerdings, dass er wohl Frauen hasste, und mich ganz besonders. Vielleicht war das ein Grund dafür, mich in die Schusslinie zu bringen. Ich sagte auch, dass er verwahrlost schien und ich nach seinem Weggang eine Woche lang seinen Bürotisch und die Schubladen ausgeräumt und geputzt hätte. Dass er bei vielen sozialen Einrichtungen tätig gewesen sei, auch bei der Luxemburger Militärmusik, in Sportvereinen Lose verkaufte und bei Sportveranstaltungen dabei war, nur nicht als Sportler. Dass er immer wieder in diesem Kinderheim, von dem in den Briefen die Rede war, vorstellig wurde und in der angeschlossenen Gärtnerei die Blumengebinde bestellte, die die Organisation ab und zu benötigte.

Was mich sehr stutzig gemacht hat, war, dass die Inspektorin, die diese Briefe vorlas, zu mir sagte: ›Wenn Sie ein Buch schreiben, dann geben Sie mir einen schönen Namen.‹ Ich musste nicht lange überlegen und wusste gleich, dass der Polizei schon zu Ohren gekommen war, dass ich ein neues Buch schreiben würde. Auf Facebook hatte ich ein einziges Mal von einem weiteren Buch etwas geschrieben, also kann ich nur sagen: Big Brother is watching me. Wenn ich dann bei der Herausgabe des nächsten Buches im Gefängnis lande, zähle ich auf euch.«

»Sicher«, sagte Leonie, »auf uns ist Verlass. Wir besuchen dich, wir geben dir moralische Unterstützung. Wir bringen dir auch Orangen mit, so sagte immer meine Großmutter.«

Ich lächelte sie dankbar an. »Kein Außenstehender kann über das Gefängnis schreiben, nur ein Insasse kann das. Mir wäre es lieber, ihr würdet mir dann Schreibpapier, Bleistifte und Radiergummis besorgen. Und ganz gut wäre ein Laptop.«

Wir mussten alle lachen. »Danke im Voraus für die Unterstützung, die werde ich sicher brauchen. Auf jeden Fall wurde ich höflich behandelt von den beiden Inspektorinnen, die ihre Arbeit korrekt machten. Sagen wir mal, sie machten wohl das, was man ihnen aufgetragen hatte. Außerdem bekam ich ein Glas Wasser und eine Tasse Kaffee.«

»Ha«, bemerkte Maggy nun spöttisch, »dann hat die Kripo jetzt deine Fingerabdrücke.«

Ich winkte ab. »Du schaust dir auch nur Krimis an. Ich schaue mir Dokus an, zum Beispiel die Sendung ›Verbrechen im Visier‹ und Berichte über mysteriöse Todesfälle. Und ich habe gleich an die Fingerabdrücke auf dem Glas und der Tasse gedacht. Aber meinetwegen, dann haben sie jetzt meine Fingerabdrücke und wohl auch meine DNA-Spuren. Doch was wollen sie damit machen? Es gibt keinen Tatort mit meinen Fingerabdrücken und meinen DNA-Spuren.«

»Darauf trinken wir noch einen Tee«, rief Leonie aus der Küche.

»Danke, gern«, riefen wir alle zurück.

Und ich fuhr fort: »Ich habe dann den Bericht unterschrieben, aber mitnehmen durfte ich ihn nicht. Doch zu Hause habe ich mir meine Notizen gemacht über das, was ich ausgesagt habe, sonst vergesse ich die Hälfte im Laufe der Tage.«

Recht und Gerechtigkeit

Zur Zeit der Hexenverbrennung waren die angeklagten Frauen meistens nicht bereit, von der Wahrheit abzurücken. Es folgten Folter und schließlich die Hinrichtung auf dem Scheiterhaufen. Wäre das da heute passiert, dann wärst du auf dem Scheiterhaufen verbrannt worden als Hexe«, meinte Maggy nun.

»Meine Hinrichtung kommt später.« Ich lächelte müde. »Ihr wisst, dass ich keine Angst habe. Bei meinem Prozess bin ich nicht von der Wahrheit abgerückt und ich werde nie von der Wahrheit abrücken. Ich warte auf den Scheiterhaufen, in welcher Form er auch kommen wird. Ich habe kürzlich einem Prozess beigewohnt, dem Prozess des Pfarrers von Belair, der Sex hatte mit einem Minderjährigen. Dieser Mann bekam übrigens einen sauberen Freispruch, denn er behauptete, verführt worden zu sein von dem 14-Jährigen, er wäre sein Opfer gewesen. Und es gab auch eine Bewährungsauflage für diesen pädophilen Triebtäter. In diesem Prozess saß ›mein‹ Staatsanwalt am Richterpult, derselbe Mann wie in meinem Prozess. Bis zu diesem Tag habe ich nicht gewusst, dass Richter und Staatsanwälte die Plätze tauschen können. Ist ein Richter auch Staatsanwalt und gibt es Staatsanwälte, die auch als Richter arbeiten? Ich muss mich da mal informieren.«

»Wie gesagt, die machen von vornherein hinter den Kulissen aus, wie das Urteil aussehen soll. Sie arbeiten alle für den Staat, Richter und Staatsanwälte«, stellte Maggy fest.

Ich musste ihr zustimmen. »Eine Theaterbühne, jeder spielt seine gutbezahlte Rolle, mal diese, mal jene, und irgendein Urteil wird immer gesprochen. Das Wort ›Saustall‹ trifft es aber wohl noch besser. Einige Tage nach meiner Vorladung erreichte mich dann übrigens ein Anruf meines Therapeuten aus Deutschland. Er war angerufen worden von dem Justiz-Kontrolldienst. Meine Bewährungshelferin teilte ihm mit, dass sein kurzer Bericht irgendwie nicht passen würde. Tja, ich muss wohl jemanden ganz fest auf die Füße getreten sein, und dieser jemand hat beste Beziehungen zur Justiz. Anders kann ich mir das alles nicht erklären. Und dass ich die Taten, die mir vorgeworfen wurden, nicht gestanden habe, hat wohl auch zu diesem Urteil beigetragen. Aber wie könnte ich eine Tat gestehen, für die ich nicht verantwortlich bin? Es war also eine Störung der Privatsphäre des Klägers und eine moralische Belästigung, die ich begangen habe, so steht es im Urteil. Der Ärmste, was habe ich ihm angetan, die Böse, die hier vor euch sitzt? Wie gesagt, es war wohl eine Majestätsbeleidigung. So versteht man langsam, wie es auch zu Justizirrtümern in weitaus größeren und wichtigeren Prozessen kommt. Doch Justizirrtümer will die Justiz nicht wahrhaben, und so gibt es einige Unschuldige hinter Gittern. Und die Schuldigen werden nicht zur Rechenschaft gezogen und führen ihr Verbrecherdasein weiter.«

Astrid war sichtlich schockiert. »Wenn das stimmt mit diesem Mann, der angeblich ein Pädophiler ist, dann sage ich, dass diese beiden Männer gut zusammenpassen: der eine ein Soziopath mit dem Wunsch nach Dominanz, der Frauen bedrängt, nötigt und missbraucht, und der andere ein Kinderschänder. Es besteht auch die Möglichkeit, dass diese beiden Verbrecher bis heute nicht aufgehört haben mit ihren Schandtaten, einer deckt den anderen. Diese Mischung ist nicht nur brandgefährlich, sondern auch kriminell und strafbar. Und ich war in dieser Vereinigung über zwei Jahre tätig, und der Präsident hat mich im Keller genötigt. Doch von den Neigungen des damaligen Vizepräsidenten, der jetzt wieder aufgetaucht ist, habe ich damals nichts gewusst. Dass er uns, die zugegen waren, immer irgendwelche Lügen auftischte, das wusste ich wohl. Wir ließen ihn einfach nur reden und uns nicht anmerken, dass wir ihn durchschaut hatten, ihn und seine Lügen. Seine übermäßige Bereitschaft, in so vielen sozialen Vereinigungen mitzuwirken, hat mich damals allerdings schon stutzig gemacht. Ein ungeheuerlicher Skandal, wenn man bedenkt, dass diese beiden Personen in einer Vereinigung für Opfer von Verbrechen

Kontakt haben zu Opfern. Doch wie kann man so etwas beweisen und wer wird uns das glauben?«

An diesem Abend fühlten wir uns klein und machtlos wie noch nie in unserem Leben. Dass ich meine neue Freundin Marina demnächst treffen würde und was sie mir noch zu berichten hatte, darauf waren alle schon heute Abend gespannt.

Die Großloge der Freimaurer in Luxemburg

Nach der Urteilsverkündung hatten Marina und ich oft miteinander telefoniert. Doch wir mussten uns endlich treffen, um uns in Ruhe über das Urteil zu unterhalten. Bei einem Sonntagsbrunch in einem schönen Restaurant wollte ich Marina mitteilen, was ich alles in Erfahrung gebracht hatte. Dafür hatte ich einen Zeitungsartikel mitgebracht, in dem stand, dass in diesem Jahr in aller Welt der 300. Geburtstag der Freimaurer gefeiert würde, auch in Luxemburg. Und dass es für die Großloge in Luxemburg eine ausgezeichnete Gelegenheit wäre, sich als völlig harmlos darzustellen, ebenso, dass sich ihre Mitglieder der Anonymität und Verschwiegenheit verpflichtet hätten. Marina und ich wussten von der Großloge, hatten schon darüber gelesen. Was die Aufgabe und die Ziele der Freimaurer sind, wussten wir allerdings nicht und wissen es auch heute noch immer nicht. Aber die Freimaurer haben sich geschworen, ihren »Brüdern« in jeder Situation zu helfen und ihre Bräuche und Logenangelegenheiten niemals nach außen zu tragen. Eine gefährliche Sache, dass wussten wir jetzt, weil alle diese »Brüder« in höchsten politischen Ämtern sitzen und hohe Posten bekleiden bei der Justiz. Und keiner weiß, dass sie Freimaurer sind.

»Es hört sich gut an, dass die intellektuelle und moralische Entfaltung zu den Zielen der Freimaurer gehören, aber in der Praxis ist ihr Beitrag in und für die Gesellschaft mordsgefährlich«, sagte ich zu Marina. »Und es geht weiter in diesem Artikel: Wer einmal Freimaurer wäre, bliebe dem Geheimbund und seinen ›Brüdern‹ verpflichtet. Egal in welcher Situation. Unternehmer, hochrangige Justizangestellte und auch Rechtsanwälte gehörten diesen sogenannten Geheimgesellschaften an, die auf das politische und soziale Leben Einfluss nehmen. Über Zuwachs kann sich die Loge wohl nicht beklagen, zehn bis zwölf neue Mitglieder kommen pro Jahr hinzu. Außer dieser Großloge gibt es in

Luxemburg so an die acht Freimaurer-Logen. Es gibt außerdem eine Loge nur für Frauen. Wir beide könnten uns doch per E-Mail für diese Frauenloge melden, die meisten Interessenten melden sich anscheinend per E-Mail. Mit den Anwärtern wird dann Kontakt aufgenommen, um zu sehen, ob die potentiellen neuen Freimaurer und die Bruderschaft zusammenpassen.«

Marina lachte und sagte: »Und die Großloge und die zusätzlichen kleineren Logen in Luxemburg werden ganz bestimmt auf unsere Mitgliedschaft warten. Hast du den Schluss von diesem Artikel gelesen? Hier steht, ein positiver Leumund sei Voraussetzung und neue Mitglieder würden vorab gründlich durchleuchtet.«

»Wir beiden gehören zu den Durchleuchteten, ohne dass wir uns beworben haben. Die Rekrutierung neuer Mitglieder basiert aber nicht nur auf einem Antrag, sondern auch auf einer zusätzlichen Empfehlung. Und ich weiß nun endlich, warum mein Prozess so endete, wie er endete«, entgegnete ich. »Auf die unzähligen Fragen, die ich mir seitdem stelle, habe ich endlich Antworten gefunden. Ich bin mir nur noch nicht darüber im Klaren, ob einer der beiden Staatsanwälte oder beide, ob einer der Richter oder beide oder der Verteidiger des Anklägers, dieser blasierte Rechtsanwalt, dem die Kanzlei gehört, Freimaurer sind. Mindestens zwei Personen, die ich dir aufgezählt habe, müssen einfach zu dieser Großloge in Luxemburg gehören. Ich kann es mir nur so vorstellen. Ich halte es eigentlich für ausgeschlossen, dass der Präsident zu diesem Geheimbund zählt, doch wer weiß das schon. Doch sein Anwalt, das heißt der Anwalt der Organisation, der sich im Gerichtssaal mit der Richterin aus der ersten Instanz unterhielt, eher freundschaftlich, würde ich behaupten, den kann ich mir sehr gut vorstellen in diesem Geheimbund.«

»Ich selbst«, antwortete Marina, »habe noch nicht so viel über die Freimaurer in Luxemburg gehört. Dieser Artikel hat mich aufgeklärt. Des Weiteren steht hier, dass kein Außenstehender wüsste, wer Mitglied ist, die Mitgliederliste sei vertraulich, die Freimaurer wollten nicht, dass jemand weiß, wer alles zum Geheimbund gehört. Und die plötzliche Offenheit der Freimaurer zum Jubiläum sei nur Augenwischerei. Keiner weiß, ob sein Gegenüber nicht Freimaurer ist. Das Netzwerk der Freimaurer reiche bis in die höchsten politischen Spitzen Luxemburgs und hätte über Minister Zugang zur Regierung.«

Ich nickte. »Es gibt Urteile, die im Gegensatz zu anderen Urteilen in ähnlich gelagerten Fällen komplett anders ausfallen. Ein Fall endete mit einem strengen Richterspruch, in einem anderen Fall fällt derselbe Richter ein völlig unverständlich mildes Urteil. Ich war selbst im Gerichtssaal beim Prozess im Falle dieses Priesters und dem 14-jährigen Jungen. Die Anklage lautete auf Pädophilie und sexueller Missbrauch und der Priester ging straffrei nach Hause. Und dann muss ich mich heute fragen, ob die ganze katholische Kirche mitsamt dem Papst oder nur der Luxemburger Bischof dieser Loge angehören, und die Richterin, die ja auch die Richterin war in meinem Prozess. Aber ich sollte mir vielleicht keine Fragen mehr stellen. Dieses Wissen trägt nicht zu meiner Beruhigung bei, doch ich sehe klarer und das ist auch schon was.«

Eine Lüge ist bereits dreimal um die Erde gelaufen, bevor sich die Wahrheit die Schuhe anzieht. (Mark Twain)

Die Lüge ist wie ein Schneeball: Je länger man ihn wälzt, desto größer wird er. (Martin Luther)

In Zeiten universeller Täuschung wird das Aussprechen der Wahrheit zu einem revolutionären Akt. (George Orwell)

Über die Autorin

Nach einem langen Berufsleben bin ich heute im wohlverdienten Ruhestand. Fremdsprachenkorrespondentin war mein Job. Heute habe ich viele Hobbys und mein Tag hat nicht genug Stunden, um alles zu bewerkstelligen. Ich schreibe meistens nachts, wenn alle schlafen und wenn ich nicht zur Ruhe kommen kann.

Meine zwei erwachsenen Kinder leben noch im Elternhaus, doch das wird sich auch bald ändern. Und dann gibt es noch meine beiden Hunde, die das Haus hüten in unserer Abwesenheit. Wir leben auf dem Lande, fernab von Industrie und Fabriken, von Autobahnen, hohen Geräuschpegeln und Luftverschmutzung.

Mein herzensguter Mann und Vater meiner Kinder wurde ein weiteres Opfer dieser Tragödie. Koby brachte es endlich fertig, seinem Vater von diesen schrecklichen Erlebnissen zu berichten. Dieses Drama steht ausführlich in meinem ersten Buch: Mein Gang durch die Hölle.

Doch dann schlug das Schicksal unbarmherzig zu. Sein plötzlicher Herztod hinterließ bis heute tiefe Wunden für seine zurückbleibende Familie.

Von der Autorin bereits erschienen:

Mein Gang durch die Hölle

Print 978-3-7412-6866-3
E-Book 978-3-7431-2994-8

Koby erträgt viele Jahre lang, zuerst in Schule und Internat, dann in seinem Sportclub Mobbing, Schläge, Misshandlungen, Missbrauch durch Mitschüler und einen Erzieher. Eines Tages bricht er unter seiner ständigen Angst, vor allem der immer wiederkehrenden Todesangst vor dem Ertrinken und dem Eingesperrtsein, zusammen. Im Krankenhaus findet er endlich Mut, einen Teil seiner Leidensgeschichte zu erzählen. Als er feststellt, dass seine Eltern ihm Glauben schenken, bricht er ein weiteres Mal zusammen.

Übergroß ist seine Scham und er stellt sich immer wieder die Frage, warum er das alles mit sich machen ließ. Doch sein Leidensweg ist noch nicht zu Ende …

Die Hölle im Kinderheim

Print 978-3-7412-7015-4
E-Book 978-3-7431-2150-8

In ihrem Buch »Die Hölle im Kinderheim« befasst sich Renée Wum mit dem häufig und gerne verdrängten Thema des Kindesmissbrauchs durch Geistliche. In ihrem erschütternden Bericht lässt sie die Leidtragenden durch ein ehemaliges Heimkind selbst zu Wort kommen. Dutz, der Name ist ein schützendes Pseudonym, spricht über seine unvorstellbar grauenhafte Kindheit in einem katholischen Kinderheim in Luxemburg in den Fünfzigerjahren. Er erzählt von den qualvollen Nächten, der täglichen bestialischen Folter – und dem täglichen sexuellen Missbrauch, dem er und seine Leidensgenossen und -genossinnen ausgesetzt waren.

Ihre Verbrechen haben die verschiedenen Heime – auch mit Hilfe öffentlicher Stellen – bestens untereinander organisiert. Zurück bleiben in den Tod getriebene Kinder und, wenn sie überleben, schwer traumatisierte Erwachsene, denen die Anerkennung ihres Leides bis heute verweigert wird, weil sich die Verantwortlichen wegducken.

DANK

Mein Dank gilt meiner Familie, die mich trägt und unterstützt.
Ich danke meinen Freundinnen Maggy und Leonie
und ganz besonders Marina
für ihre unermüdliche Ermutigung während der Arbeit an diesem
Buch.

Außerdem danke ich ihnen für ihren steten, heiteren Beistand trotz
der schwierigen und ernsten Lage.

Ebenso danken möchte ich allen Menschen, die an meinem Schicksal
Anteil nahmen und mich bestärkt haben, weiterzumachen.

Dank auch an alle jene Menschen,
die wissen, dass sie eine wichtige Rolle in meinem Leben spielen,
und bei diesem Buch, in welcher Weise auch immer,
mitgewirkt haben.

Und schließlich ein dickes Dankeschön an meinen Mann René,
dem dieses Buch gewidmet ist.